任性的七弦琴

英诗里的爱情

肖聿 著

The Wayward Lyre

Love in English Poetry

漓江出版社

桂林

图书在版编目(CIP)数据

任性的七弦琴:英诗里的爱情/肖聿 著. —桂林:漓江出版社,2018.5
ISBN 978-7-5407-8075-3

Ⅰ.①任… Ⅱ.①肖… Ⅲ.①诗集-英国 Ⅳ.①I561.2

中国版本图书馆CIP数据核字(2017)第096487号

策划编辑:周向荣
责任编辑:周向荣
助理编辑:任停菁
照　　排:何　萌
封面设计:李诗彤

出版人:刘迪才
漓江出版社有限公司出版发行
广西桂林市南环路22号　邮政编码:541002
网址:http://www.lijiangbook.com
全国新华书店经销
销售热线:0773-2583322

山东德州新华印务有限责任公司印刷
(山东省德州市经济开发区晶华大道2306号　邮政编码:253000)
开本:880mm×1 230mm　1/32
印张:10.5　字数:200千字
2018年5月第1版　2018年5月第1次印刷
定价:48.00元

如发现印装质量问题,影响阅读,请与承印单位联系调换。
(电话:0534-2671218)

目　录

前　言 / 001

第一章　谁个情人不是一见钟情？/ 001

第二章　爱是毒药混合着蜜糖 / 013

第三章　既已无望，就让我们吻别 / 033

第四章　你的黑肤在我眼中白皙无双 / 049

第五章　玫瑰花苞，欲掇及早 / 067

第六章　你可是上天派来的可人瘟疫？/ 079

第七章　求命运将我的崇拜分成两份 / 097

第八章　只要为了她，我情愿做个奴隶 / 116

第九章　无声且无形，一叹携伊去 / 127

第十章　我永远爱你，一直到大海枯干 / 142

第十一章　充满激情和盲目的初恋 / 164

第十二章　伊甸园就在爱之初吻中苏醒 / 176

第十三章　你能不能收下这颗心献给你的崇拜？/ 198

第十四章　你美过夜空中闪耀多情的晚星 / 218

第十五章　他的眼睛瞬间饮尽了她的美 / 234

第十六章　我多想把那颗心紧搂 / 248

第十七章　我一直只是你短暂的花 / 259

第十八章　在你秀发的暗影里，我曾见到你的双眼 / 277

第十九章　回来吧，心爱的鸽子！/ 294

第二十章　我不后悔我曾爱你 / 305

前　言

　　本书是以爱情为主题的英诗漫话。德国哲学家叔本华认为，书籍可分两种，一种以题材取胜，"其独特之处全在于写作的客体。因此，某些书无论其作者是谁，都可以成为重要的作品"；另一种是"以写作者作出的思考见长的书，其独特之处在于写作的主体"。(《论写作和文体》)以题材取胜的书，大多记录了作者独有的个人经历，例如回忆录、自传、纪实文学等；以形式(或曰文笔)见长的书，写的却往往是些历久弥新的永恒话题，只是融入了作者独特的视点，采用了作者独有的论述方式。本书漫话的爱情，便属于此类话题，本不算新鲜，但永远被人热议。以爱情为主题的英诗，并不都是浪漫的情歌与缠绵的恋曲，而往往包含了对人生和世界的感受和评价，爱情观是这些思想的集中反映。

　　我在本书译出的48首英诗，是16世纪到19世纪四百年间英国18位著名诗人的作品。除了以爱情为主题的诗作，这些诗人当然更有其他主题的名作，但限于本书的主旨和篇幅，只能"弱水三千，只取一瓢"了。本书的书名《任性的七弦琴》，来自公元前6世纪古希腊抒情诗人阿那克里翁(Anacreon)的《颂诗集》，英国浪漫派大诗人拜伦在《爱的初吻》一诗中引用了它(见本书第十二章)。七弦琴是一种小竖琴，又称"抱琴"或"里拉琴"，其拉丁语是 barbito，其英语为 lyre，古希腊人常用它为诗人和歌手伴奏，故又曾被译作"诗琴"。阿那克里翁的那首诗说，他本想写出荷马史诗般的宏伟诗篇，但他的七弦琴却很任性（wayward 或 rebellious），只能演奏爱情。"任性的七弦琴"是个很好的比喻，表示情诗与恋曲是诗人难以自禁的心声，是诗人的世界观和爱情观的标本。

本书是英诗漫话，是文学随笔，是译诗札记。我在书中翻译和点评的英诗都是名家名作，但不一定都是佳作（例如斯威夫特的诗便不算上乘）。结合诗作议论爱情，要求诗作本身能提供议论的"由头"或契机，因此，一些名诗入选本书是因其思想观点，并不因其诗艺。还有些诗与诗人的爱情生活密切相关，也选入了本书；要了解诗人的爱情观，这些诗是最好的材料。

本书字数不多，却慢腾腾地写了八个月，其因有二：其一，写作的过程首先是读书的过程。若只想就诗论诗，写起来便很轻松，随意拈来几首诗词，信笔由缰，亦无不可。而若要翻译和评析不同历史时代的英诗，便应知人论世，广采众说，再作出入理之论，虽不算做学问，但毕竟不能敷衍。因此，收集和阅读有关书籍和网页资料便占去了三分之一的时间。古罗马谚语说"写一读二"（*Qui scribit bis legit*），这实在是经验之谈。其实，"写一"何止要"读二"，"写一读十"亦不为过。其二，识者一向认为诗无达诂、诗不可译；极言之，尤其不可汉译，因为中国古代诗词的成就太辉煌了，英诗属于另一种表音表义体系，与中文诗迥异，意态相去甚远，殊难"归化"，故英诗汉译只能在这两种体系之间挣扎前行，甘苦自领。因此，翻译本书里的英诗又占去了三分之一的时间。

在追求功利的社会里，读诗、品诗、译诗应算一种奢侈。这是典型的"慢生活"，需有闲适，更要有闲心。近二十年来，我翻译了多种学术和文学作品，其中也有诗歌译作，但不曾再写新书。撰写此书，使我重读和初读了更多中外文书籍，也使我能将英诗汉译的体会诉诸笔墨。我愿与同道共勉，以自己的努力，营造和守护我们的精神家园，因为其中有我们的过去，更有我们的未来。

肖聿

2011 年 10 月识于北京

第一章 谁个情人不是一见钟情?

克里斯托弗·马洛(1564—1593)的《希罗与利安德》

爱憎并非我们能够决定,

我们的意愿为命运所控。

早在二人开始赛跑之前,

我们已将谁胜谁负预断;

两个一模一样的金锭里,

我们独独中意其中之一,

无人知其根由;我们只知:

以眼审查所见已是足矣。

权衡两者,爱情便被看轻:

谁个情人不是一见钟情?

It lies not in our power to love or hate

For will in us is over-rul'd by fate.

When two are stript long ere the course begin,

We wish that one should lose, the other win;

And one especially do we affect

Of two gold ingots, like in each respect:

The reason no man knows; let it suffice,

What we behold is censur'd by our eyes.

Where both deliberate, the love is slight:

Who ever lov'd, that lov'd not at first sight?

克里斯托弗·马洛

这是 16 世纪英国戏剧名家、诗人克里斯托弗·马洛（Christopher Marlowe）以古希腊神话为题材的爱情悲剧长诗《希罗与利安德》（*Hero and Leander*）中最有名的一段。先要说明，"谁个情人不是一见钟情？"一句译文出自朱生豪先生译的莎翁戏剧《皆大欢喜》（*As You Like It*）第三幕第五场。我见过的译文当中，他的这句译得最好，带有诗人郭沫若译歌德《少年维特之烦恼》第二版题诗之风："青年男子谁个不善钟情？妙龄女人谁个不善怀春？"曾见马洛的这句诗被译为"有谁爱过，而不是一见钟情？"或"深爱的恋人，有谁不是一见就钟情的呢？"，前一句译文中的"而"字总觉多余，破坏了语义的连贯性；后一句则如白话，颇难入诗，因"以文为诗"殊难称工①。这十行译文，前九行为我所译，最后一行借用朱译。若要换成我自己的译文，我会译成"相爱的，谁不是一见钟情？"我又将它译成七言诗：

爱憎并非我们定，

---

① 北宋黄庭坚曾批评韩愈"以文为诗……故不工尔"（陈师道《后山诗话》），说韩昌黎以诗说理，让散文介入了诗词，对此不以为然。

人意乃为命运控。

二人赛跑开始前，

我们已将胜负断；

两个金锭外表一，

唯有一个是中意。

个中根苗无人晓，

仅以目察乃常道。

权衡两者爱情轻：

一见钟情此心同。

马洛是英格兰东部坎特伯雷城一鞋商之子，据受洗命名日期的记载，他比莎士比亚早出生两个月，是剑桥大学的戏剧才子，1587 年毕业时获文学硕士学位，一生写有《帖木儿大帝》（*Tamburlaine the Great*）等六部悲剧，对莎士比亚的创作有很大影响。马洛成名后，公开批评伊丽莎白一世女王（Elizabeth I, 1533—1603）和政府。1593 年 5 月 30 日，在当局谋划下，马洛被戮于伦敦东郊的一个小酒店，时年 29 岁。官方只说他在小酒店与同伴争斗，被匕首刺中右眼上方，当场毙命。马洛之死引起同代的著名戏剧家乔治·皮尔（George Peele）、诗人托马斯·纳什（Thomas Nashe）的同声哀悼，誉之为"缪斯之宠"（Muses' darling）。

《希罗与利安德》是马洛的未竟之作，1598 年发表后大受欢迎，被视为英国"小型史诗"（epyllion）的典范，其诗艺备受嘉许，19 世纪英国唯美派诗人史文朋（Algernon Charles Swinburne, 1837—1909）曾以此诗为例，赞扬马洛驾驭诗韵的技巧在莎士比亚之上，还说莎翁写押韵诗歌就像右撇子用左手写字。

本文引用的十行诗是插入此诗叙事部分中的议论，虽是对一种普遍现象的描述,但包含了至情至理;因此,"谁个情人不是一见钟情?"一句不但被莎士比亚用作了戏剧台词,而且被德国大哲学家叔本华用于其论著《爱的形而上学》(*Metaphysics of Love*)。像《红楼梦》一样,马洛这部未完成的长诗也有续作,其作者是英国戏剧家、荷马史诗的英译者乔治·查普曼(George Chapman,1559?—1634),他为马洛写的前两章(其情节止于希罗与利安德第一次幽会)续写了后四章。有些续作是锦上添花,功德无量,有些则是狗尾续貂,多此一举;查普曼对《希罗与利安德》的续写,当属前者。

　　古希腊神话说:希罗与利安德住在赫勒斯滂海峡(Hellespont,今天的达达尼尔海峡)两岸,那海峡连接着黑海和爱琴海。希罗是塞斯特斯城(Sestos)维纳斯神庙的女祭司,利安德是对岸阿比道斯城(Abydos)的青年。两人一见钟情,利安德每夜泅水渡海与希罗幽会,一夜他泅海溺毙,其尸身被海水冲到岸上,希罗见状,从高塔上跳海殉情。"赫勒斯滂"意为"赫勒之海",传说古希腊公主赫勒(Helle)因逃避后母(一说是其婆母)而失足淹死于此。那海峡宽约四英里,1810 年 5 月 3 日,22 岁的英国大诗人拜伦曾在那里泅渡过海,用时 1 小时 10 分钟。因此,拜伦在其长诗《唐·璜》(*Don Juan*,1819—1824)第二章第 105 节写到唐·璜善泳时,才有了这样的诗句:

> 你很难见到有人比他游得更好,
>
> 他或许已泅渡过赫勒斯滂海峡,
>
> 就像利安德、埃肯海德先生和我
>
> 也曾如此(我们为这一壮举自豪)。

A better swimmer you could scarce see ever,

He could, perhaps, have pass'd the Hellespont,

As once (a feat on which ourselves we prided)

Leander, Mr. Ekenhead, and I did.

以死殉情是爱情作品的常见题材,例如朱丽叶的自戕和祝英台的撞坟。薄伽丘复述过古罗马诗人奥维德（Ovid）《变形记》（*Metamorphoses*）中巴比伦殉情少女提斯比（Tisbe）的故事:提斯比与邻居青年皮拉慕斯（Pyramus）相爱,遭双方家庭阻挠,相约私奔;皮拉慕斯黄夜赶到约定的树林,见地上有提斯比染血的斗篷（一头吃饱的狮子用它擦过嘴）,便以为提斯比已被野兽吃掉,遂以匕首自杀;提斯比赶到后见恋人自杀,便扑向匕首自尽了[①]。这大概是莎翁悲剧《罗密欧与朱丽叶》的故事原型。

提斯比

关于一见钟情,马洛指出了两点:其一,一见钟情是"命运所控"（over-rul'd by fate）,无人知其根由;哪怕是"两块一模一样的金锭"（two gold ingots, like in each respect）,冥冥之中也注定只有一块能被

---

① 见薄伽丘著《名女》（*De Mulieribus Claris*）,肖聿译,中国社会科学出版社 2003 年 1 月版,第 32 页。

看中(当然,其观者不应是贪得无厌的财迷)。其二,一见钟情的缘起唯有一途,即"以眼审查所见"(What we behold is censur'd by our eyes)。可以说,一见钟情的关键在于"见",并不在于分析、权衡和判断。因此,初见某一异性近于初睹艺术作品,对其取舍主要凭借直觉,不靠分析比较。至于是否两情相契,是否灵犀相通,谁也不能预料,更不必说日后能否结为伉俪了。罗密欧与朱丽叶一见钟情,便全然是让瞬间的"一见"压倒了两个家族的世仇。

叔本华在《爱的形而上学》里说:"对所爱之人的至高赞美,其根据不可能是她的精神素质,亦不可能是她的一般实际优点,因为初坠情网者通常尚不会对恋人有如此了解……一般来说,激情无不在第一眼见到对方时燃起。"台湾作家柏杨说:"爱情是感情的一种,是直觉的,不是理智的,不是知识的。"(《堡垒集·山阴公主万岁》)。黎巴嫩诗哲纪伯伦(Khalil Gibran)也说:"以为爱情来自长期相伴或不懈追求,这是个错误。爱情是精神契合的产物,精神的契合若不能在瞬间产生,那就数年甚至数代都不能产生。"这些议论与马洛诗中所说的"权衡两者,爱情便被看轻"(Where both deliberate, the love is slight)同属一理。

利安德对希罗一见钟情,正是由于他"见"到了希罗的美貌。希罗有多美? 在《希罗与利安德》第一章里,马洛以夸张的手法侧写了希罗之美:

她飘拂的长袍染着血迹斑斑,
都是可怜的恋人们自杀所染。

Her kirtle blew, whereon was many a staine,
Made with the blood of wretched Lovers slaine.

据说丘比特为她憔悴心痛，

见到她的脸，他就双目失明。

Some say, for her the fairest Cupid pyn'd,

And looking in her face, was strooken blind.

更有甚者：

维纳斯修女希罗可爱美丽，

大自然自愧不如，为她哭泣；

因她拿去的自然之美多于所剩，

为失去的奇美，大自然感到心痛：

为表明大自然的财富损失悲惨，

自从有了希罗，世界便暗了一半。

So lovely faire was *Hero*, *Venus Nun*,

As nature wept, thinking she was undone；

Because she tooke more from her than she left,

And of such wondrous beautie her bereft：

Therefore in signe her treasure suffred wracke,

Since *Heroes* time, hath halfe the world beene blacke.

马洛并未直写希罗之美，而写了天神和凡人见到希罗时的反应：追求她的青年因心愿未遂而自杀，血溅她的长袍。这使人想起我国汉代乐府《陌上桑》形容美女秦罗敷的手法："行者见罗敷，下担捋髭

希罗与利安德

须。少年见罗敷,脱帽着绡头。耕者忘其犁,锄者忘其锄。来归相怨怨,但坐看罗敷。使君从南来,五马立踟蹰。"罗敷为有夫之妇,但不曾美得让男人们轻生,这是她与希罗的区别。马洛说爱神丘比特被希罗的美貌弄得双目失明,这虽然曲解了希腊神话,却不失为合理的联想;诗中说连自然女神都嫉妒希罗,因为希罗夺走了她的奇美,世界为此"暗了一半",则更是夸张到了无以复加。

　　一见钟情的无来由和非理性,历来使人们感到迷惘和无奈,因此,它往往被归咎于西方瞎眼爱神丘比特的乱射金箭,或中国糊涂月老的胡拴红丝,也常被说成是男女间的"奇缘"。"缘"并不神秘,它是众因之果,是多条必然轨迹的交叉。但是缘有善孽,善缘一见钟情,不离不弃,可谓"有缘千里来相会";孽缘则形同水火,难解难脱,可谓"不是冤家不聚头"。科学家说爱情是多巴胺(dopamine),歌德说爱情是"亲和力"(affinity,其拉丁语为 attractiones electivae,

即"选择性的亲缘关系")。《希罗与利安德》中,使利安德一见钟情的原因是希罗的绝美。但丁对彼阿特丽丝(Beatrice),彼得拉克对劳拉(Laura),薄伽丘对菲亚美达(Fiammetta),也都是一见钟情,这些爱更将这三位女子载入了不朽的作品,赋予她们尽善尽美的高贵品质。

这很容易使人以为一见钟情的关键在于美貌。法国哲学家帕斯卡(Pascal)的名言"克娄巴特拉的鼻子若长得短一些,整个世界的面貌就会改变",似乎在印证这种认识;而关于妲己、褒姒、西施、杨玉环等古代美女误国的说法也很有市场。貌比天仙,气质高贵,如英格丽·褒曼,如费雯丽,如奥黛丽·赫本,如伊丽莎白·泰勒,固然是天生佳丽,令人赞美,但识者也不会忽略其他一些因素,正如英国哲学家休谟(David Hume)所言:

> 最常见的一种爱,就是首先由美貌发生,随后扩展到好感和肉欲上的爱……好感或许是灵魂最细致的感情,肉欲或许是最粗俗的感情。对美貌的爱恰好是处于两者之间的中介,分沾了两者的本性,因此,对美貌的爱尤其适于产生好感和肉欲。①

首先,断人貌美是一种审美判断,涉及趣味。趣味因人而异,殊难划一,不能量化,不容分辩(De gustibus non est disputandum,即"言及趣味无争辩")。2001 年 3 月 25 日,英国《星期日泰晤士报》发表文章说埃及艳后克娄巴特拉远非千古美女,就激起了埃及人的公

---

① 见休谟著《人性论》第二卷第二章第 11 节,关文运译,商务印书馆 1997 年版(下册),第 433 页。引文略有改动。

愤。其次,一见钟情有时会包含对恋人的美化。美化是一种心理投射(projection),能无中生有,放大优点,消弭缺憾,甚至能点铁成金,正所谓"情人眼里出西施"。对此,日本作家芥川龙之介有一段议论:

> 恋人们极少看清真相。不,莫如说我们的自我欺骗一旦陷入热恋便将演示得淋漓尽致……假如克娄巴特拉的鼻子是弯的,他(指安东尼)势必佯装未见。在不得不正视时也难免寻找其他长处以弥补其短……不仅如此,她们的服装,她们的财产或者她们的社会地位等也都可以成为长处。更有甚者,甚至以前被某某名士爱过的事实以至传闻都可列为其长处之一。①

最后,古人说:"橘生淮南则为橘,生于淮北则为枳。"(《晏子春秋》)由南而北,甜橘变酸枳;逆而言之,焉知酸枳到了南方不会被误作甜橘?时地条件的变化,往往会将平凡变为神奇。

时空的挪移,衡量标准的改变,不但能使人身价倍增,而且可以逆转好恶,其例甚多。韩国女伶张娜拉、日本歌女酒井法子和我国女模吕燕,都堪称"远来的和尚",在外邦的身价高于本土。"破鞋"本是当今的骂人话,若"挪移"到古代,换为"敝屣",便雅了许多。同样是端盘子,在地上为餐厅服务员,在天上为空中小姐;前者无人问津,后者大受追捧。洋人的名字在国外是家常小菜,但国人用上便可哗众,只是必须谨防谐音,不可不察,如女人叫 baby,虽然听来很"洋",却与"卑鄙"谐音。国产女名也是如此,如"雅婷"本义是典雅

---

① 见芥川龙之介著《侏儒警语》,林少华译,中国宇航出版社 2008 年 5 月版。

娉婷,却与粗口京骂"丫挺"谐音。洋名的音译也有雅俗之别,例如,法国白兰地"马爹利"(Martell)和意大利咖啡"拿铁"(Latte)就是最没文化、最刺耳的音译,而美国威士忌"占边"(Jim Beam)有时被译为"沾边",倒平添了几分情趣。

来自惊艳的一见钟情仅仅属于爱情,往往无涉婚姻。叔本华认为,两情相悦的生物学基础服务于族类繁衍这一最终目的,婴儿胚胎的形成始于男女双方的第一次对视(或曰一见钟情);这些说法过于"科学"、过于理性,与文学艺术殊不搭界。欣赏异性之美与占有异性,两者不能混同:前者为情,后者为欲;前者可以入诗,后者不行;若说有例外,那就是古人宋玉的《登徒子好色赋》,其中说登徒子的老婆发似蓬蒿,耳郭蜷曲,连嘴唇都合不拢,尖牙暴露("蓬头挛耳,龃唇历齿"),但"登徒子悦之,使有五子"。这已毫无爱情可言,而全是肉欲使然。要分清爱和欲,且听奥地利哲学天才奥托·魏宁格(Otto Weininger,1880—1903)在他唯一的著作《性与性格》第11章中的精彩论述:

> 性吸引力会随着肉体距离的接近而增加,爱情却是当被爱者不在眼前时最强烈。要维持爱情,双方便需要分开,需要彼此保持一定距离……性冲动一旦被唤醒,那就足以立即杀死爱情。
>
> 美与性冲动几乎没有多少关联,正像性冲动与爱几乎没有多少关联一样。美既是某种无法被触摸把玩的东西,又是某种无法与其他事物混合在一起的东西。唯有保持一定的距离,美才能被清晰地分辨出来。若是去接近美,它便会自动消退。
>
> 男人在爱女人的那一刻并不理解她,也不想去理解

她,尽管理解是人类结合的唯一道德基础。人无法去爱一
个被他完全理解的人,因为他若完全理解了一个人,就必
定会看清对方的不完美之处,那是人类个体不可避免的组
成部分。[1]

从这个角度说,希罗与利安德的悲剧恰恰在于他们的爱情转变
成了情欲:据马洛原诗,利安德第一次泅海时,被海神尼普顿
(Neptune)误当成了主神朱庇特的司酒美少年加尼米德
(Ganymede),被拖到海底又放回;因此,赤身裸体的利安德叩开希罗
房门后,希罗便被他的爱情告白、巧言说服和俊美躯体征服了。《希
罗与利安德》歌颂了爱的魔力和青春激情,也表现了爱情的残酷性,
即爱与死的必然联结。当然,倘若利安德始终站在远处欣赏希罗的
美貌,仅仅到此为止,也就不会有后来双双身死的悲惨结局。可以
说,这两人的一见钟情也注定了他们的死亡,对这种导致毁灭的"钟
情",最好挂上"动物凶猛,切勿靠近"的警示牌。但这种事后的感慨
就像帕斯卡的那句名言,丝毫不能改变那个古老的神话传说。

歌德问道:"我爱你,与你何干?"(Wenn ich dich lieb habe, was
geht's dich an?)这是说,爱情可以仅仅留在自己心底,甚至不必让被
爱者知道,更无涉嫁娶。因此,一见钟情是"爱"的开始,却不见得是
"欲"的发端;它是婚姻的或然契机,却不是婚姻的必然序曲。将"一
见钟情"留在诗歌和艺术作品中,不但明智,且可无虞。

---

① 见魏宁格著《性与性格》,肖聿译,中国社会科学出版社 2006 年版,第 259 页及以后。

第二章　爱是毒药混合着蜜糖

沃尔特·罗利(1554?—1618)的《爱是什么》等四首

《多情牧羊人的恋歌》(*The Passionate Shepherd to His Love*)是克里斯托弗·马洛最有名的爱情短诗,常常入选各种英诗选本,其中"来和我同住吧,做我的爱人"(Come live with me and be my love)一句,大胆直率,尤其淳朴可爱。我将此诗翻译如下:

来和我同住吧,做我的爱人,
让我们来度过欢乐的一生,
让那所有的山陵、田野、溪壑、
崇山峻岭为我们献出欢乐。

我们要坐在岩石之上,
看牧羊人把羊群喂养,
浅浅河水从身旁流过,
鸟儿把美妙小曲轻歌。

我要为你种玫瑰花圃,
采来上千芬芳的花束,
送你顶花帽,再送条花裙,

绣满了桃金娘叶的花纹。

送你最好的羊毛做的长袍，
羊毛取自我们最俊的羊羔，
送你衬绒花鞋，给你御寒，
纯金做的鞋扣亮光闪闪。

你的腰带用麦草和春藤编就，
上面还镶着珊瑚钩和琥珀扣；
若是这些快乐能使你动心，
来和我同住吧，做我的爱人。

我要用银盘为你盛饭，
饭食就像众神的馐餐，
摆在象牙做成的餐桌上，
每天都为你我准备停当。

牧羊的青年都来跳舞和唱歌，
使你在五月每个清晨都快乐：
若是这些快乐能使你动心，
来和我同住吧，做我的爱人。

Come live with me and be my love,
And we will all the pleasures prove
That hills and valleys, dale and field,
And all the craggy mountains yield.

There will we sit upon the rocks,

And see the shepherds feed their flocks,

By shallow rivers to whose falls

Melodious birds sing madrigals.

There I will make thee beds of roses

And a thousand fragrant posies,

A cap of flowers, and a kirtle

Embroider'd all with leaves of myrtle;

A gown made of the finest wool

Which from our pretty lambs we pull;

Fair linèd slippers for the cold,

With buckles of the purest gold;

A belt of straw and ivy buds,

With coral clasps and amber studs;

And if these pleasures may thee move,

Come live with me, and be my love.

Thy silver dishes for thy meat

As precious as the gods do eat,

Shall on an ivory table be

Prepared each day for thee and me.

The shepherd swains shall dance and sing

For thy delight each May-morning：

If these delights thy mind may move，

Then live with me and be my love.

翻译此诗时，我参考了顾子欣先生的译文，借用了其中的词组"衬绒花鞋"（fair-lined slippers）。他将此句译作"穿上衬绒花鞋不怕天寒"①，可谓妙笔，"衬绒花鞋"中的"绒"想是羊绒，完全符合牧羊人的身份。原诗有七节，他的译文只有六节（缺少原诗第六节），大概采用的原文版本有所不同。我的译文依据的原文，见于英国诗人帕尔格雷夫（Francis Turner Palgrave，1824—1897）所编《最佳英诗金库》（*Golden Treasury of the Best Songs and Lyrical Poems in the English Language*，1875）。

将此诗译文放在本章而不是前一章，是因本章所谈的沃尔特·罗利（Walter Raleigh，1554？—1618）爱情诗中有一首《少女答牧羊人》（*The Nymph's Reply to the Shepherd*），针对马洛这首名诗而作，虽非应和，却与马洛之诗相克相生。将它们并置于此章，不但便于对照比较，更能彰显其特色，也更有趣味。我将罗利这首诗翻译如下：

若世界与爱永远青春年少，

牧羊人的话也都真实可靠，

这些快乐便会让我动心，

---

① 见顾子欣著《英诗300首》，国际文化出版公司1996年5月版，第29页。顾子欣先生是诗人和翻译家，曾是我在中国人民对外友好协会的部门领导。我谨以本书向他以及关心我的友协译界前辈王效伯先生和已故的唐建文先生致敬。

去和你同住，做你的爱人。

当岩石已变凉，河水怒浪翻，
时光便从田野驱羊群入圈；
当菲罗墨拉①已被断舌缄口；
众人便会抱怨来日的烦忧。

繁花易谢，繁茂田野
也要听凭寒冬肆虐：
甜言蜜语，苦在心头，
爱之春日，亦悲之秋。

你的长袍、花鞋、玫瑰花围，
你的花帽、花裙，你的花束，
都很快会被遗忘，破败又凋残——
因为愚昧已弥天，理性已腐烂。

你的麦草腰带，你的春藤花蕾，
你的珊瑚带钩，你的琥珀扣缀，
我看，这一切都不会让我动心，
不能使我去你那里，做你爱人。

若青春能常在，爱火能永燃，

---

①　菲罗墨拉(Philomel)：古希腊神话中的雅典公主，被色雷斯王强抢成亲，又被割舌，囚在塔里，后在逃跑时被神变作了夜莺。古诗亦用此字指代夜莺。

若欢乐不必计算岁月期限，

这些快乐便会使我动心，

去和你同住，做你的爱人。

If all the world and love were young,

And truth in every shepherd's tongue,

These pretty pleasures might me move

To live with thee and be thy love.

Time drives the flocks from field to fold

When rivers rage and rocks grow cold,

And Philomel becometh dumb;

The rest complains of cares to come.

The flowers do fade, and wanton fields

To wayward winter reckoning yields;

A honey tongue, a heart of gall,

Is fancy's spring, but sorrow's fall,

Thy gowns, thy shoes, thy beds of roses,

Thy cap, thy kirtle, and thy posies

Soon break, soon wither, soon forgotten—

In folly ripe, in reason rotten.

Thy belt of straw and ivy buds,

Thy coral clasps and amber studs,

All these in me no means can move
To come to thee and be thy love.

But could youth last and love still breed,
Had joys no date nor age no need,
Then these delights my mind may move
To live with thee and be thy love.

　　《多情牧羊人的恋歌》写于 1592 年,于其作者马洛被杀后六年
(1599 年)发表。它是最有名的英诗之一,更被视为文艺复兴晚期英
国田园诗风的代表作,其格律为四音步抑扬格(iambic tetrameter),
共有七节,各含两个韵脚,十分规整。《少女答牧羊人》写于 1598
年,其作者罗利虽与马洛同代,但此诗表达的思想与前诗相反,可视
为对前诗的模拟奚落(parody)甚至否定,因诗中的美少女(Nymph)
拒绝了牧羊人的请求:青春不能常在,爱火不能永燃,欢乐势必有
终。所以此诗末节设定的条件无不在实现之外,使美少女不能“去
和你同住,做你的爱人”。此诗第三节末行的 fancy 在莎士比亚时代
意为“爱情”,如莎翁戏剧《威尼斯商人》第三幕第二场中的歌词:
"Tell me where is fancy bred"(告诉我爱情长在何方)。

　　这两首诗针锋相对,反映了两位诗人的差异:马洛是 28 岁的青
年才俊,他在诗中将“我”和美少女的爱情理想化,渲染了浓郁的浪
漫色彩;罗利是 44 岁的诗坛达人,刚刚走出囚他五年的伦敦塔,其诗
风较为冷峻。他显然认为马洛的爱情理想太幼稚,诗风太矫情。这
个差异再次说明了“文如其人”(The style is the man)的道理。

　　马洛是浪漫的,但远离现实(或许这正是他这首田园诗的魅力
所在);罗利是现实的,但太过悲观。马洛诗中的牧羊人巧言许诺,

欲将玫瑰、花裙、花帽、腰带及花鞋统统送与心上人,甚至还有银盘、纯金鞋扣和象牙餐桌。但这些都是年轻恋人的春梦,而"我"痴爱的美少女大概不过是个村姑,因为"恋爱者都是疯子"(Amantes sunt amentes)。罗利更为清醒,指出现实人间不是古罗马诗人维吉尔(Virgil)笔下的阿卡狄亚(Arcadia),牧羊人的那些赠物"很快会被遗忘,都会破败凋残"(Soon break, soon wither, soon forgotten),这反映了他对人生的深刻认识。《多情牧羊人的恋歌》讴歌梦幻且富有血肉的理想爱情,《少女答牧羊人》却要人们冷静地看清现实,即光阴似箭(tempus fugit),世事无常。后者的诗艺绝不逊于《多情牧羊人的恋歌》,诗人巧妙运用了头韵(alliteration)和首语重复(anaphora)的手法,前者如第六节第三行"Then these delights my mind may move",后者如第四节中的六个"thy"和三个"soon",足见其诗艺高妙。

沃尔特·罗利

沃尔特·罗利1554年1月22日生于英国德文郡,是英国著名的朝臣、诗人、历史学家、军人和冒险家,一生浮沉跌宕,曾数度为英国东征西讨。他是伊丽莎白一世女王的宠臣。据说他与女王的初次见面很有戏剧性:1582年的某一天,28岁的罗利在王宫附近与女王邂逅,前夜下过雨,地面潮湿泥泞,罗利冲上去,将自己的斗篷铺在了女王要走的泥地上。49 岁的女王看了他一眼，踏着那斗篷，匆匆走过。一位随行大臣对罗利说："今天您该刷净您的漂亮斗篷。"罗利答道："只要这斗篷还是我的，我永远都不会刷净它。"①女王欣赏罗利的高雅谈吐和诗作，也喜欢他英武的军人气概，1585 年 1 月封他为爵士。罗利曾两次为英国开拓美洲殖民地，去南美寻找传说中的"黄金国"（El Dorado），并将烟草引进了英国。人们在罗利的死牢里发现过一个木烟盒，上面刻有一句话："Comes meus fuit illo miserrimo tempo。"（这是我在最悲惨时光中的伙伴）

1591 年，罗利与女王的宫廷女官（ladies-in-waiting）伊丽莎白·施罗克墨顿（Elizabeth Throckmorton，1565—1647）秘密结婚。这女子的父亲尼古拉斯（Sir Nicholas Throckmorton，1515—1570）很受女王重视，曾任驻法国大使。他去世后，女王领养了他五岁的女儿伊丽莎白，相当于做了这女孩的教母。"在女王的宫廷女官里，没有人比端庄的伊丽莎白·施罗克墨顿长得更美，出身更高贵。"②罗利夫人于 1591 年夏天生下一子，取名达米雷（Damerei），但他同年 10 月即死于瘟疫。罗利未经女王批准而偷婚，因此失宠，1592 年被关进伦敦塔。他妻子也被逐出宫廷，但一直住在伦敦塔附近，操持家政。两人没有请求女王宽恕，罗利被囚禁了五年。他与妻子的感情十分深厚，后来又生了两个儿子，一个也叫沃尔特（Walter），另一个名叫卡鲁（Carew）。1603 年 3 月 24 日伊丽莎白一世晏驾，罗利于同年 7 月 19 日被新国王詹姆斯一世（James I，1566—1625）下令逮捕，11 月以叛国罪被关进了伦敦塔，囚禁了 13 年。1616 年罗利曾获假释，率

---

① 见玛格丽特·贝莎·辛格（Margaret Bertha Synge，1861—1939）著《英国伟人》（*Great Englishmen*）第 11 章，英国 G. Bell 父子公司 1911 年版。作者为英国皇家历史学会会员。

② 见弗雷德里克·奥伯尔（Frederick A. Ober）著《沃尔特·罗利爵士传》（*Sir Walter Raleigh*），哈珀兄弟出版社（Happer's Bothers Publishers）1909 年版。

探险队再去南美寻找"黄金国",其间与西班牙人发生激战,其子沃尔特中弹身亡。

罗利回国后,詹姆斯一世应西班牙驻英大使的强烈要求,恢复了对罗利的死刑判决。在伦敦塔的死牢中,罗利写出了一部《世界史》(History of the World),该书于1614年出版,更使他闻名遐迩。早在1603年,他就给妻子写了一封绝命书,被后世看作最凄美的名人情书。他还给妻子写了一首绝命诗,题为《我的最后心愿》(My Last Will),共100行,其最后两句是:

> 我们被太阳离析,
> 又在黑暗中合一。

> We are severed by the sun,
> And by darkness are made one.

1618年10月29日,罗利在伦敦被斩首。临刑前,他看见了断头斧,言道:"这是烈药,但也是能治愈一切疾病和痛苦的医生。"他还对刀斧手说:"我此刻是在发疟疾。我不想让我的敌人以为我发抖是因为怕死。"他表现得异常勇敢,向刀斧手喊道:"砍吧,汉子,砍吧!"(Strike,man,strike!)罗利人头落地后,众多围观的百姓并未像通常那样欢呼,而是一片沉默,因为他们都知道:罗利是怯懦的国王送给西班牙人的牺牲品,而这一天"是詹姆斯黑暗王朝中最黑暗的一天,也是罗利一生中最灿烂的一天"[①]。罗利的头颅被交给其妻"贝丝"(Bess,伊丽莎白的昵称)保存了29年,直到她82岁去世。

---

① 见玛格丽特·辛格著《英国伟人》第11章。

罗利的尸身最后葬于伦敦威斯敏斯特区的圣玛格利特教堂。

沃尔特·罗利是当时的"白银诗人"（silver poets）之一，此派诗人抵制意大利文艺复兴时期诗歌的用典与工巧，其诗风朴素无华，用词直率，意境清新。罗利的一些诗作表现了蔑视尘俗（contemptus mundi）的主题，但其爱情诗也反映了伊丽莎白一世时代的某种爱情观，以下这首就是其中的代表。

爱是什么

爱是什么？请对我言。

爱是活水，爱是清泉，

爱有快乐，爱有悔恨。

爱抑或为丧钟①之音，

送人去天堂或地狱：

这就是爱，我闻如许。

爱是什么？请君告之。

爱是工作，行于圣日②；

冬夏相配，两情开怀；

先将热血，重做安排，

怀胎十月，再聆佳音：

这就是爱，如是我闻。

---

① 丧钟（saucing bell）：即 soul bell，教堂为死者举行宗教仪式时敲钟。

② 圣日（holy-day）：天主教的瞻礼日，有时亦指主日（星期日）。

爱是什么？请告诉我。

阳光雨水，爱中混合；

爱似痛苦，爱是牙痛；

爱是竞赛，无人获胜；

少女说"不"，满心欢快：

如是我闻，这就是爱。

爱是什么？说与我听。

爱是"同意"，爱是"不行"，

爱是争锋，愉悦公平，

有物名爱，迅即无踪；

尔当相机，抢占优势：

这就是爱，我闻如此。

爱是什么？对我言明。

爱弗能驻，悄然潜行；

爱是奖品，辗转传播；

属于一个，属于每个，

识者发现，爱必若此，

我想，嘉友，爱即如是。

A Description of Love

Now what is love? I pray thee, tell.

It is that fountain and that well

Where pleasure and repentance dwell.

It is perhaps the sauncing bell
That tolls all into heaven or hell:
And this is love, as I hear tell.

Yet what is love? I pray thee say.
It is a work on holy-day;
It is December matched with May;
When lusty bloods, in fresh array,
Hear ten months after of the play:
And this is love, as I hear say.

Yet what is love? I pray thee say.
It is a sunshine mixed with rain;
It is a tooth-ache, or like pain;
It is a game where none hath gain;
The lass saith no, and would full fain:
And this is love, as I hear sain.

Yet what is love? I pray thee say.
It is a yea, it is a nay,
A pretty kind of sporting fray;
It is a thing will soon away;
Then take the vantage while you may:
And this is love, as I hear say.

Yet what is love, I pray thee show.

A thing that creeps, it cannot go;

A prize that passeth to and fro;

A thing for one, a thing for mo;

And he that proves must find it so:

And this is love, sweet friend, I trow.

《爱是什么》见于英国 1593 年出版的诗选《凤凰之巢》(*The Phoenix Nest*),书中收入了当时与前代的 79 首诗和三篇散文。此诗由四音步抑扬格的六行诗节(sestet)构成,每行八音节,所以我将中文译作每行八字,但原诗每节一韵到底,译文很难做到,只好仿照传统的双行英诗设韵了。

诗或以抒情为要,或以说理为旨,此诗属于后者。罗利是成熟练达的朝臣,通谙世情,对人心的洞察更在常人之上。此诗的突出特点是巧用矛盾修辞法(oxymoron),以对爱情的对立表述揭示其实质,启人深思。此诗必定写于 1593 年以前,被收入《凤凰之巢》时,罗利已被囚伦敦塔。诗人认为爱情就像双刃剑(尝闻"双刃剑"的说法是废话,盖剑本双锋,单刃为刀):爱是含着快乐与悔恨(repentance)的清泉,能送人上天堂,也能送人下地狱;爱是"同意"(yea),爱是"不行"(nay),"少女说'不',满心欢快"(lass saith no, and would full fain);爱是公平的争锋,是无人能取胜的竞赛;爱情稍纵即逝,因此人们应当抢占先机(take the vantage while you may)。此诗很像歌词,言简意赅,回环复沓,音律和谐。

此诗第二节的意思比较隐晦。它以"十二月"比喻隆冬,以"五月"比喻初夏,这是隐喻相爱的男女性格不同甚至迥异,以当今语言解释,谓之"互补"。它又将男女婚配喻为圣日的工作(a work on holy-day),喻为重新安排血脉(lusty bloods, in fresh array)。可见诗人所说的爱并非柏拉图式的精神之爱,而是含有人间烟火,因生儿育女也是上帝的吩咐,如在《旧约·创世记》第九章,耶和华对挪亚等人说:"你们要生养众多,遍满了地。"至于第三节"爱是阳光雨水的混合"(a sunshine mixed with rain)一句,则似有两重含义:一是与第二节隆冬与初夏之喻相似,比喻性情迥异者的结缘;二是说爱中有聚有散,有阴有晴,有苦有甜。此节里的 rain 不宜译作"雨露",因"雨露"含有褒义,比喻恩泽,但它在此节语境中却是作为 sunshine(阳光)的对立面。

还有一点值得注意:罗利在诗中多次采用了"如是我闻"(as I hear tell, as I hear say)的说法。这就像我国古代臣子进谏时常说"臣闻"一样。看来诗人不愿直抒胸臆、为爱定性,而频频借口"据说",隐去自身。苏东坡词"故垒西边,人道是,三国周郎赤壁",辛弃疾词"斫去桂婆娑,人道是,清光更多"[1],也是如此。这不但更显客观和委婉,甚至可以避祸,少惹是非。当然,小人造谣也常用"据说"一法,那是心怀叵测,并非在作诗。《爱是什么》虽说不长,却值得细品。

罗利还有一首谈论爱情的无题诗,其实也可叫作"爱是什么",只是更加冷峻,带有古希腊斯多噶哲学(Stoicism)的色彩,不妨一读,我将它翻译如下:

> 外表闪亮并非都是黄金,
> 并非朵朵鲜花皆可悦目:
> 最平静的水面水流最深,
> 可口的往往是最烈之毒:

---

[1] 辛弃疾:《太常引·建康中秋为吕叔潜赋》。

美味诱饵藏着害人钩棘，
谎言亦会借得友善外衣。

爱是金锭，会带着迷人外表，
最初的诺言令人快乐萌生，
快乐如夏草，新鲜又美好，
烈日烤不焦，劲风吹不动；
但将金锭投进火中炼试，
金子便消失，所剩仅渣滓。

花儿何其艳，流光又溢彩，
花儿何其香，柔嫩且娇媚，
照理此花似应永开不败，
任何风暴不能将它摧毁：
但只要吹来恶意的南风，
以前的美好便消失殆尽。

爱是静静流淌的大江，
它引诱人们涉足江水，
爱是毒药混合着蜜糖，
甜美的外表令人心醉；
深水泛起会使你窒息，
毒药入体必使人死去。

爱是钓饵，用美味把鱼儿欺骗，
能使它们将窒息的鱼钩吞掉，

爱是美得使人失去理智的脸，

能使你轻信虚假的美丽外表：

但正像蠢鱼因吞钩而把命丧，

情人会因惑于媚人容貌身亡。

All is not gold that shineth bright in show；

Nor every flower so good as fair to sight：

The deepest streams above do calmest flow，

And strongest poisons oft the taste delight：

The pleasant bait doth hide the harmful hook，

And false deceit can lend a friendly look.

Love is the gold whose outward hue doth pass，

Whose first beginnings goodly promise make

Of pleasures fair and fresh as summer grass，

Which neither sun can parch nor wind can shake；

But when the mould should in the fire be tried，

The gold is gone，the dross doth still abide.

Beauty the flower so fresh，so fair，so gay，

So sweet to smell，so soft to touch and taste，

As seems it should endure，by right，for aye，

And never be with any storm defaced：

But when the baleful southern wind doth blow，

Gone is the glory which it erst did show.

Love is the stream whose waves so calmly flow,

As might entice men's minds to wade therein;

Love is the poison mix'd with sugar so,

As might by outward sweetness liking win;

But as the deep o'erflowing stops thy breath,

So poison once received brings certain death.

Love is the bait whose taste the fish deceives,

And makes them swallow down the choking hook,

Love is the face whose fairness judgment reaves,

And makes thee trust a false and feigned look:

But as the hook foolish fish doth kill,

So flattering looks the lover's life doth spill.

此诗见于英国 1600 年出版的伊丽莎白时代抒情诗选《英国的赫利孔》(*Englands Helicon*),"赫利孔"是古希腊神话中文艺女神和诗神阿波罗居住的神山。这部诗选收入了莎士比亚、锡德尼(Sir Philip Sidney, 1554—1586)、斯宾塞(Edmund Spenser, 1552?—1599)和罗利等名家的诗作,也包括马洛那首《多情牧羊人的恋歌》,正如学者柳无忌(1907—2002)所说:"这种诗选一方面表示读者对于诗的兴趣已增加,一方面又给那些穷途潦倒的文人一个糊口的机会。"[①]罗利这首诗的签名为"伊格诺托"(Ignoto),而《剑桥英美文学史》(*The Cambridge History of English and American Literature*)中说:大英博物院藏的一份诗歌目录手稿(作者 Francis Davison)将它归为

----

① 见柳无忌著《西洋文学研究》,中国友谊出版公司 1985 年版,第 111 页。

罗利。若认真分析此诗的思想及艺术手法,也有理由说它出自这位
诗人。

　　此诗由五音步抑扬格的六行诗节构成,共分五节,各节均由一
个四行体(quatrain)和一个对句(couplet)构成,其韵式为 abab-cc。
第一节可看作总论,其余四节的对句都是笔锋一转,说破真相,十分
犀利。六行诗节构成的英诗不乏佳作,如莎士比亚的千余行长诗
《维纳斯与阿多尼》(Venus and Adonis)。诗人徐志摩 1923 年也写过
一首六行体,题为《石虎胡同七号》。

　　石虎胡同位于北京西单,我在那里住过至少 23 年。石虎胡同七
号曾为明清王府,雍正三年改为右翼宗学,曹雪芹曾供职于斯。1916
年,梁启超创办了以蔡锷将军的字“松坡”命名的图书馆并亲任馆
长。“松坡图书馆”的主馆在北海公园快雪堂,石虎胡同七号为其外
文图书部,藏书逾万,徐志摩曾在那里居住和工作。石虎胡同七号
也曾是我的中学母校“中央民族学院附中”的校址。我在那里上学
时,尚未读到徐志摩的那首诗,只听说其前身是“国立北平蒙藏学
校”,更听说吴三桂的爱姬陈圆圆也住过那里。徐志摩诗里说那个
“小园庭”“有时荡漾着无限温柔”“有时淡描着依稀的梦境”“有时
沉浸在欢乐之中”,读后使我备感亲切,心情大好。

　　爱是什么?这个题目很大,像个亘古难解的谜团,因为“道可
道,非常道”;但仍不乏古今明贤为其作答,对爱情毁之誉之,各呈己
见,罗利就是其中一位。此诗是他的一家之言,包含深刻的哲理。
其第一节是全诗的提纲,将爱情比作金锭、鲜花、川水、毒药和钓饵,
随后四节展开详述。诗中说爱是毒药混着蜜糖(the poison mix'd
with sugar),是用美味欺骗鱼儿的钓饵(the bait whose taste the fish
deceives),是美得使人失去理智的脸(the face whose fairness
judgment reaves),这些比喻简直可说是入木三分,惊心动魄。诗人

认为：爱情像闪光的金锭，但烈火一炼，"金子便消失，所剩仅渣滓"（The gold is gone, the dross doth still abide）；爱情像美艳的花朵，但炙热的南风一吹，"以前的美好便消失净尽"；脸庞虽美，却会使糊涂人上当乃至殒命，"正像蠢鱼因吞钩而把命丧"（as the hook foolish fish doth kill）。这些警句大概既是告诫，亦为经验之谈，与罗利的多舛人生不无关系。所以前文才说，这首无题诗很有些斯多噶哲学提倡的清心寡欲的味道。

但也应当看到：罗利以此诗谤毁爱情并非提倡禁欲（这有悖文艺复兴时期人性解放的主流思潮），而全是为了避祸全身，就像在表面平静的深水岸边插上"严禁游泳"的牌子。罗利的胆量确实很大（甚至过大），并常与野心结盟：他不但热衷杀伐征战，屡次漂洋过海，去冒险建功，而且多年受到伊丽莎白女王的恩宠，而伴君者的勇气想必大于常人。我国早有"伴君如伴虎"之说，与罗利同朝的培根（Francis Bacon）也因伴君摔过大跟斗，因此称罗利是最勇敢的男子汉，毫不为过。此诗对爱情的深刻剖析，大概会让春梦中的少男少女感到气短，因它剥去了爱情的迷人外衣。闻道不分先后，恋爱男女有机会听到对浪漫爱情的另类见解（例如这首无题诗），幸莫大焉。

第三章　既已无望,就让我们吻别

迈克尔·德雷顿(1563—1631)的《艾迪娅之镜》四首

迈克尔·德雷顿

《艾迪娅之镜》(*Idea's Mirror*)是 16 世纪英国诗人迈克尔·德雷顿(Michael Drayton)的著名十四行诗集。德雷顿生于 1563 年(比莎士比亚早一年),与莎翁同代,其诗作之光虽为莎士比亚的成就所掩,犹日边之月,但他仍是伊丽莎白时代的诗艺高手。

德雷顿生于英格兰沃里克郡(Warwickshire)的哈茨希尔村(Hartshill),父亲为商人。那个村迄今有九百余年历史,有大片的林地,有建于 13 世纪的五边形城堡(尚存遗迹),有建于 1773 年的考文垂运河河道,附近还有大采石场,出产黑色花岗石。该村的出名应归功于德雷顿,因这位诗人出生于哈茨希尔林地边的一座屋宅,但它已在 1941 年因公路扩建被拆毁。近现代学者推断德雷顿上过牛津大学,但这个说法引起了质疑。

1580 年,德雷顿去贵族亨利·古德耶尔爵士(Sir Henry Goodere,1534—1595)府邸当听差。古德耶尔(现代拼作 Goodyear)家族在伊丽莎白时代很有地位和影响,亨利爵士更是经历不凡:他是伊丽莎白女王(Elizabeth I, 1533—1603)宠臣威廉·塞西尔

（William Cecil，1520—1598）的亲戚，曾为被处决的苏格兰女王玛丽（Mary Stuart，1542—1587）发明密码，并于1571年因涉嫌谋反被关进了伦敦塔，但1588年又受封为骑士，做了伊丽莎白女王的护卫。亨利·古德耶尔还是英格兰历史上最早的特务之一。1582年，他担任了伦敦西南萨顿皇城（Royal Town of Sutton Coldfield）的终身治安官，直到去世。17岁的听差德雷顿不但得到了贵族府的良好教育，更爱上了亨利爵士的女儿安妮（Anne Goodere），写诗赞颂她的美貌。安妮后来嫁给了贵族亨利·雷因福德爵士（Sir Henry Rainford），而德雷顿却终生未娶。1593年，他为这段恋情发表了诗集《艾迪娅：牧羊人的花环》（*Idea：The Shepherd's Garland*），包括九首田园诗；1594年，他将那些诗改写为十四行诗集《艾迪娅之镜》，在诗中将安妮称为"艾迪娅"（Idea）。曾见这部诗集的名字被译为"意念的鉴镜"[①]，不够准确。

德雷顿十岁起便想做诗人，终于靠艰辛奋斗和贵族保护人的支持如愿以偿。他28岁时的第一本诗作《福音对照集》（*The Harmony of the Church*）是对《圣经》的诗化诠释，却得罪了教会，被坎特伯雷大主教颁令没收并销毁，于是他放弃了宗教诗的写作，转向田园诗和历史叙事诗，并获得了伊丽莎白宫廷的赏识。他最重要的长篇诗作《多福之邦》（*Poly-Olbion*）写了将近十载（1612—1622），用当今的标准说属于表现爱国主题的鸿篇巨制，旨在用历史和传说论证斯图亚特家族理当君临英伦，该诗作虽说最为有名，但很难读，其格律严守法国的亚历山大双行体（couplet of Alexandrines），与英诗颇多抵牾。德雷顿最受欢迎的作品还是抒情十四行诗，尤其是诗集《艾迪

[①]　见柳无忌《莎士比亚时代的抒情诗》，《西洋文学研究》，中国友谊出版公司1985年版，第110页。

娅之镜》里的第61首("既已无望,就让我们吻别"),它历来被看作德雷顿抒情十四行诗的冠冕,甚至有评论说:"为了这首诗许多人宁愿牺牲他(德雷顿)的许多其他作品。"①1631年12月23日,德雷顿在伦敦去世,葬于西敏寺(Westminster Abbey)。

德雷顿的诗歌大致可分为两类:部分"雅作"被评论界叫好却并不"叫座";其轻松抒情的作品则"叫好又叫座",例如神话诗《宁菲迪娅:仙女之宫》(*Nymphidia*: *the Court of Fairy*, 1627),当然还有《艾迪娅之镜》。诗集《艾迪娅之镜》发表于1619年,包括73首十四行诗,另加卷首诗《致读者》和卷末诗(*A Cansonet*②)。Idea这个字带有柏拉图学说的意味,因它在柏拉图哲学中表示先验的"理式",现象界只是其不完美的摹本(参见朱光潜《西方美学史》),德雷顿将恋人安妮唤作Idea,表明了安妮是他理想中的完美女子。这部诗集里的作品大都可圈可点,限于篇幅,我从中选译了四首(即第48、59、61、64首),并按照64—59—61—48的顺序重新排列。我这样做,是拟将"爱情"作为主线(它符合本书的主旨),将这四首诗大致比作古典交响曲的四个乐章:第64首是奏鸣曲般的赞歌,呈示并发展"爱情"主题,为第一乐章;第59首是轻松的谐谑曲,为第二乐章;第61首是一曲骊歌,情绪突变,为第三乐章;第48首诟病爱神丘比特,达到高潮并作收束,为第四乐章。

---

① 见英国艾弗·埃文斯(Ifor Evans)著《英国文学简史》,蔡文显译,人民文学出版社1984年版。

② Cansonet:今写作canzonet,意为"抒情小曲"或"短歌",又见莎翁最早剧作《爱的徒劳》(*Love's Labour's Lost*,1594)第四幕第二场私塾先生霍罗福尼斯(Holofernes)台词:Let me supervise the cansonet(容我将此短歌斟酌)。朱生豪译作"让我把这首小诗推敲一下"。

第 64 首

你的双眸教我爱神的字表，

我未习拼音，便将字表记清，

我若记得牢，你便目光姣好，

（因为我就像学者，擅长证明）。

先学元音，誓言是我的元音，

第一课学会你神圣的姓名；

再学辅音，我已经谙熟于心，

和谐的单词，声如你的美名。

我的眼泪是流音，晶莹闪亮，

我的愁思是哑音，渴求安慰，

悲伤的双元音是我的绝望，

哀痛的重音为我喟叹加倍。

女教师告诉我这便是爱情，

我才将我的伤心故事读懂。

Thine eyes taught me the alphabet of Love,

To con my cross-row ere I learned to spell

（For I was apt, a scholar like to prove），

Gave me sweet looks whenas I learned well.

Vows were my vowels, when I then begun

At my first lesson in thy sacred name；

My consonants, the next when I had done,

Words consonant and sounding to thy fame；

My liquids then were liquid crystal tears,

　My cares my mutes, so mute to crave relief;

My doleful diphthongs were my life's despairs,

　Redoubling sighs, the accents of my grief.

My love's school-mistress now hath taught me so,

　That I can read a story of my woe.

　　品读前人作品,只要不是将阅读当作纯消遣,便不但应看作品文字,而且至少也应了解作者的时代乃至个人经历。这如同对待古玩,一些人只看艺术品的材质与工艺,一些人还要考察其年代及传承史:前者是唯美主义者,后者是鉴赏家;前者追求审美感受,后者颇近于考古研究。品诗亦如此,你可以仅仅品味诗作本身,亦不妨兼顾作品产生的背景和诗人的生平及创作特点,甚至将作品看作研究诗人心理的材料。后一种方式虽然较难,但更可取,因为"只有理解了的东西才能更深刻地感觉它"①。在这方面,法国的圣伯夫(Sainte-Beuve,1804—1869)、丹纳(Hippolyte Adolphe Taine,1828—1893)、罗曼·罗兰(Romain Rolland,1866—1944)、丹麦的勃兰兑斯(George Brandes,1842—1927)、英国的威廉·冈特(William Gaunt,1900—1980)、美国的房龙(Handrik Willem Van Loon,1882—1944)等人的著作,都是出色的范例。

　　《艾迪娅之镜》中十四行诗的格律都属于英国体,或称"莎士比亚体"(Shakespearean)。与之并列的意大利体(或称"彼得拉克体",Petrarchan)由两部分构成,前八行(octave)提出主题,其韵脚(rhyme)为abba-abba,后六行(sestet)陈述结论,其典型韵脚为cde-

---

① 毛泽东:《实践论》。

cde。由于英语同韵词较少，英体十四行诗便改造了意大利体，由四部分构成，即三个四行诗（quatrain）加最后的对句（couplet），其典型韵脚为 abab-cdcd-efef-gg。至于英体十四行诗的韵律（meter），则大多为五音步抑扬格。这些诗格是品读诗作时的参照系。诗人是带枷锁的舞者，唯有如此，方能显出诗人的个性与诗艺。

英体十四行诗的最后两行通常是对全诗的概括总结，因此，要了解全诗主旨，也不妨"倒读"，即先看最后两行，再思考诗人的结论由何而来。《艾迪娅之镜》第 64 首的最后两行是"女教师告诉我这便是爱情，我才将我的伤心故事读懂"。这个结论来自此诗前十二行构成的巧妙比喻：女子是男儿爱情之师，她的明眸犹如吹开男儿情窦的春风。当然，这师生各有天赋，学子能否修成正果，首先要靠从师，但最终取决于自修与精进。作家梁晓声说：

> 好女人是一所学校，一个好男人通过一个好女人走向世界。好女人是一种教育。好女人身上散发一种清丽的春风化雨般的妙不可言的气息，她是好男人寻找自己，走向自己，然后豪迈地走向人生的百折不挠的力量。

这番话略带中世纪骑士精神，却只言及问题的一半，因它在"女人"前加上了"好"的限定。有识者说坏女人也是男人的学校，其理不言而喻。看来此诗中的"我"尚属少年，将女子的明眸看作了老师，未习拼音、就先将爱情的字表记清（con my cross-row ere I learned to spell）。爱的启蒙，使他把元音、辅音、哑音、重音和流音（liquid）化作了爱的誓言、热泪、愁思和喟叹，其念可嘉，其情可悯。他的天真告白亦有回应，因"我若记得牢，你便目光姣好"（Gave me sweet looks when-as I learned well）。可以说，此诗不但写了"我"，而且写了"你",俨然是一曲爱的赞歌。至于"你"是何人并不重要,她也许是诗人梦中的女子,也许就是安妮小姐。诗人将心中的女子喻为"爱情的老师"(My love's school-mistress),既体现了骑士精神,又活画出了痴情少年的心态。可见,爱情唯到深处才臻于痴,而唯到痴境方可入诗。

第 59 首

我近日与爱神同住客舍,

为了开心,我们聊起老话,

"有了爱情便有一切",我说,

"奉承话会叫人变傻",他答;

"迟言者行事太慢",我又说;

他却说:"过快无异于过慢";

我答:"幸运帮助最勇敢者,"

他说:"匆忙之人永有祸患。"

"有了爱情,重也变轻",我道;

他言:"久负之轻也成重担。"

我说:"丢了次要,主要不保。"

他笑:"你纺出了公道的线。"

我们如此言语交锋一场,

聚时是傻子,别时是愚氓。

As Love and I, late harboured in one inn,

With proverbs thus each other entertain,

"In Love there is no lack," thus I begin;

"Fair words make fools," replieth he again;

"Who spares to speak doth spare to speed," quoth I;

"As well," saith he, "too forward as too slow;"

"Fortune assists the boldest," I reply;

"A hasty man," quoth he, "ne'er wanted woe;"

"Labour is light where Love," quoth I, "doth pay;"

Saith he, "Light burthen's heavy, if far borne;"

Quoth I, "The main lost, cast the bye away;"

"You have spun a fair thread," he replies in scorn.

And having thus awhile each other thwarted,

Fools as we met, so fools again we parted.

此诗带有轻喜剧般的诙谐,令人耳目一新。它通篇都在叙事,将感情藏了起来,所以不像通常的抒情十四行诗。读了它,人们才知道十四行诗竟可以这样写。其主体部分是民谚(proverb),其对话者则是爱神与"我";西方诗论中,诗中的"我"被称为"诗人的代言者"(the poet's speaker)。诗人笔下的"我"像痴情少年一样天真,一心憧憬美好爱情,认为"有了爱情便有一切""有了爱情,重也变轻";为得到爱情,他主张大胆表白,因"迟言者行事过慢""幸运帮助最勇敢者"。但爱神却老于世故,另有见解,活像犬儒(Cynic)。

爱神引述的谚语更耐人寻味,并不像"我"的主张那样直白。"我"说"迟言者行事太慢"(Who spares to speak doth spare to speed),爱神却说"过快无异于过慢"(As well too forward as too slow),指明了"欲速则不达"的道理,即古罗马人所说的"勿操之过急"(Festina lente)。莎士比亚也说:"中速的爱情方可久远;过快过慢,结果都不圆满。"①(《罗密欧与朱丽叶》第二幕第六场)17世纪的西班牙修士格拉西安(Baltasar Gracián,1601—1658)则说:

> 你必须先经过时间的圆周,才能到达机遇的圆心。耐心的智者能预设目标,等待完成目标的手段成熟。时间的拐杖比大力神的狼牙棒更有效。……命运女神会把头等大奖赏给等待。②

此话也适用于爱情:有些爱情虽有地利、人和之便,但唯缺天时,天时即"火候",火候不对,佳肴难成。不过,诗中的"我"赞成抓住时机、勇敢表白爱情,以免错过姻缘,追悔莫及,这也不无道理。"久负之轻也成重担"(Light burthen's heavy, if far borne)一句更有深意,它针对"有了爱情,重也变轻"(Labour is light where Love doth pay)发言,似在告诫人们:当爱情化为婚姻,情侣成了怨偶,当事者便再不会感到当初那种如履云雾般的飘然。这恐怕是伉俪们的普遍感受。

全诗最后两行最为有趣:诗人终于道出了自己的见解,将爱神和"我"都比作"傻子",反映了诗人对爱情的思虑,更准确地说,那是对恋爱之道的怀疑。诗中的"你纺出了公道的线"(You have spun a fair thread)是个暗喻,纺线(spin the thread)的典故出自古希腊神话,命运三女神(Fates)各司其职,一个纺出命运之线,一个决定其长短,一个剪断它。爱神嘲笑了"我"所说的"丢了次要,主要不保",讽刺

---

① 原文为:Therefore love moderately. Long love doth so. Too swift arrives as tardy as too slow. 朱生豪译本作"不太热烈的爱情才会维持久远;太快和太慢,结果都不会圆满"。但是,将 moderately 一字译为"中速"更符合此句语境,因它议论的是爱情的发展速度,而不是强度。

② 见格拉西安著《世俗生活的智慧》,肖聿译,中国商业出版社2008年版,第29页。

"我"在爱情中奢求得到一切。

第61首

既已无望，就让我们吻别，

不，我已放弃，已不再欠你，

我很喜悦，对，我满心喜悦，

因我知道我已自由无羁。

握别吧，将誓约统统取消，

你我有朝一日若能相见，

但愿你与我的额头眉梢

未留下丝毫的昔日爱恋。

爱神此刻呼出最后一息，

脉搏渐弱，激情静卧一旁，

真诚跪着，目睹爱神逝去，

单纯正将爱神双目合上。

爱已无望，此刻你若有情，

即可使那爱神起死回生。

Since there's no help, come, let us kiss and part,

Nay, I have done, you get no more of me,

And I am glad, yea, glad with all my heart,

That thus so cleanly I myself can free.

Shake hands for ever, cancel all our vows,

And when we meet at any time again

Be it not seen in either of our brows

That we one jot of former love retain.

Now at the last gasp of Love's latest breath,

When, his pulse failing, Passion speechless lies,

When Faith is kneeling by his bed of death,

And Innocence is closing up his eyes.

Now, if thou wouldst, when all have given him over,

From death to life thou might'st him yet recover.

或许因为这首诗太过有名,热衷者曾给它冠以"告别爱情"(Farewell to Love)、"分手"(The Parting)、"爱的诀别"(Love's Parting)等标题,总之,这是失恋者唱出的爱之骊歌。其第一行曾被译为"既然没啥办法,来让我们亲一下再分手吧"①,这是"我手写我口"的典型表现,没有区别出口语和书面语、大白话与诗歌语言。

此诗之所以动人,大概是因为它真实地写出了失恋者的达观。愤怒出诗人,失恋也出诗人。套用大文豪托尔斯泰的话说:幸福的爱情都是相似的,不幸的爱情各有各的不幸。失恋者有的呼天抢地,顾影自怜,像是到了世界末日;有的"怒从心头起,恶向胆边生",一心要报这血海深仇;有的则处之泰然,"往事不再提"(Let bygone be bygone),笑泯恩怨。此诗中的"我"属于第三种失恋者。他恋爱和分手时都堪称君子,不像一些狭隘之人,相恋时是君子,分手时成小人。

此诗的主调是哀怨,但并不悲切,只是怨而不怒,这是由于"我"的旷达,因他懂得"塞翁失马"之理,深悟舍得之辨,为重获自由而欣然。面对无望的爱情,此种"精神胜利法"不失为一条出路。"精神

----

① 见《英国文学简史》,人民文学出版社1984年版,第35页。

胜利法"不是阿 Q 的专利,只要善加利用,便是一种有益的心理暗示,甚至是弱者的利器。"精神胜利法"无非是权衡得失,从"失"中见"得",而这需要一种大智慧。例如:当今乡下人拼命进城,以分享"现代文明",弃故乡如敝屣;城里人却感到窒息、逼仄、匆忙和惶惑,纷纷跑到乡下,去享受"农家乐",去喝不加三聚氰胺的奶,去吃没有添加"瘦肉精"的肉,真不知两者谁更幸福,谁更不幸。又如,青年讨上了老婆,却沦为房奴、车奴甚至妻奴,若回想"围城"外的潇洒自由,便大可怀疑自己得到的是不是幸福。

德雷顿 1616 年的诗作《短歌:致娇羞的恋人》(To His Coy Love: A Canzonet)表达的感情就不像此诗这么达观。诗中的"我"对恋人说"求你离开,别再爱我,唤回你给我的心"(Pray thee leave, love me no more, Call home the Heart you gave me),因恋人半推半就的亲吻几乎将他杀死(These poor half Kisses kill me quite),并说"在地狱受罪算不了什么,在天堂受罪才算折磨"(Tis nothing to be plagu'd in Hell, But thus in Heaven tormented)。从通篇看,这番话仍属于矫情,因为"我"并不真想让恋人"离开",而是欲擒故纵。

到了《艾迪娅之镜》第 61 首中,更成熟的"我"已看透了爱情,遂对失去无望之爱"满心喜悦"(glad with all my heart)。不过,"我"毕竟没有彻悟,仍是心有不甘,虽不再憧憬"举案齐眉",却颇觉"到底意难平",因为此诗最后两行说:"此刻你若有情,即可使那爱神起死回生"(if thou wouldst, From death to life thou might'st him yet recover)。从艺术上看,这两行可谓瑕疵甚至败笔。前十二行设喻确当,一气呵成,文义连贯,而诗末却推翻了前面的一切,颇不搭调,可称"晚节不保"。

起死回生的爱神想必很是吓人,脸上满是皱纹,身上弥漫着来苏水的气味,不是常人所能消受的。可见此诗里的"我"还有待修炼,重新定位爱情。当然,这是针对男人而言,因为大诗人拜伦在长诗《唐·璜》第一章里说,"爱情只是男人生命的一部分,却是女人生命的全部"(Love is of man's life a thing apart; 'Tis woman's whole existence)。

第48首

丘比特,我恨你,我要让你明白;
但愿你永远赤身,并永远受饥!
卑鄙无赖,当掉你的弓和饰带,
去换几片破衣,遮住你的身体。

你不肯如此,也莫炫耀箭术,
向你喜欢的那些低贱农人;
当谷物下种或者麦穗抽出,
背上你的箭袋,去做稻草人。

你是盲者,有一行你最适合,
雇个蠢笨男孩,再弹起竖琴,
盲者常作吟游,去流浪献歌,
这可讨你美丽母亲的欢心,
她对战神马斯仍一如往昔,
你是盲儿,可坐在一旁嬉戏。

Cupid, I hate thee, which I'd have thee know;
A naked starveling ever may'st thou be !
Poor rogue, go pawn thy fascia and thy bow
For some few rags wherewith to cover thee.

Or, if thou'lt not, thy archery forbear,

To some base rustic do thyself prefer,

And when corn's sown or grown into the ear,

Practise thy quiver and turn crow-keeper.

Or, being blind, as fittest for the trade,

Go hire thyself some bungling harper's boy;

They that are blind are often minstrels made;

So may'st thou live, to thy fair mother's joy,

That whilst with Mars she holdeth her old way,

Thou, her blind son, may'st sit by them and play.

　　此诗与一般抒情十四行诗判然有别,因为它指斥了爱神丘比特,宣泄了愤怒之情。按世俗眼光,这些诗行几近诅咒,实在是大不敬。在西方绘画里,丘比特常被描绘成赤身裸体的少儿,天真烂漫,很讨人喜欢;但画家有时也将他画成英俊青年。西方情人节贺卡上常能见到丘比特的形象,因为他是情人节最重要的象征。中国传统婚姻之神月老初见于唐贞观年间,《续玄怪录·定婚店》说他主管"天下之婚牍",并有"赤绳子""以系夫妻之足,及其生,则潜用相系,虽仇敌之家,贵贱悬隔,天涯从宦,吴楚异乡,此绳一系,终不可避"。

　　关于丘比特的性情,最常见的形容词是"mischievous",即顽皮、喜欢恶作剧、爱惹麻烦,甚至是有害的。这大概是丘比特的神箭使然:金箭能使人坠入情网,据说蘸过维纳斯花园的甜泉之水(另一说是涂了春药);铅箭能使人失去爱情,据说是蘸了维纳斯花园的苦泉之水。英哲培根(Francis Bacon)说:"维纳斯激起了各个物种婚配与生育的欲望,她的儿子丘比特则将这种欲望赋予了个体对象。"他还说丘比特有四个特点："永远是孩童,他天生盲目,他全身赤裸,他会射箭。"①《艾迪娅之镜》第48首中,"我"对丘比特的诟病正是分别针对后者的三个特点,即全身赤裸、会射箭及天生盲目。

油画《缴械的爱神》(*Love Disarmed*),法国新古典主义画家布格罗(Adolphe William Bouguereau,1825—1905)作

丘比特毕竟年幼,因此古希腊罗马神话只让他主管爱情,却不让他主管婚姻,因为古希腊神话里还有一位专司婚礼之神,名叫许门(Hymenaios,或作 Hymen)。欧里庇得斯在《特洛伊妇女》中将他称为"婚姻之王";莎士比亚在《哈姆莱特》的第三幕第二场中也说:"Since love our hearts, and Hymen did our hands, Unite commutual in most sacred bands." 朱生豪先生将此句译为:"自从爱把我们缔结良姻,许门替我们证下了鸳盟。"梁实秋先生的译文更灵活、更中国化:"自从两心相爱慕,月老缔良缘,一丝红线把我俩的手儿牵。"索性将许门译成了"月老"。

丘比特与月老一个是孩子,一个是老叟,一个射箭,一个拴绳,看似不同,其实都免不了挨骂。既在其位,必履其职,享了祭拜,必遭诟病,这是普遍规律,谁让他们是明星? 有些人欲占尽天下便宜,却不肯吃半点亏,觉得其待遇应在丘比特和月老之上,这是不懂得祸福相依、利弊共存的铁律。此外,孩子心智未熟,老叟难免昏聩,

---

① 见培根著《古代的智慧》(*De Sapientia Veterum*,1609)第17章。

让他们主宰人间婚恋,也实在太过轻率。《西厢记》里的红娘不是月老,只是临时越俎代庖,说到底不过是个为莺莺小姐拉纤的乖巧婢女。

此诗中的"我"分明是情场失意,为尽情发泄对小爱神的不满,竟诉诸语言暴力:他愿丘比特永远赤身、永远挨饿(A naked starveling ever may'st thou be);他吩咐丘比特当掉弓箭,换些破布遮身,去做吓唬麻雀的稻草人;他愿丘比特沦为卖唱者,弹起小竖琴,由"蠢笨的男孩"(bungling harper's boy)牵着四处流浪;更有甚者,他干脆将丘比特骂为"卑鄙的无赖"(Poor rogue),并叫他老老实实地坐在父亲马斯(Mars)和母亲维纳斯身边玩,别再四处添乱。看来,爱情诗也不都是卿卿我我、海誓山盟。十四行诗也可以抛却风花雪月,不要温文尔雅,以詈入诗,尽情挥洒。

不过,仔细分析此诗中"我"的怒气,我们却看到了"我"面对失败时的逃避心理:他不肯检视自己,却呵骂丘比特,将小爱神当成了"替罪羊"。这种诿过的态度不利于总结经验、以利再战。现代社会心理学所说的"他者"(Other),其作用之一就是代人受过,社会主流群体往往将他们视为下等人群,将负面情绪(例如厌恶感)投射到他们身上,聊以自欺和自慰。此诗里的丘比特就是"我"眼中的"他者",因为这位小天神仅仅存在于神话中,很是虚幻,看不见摸不着,最适合挨骂,绝不会有人因骂他而受到惩罚。

第四章　你的黑肤在我眼中白皙无双

莎士比亚(1564—1616)第 129、131 首十四行诗

莎士比亚(William Shakespeare)与我国明代戏曲大师汤显祖(1550—1616)同代,其盛名却大大超过了后者。这或许是因为古代汉语诘屈艰涩,极难为外国人所掌握,汤显祖写于四百年前的昆曲《牡丹亭》更是曲高和寡。例如,《牡丹亭》第十出《惊梦》里杜丽娘下场前念了一首集句诗:

莎士比亚

　　春望逍遥出画堂,闲梅遮柳不胜芳。

　　可知刘阮逢人处?回首东从一断肠。

此诗一定会让当代国人望文兴叹,对洋人就更如天书:啥叫"画堂"? "闲梅"可是无事可干? "刘阮"两位是何方神圣? "断肠"是何急症?国学巨擘张中行(1909—2006)把此诗归为文言里的文字游戏。

文字游戏是国粹中的国粹,越是本国的就越不是世界的,能粗知华夏文字游戏的外国人绝非等闲,一定是凤毛麟角的。正因《牡丹亭》是我们的国粹,所以断难译成外文佳作,看来只能鹄待世界上

的"孔子学院"广结桃李了。文辞妍丽,用典繁难,这是汤显祖剧作的一大特点,也注定了其剧作只能是当今的"小众"艺术,只能作"不惜歌者苦,但伤知音稀"之叹。

国人心中究竟有多少莎士比亚,殊难臆断。莎翁的戏剧和诗作早已像古希腊罗马神话一样,被列入了"言必称"的世界文化经典,而如今英语已像感冒一样流行,因此,说"To be, or not to be"这句话对进过文科高校的人来说并不陌生,当不为过。莎翁作品还衍生了中外的"莎学",犹如我国的"红学"。莎翁与曹雪芹都功德无量:他们使万千演员有了饭碗,更养活了学者专家,使其衣食无忧,著书立说,频现于舞台与荧屏。

了解世界文学艺术名作,有人是迫不得已(如中学生和大学生学习教材),有人是慕名而求(经师长、友人或传媒的推荐),有人是机缘凑巧,仿佛邂逅知交。总之,条条大路通罗马。我了解莎士比亚的作品,似应属于第三类。20世纪五六十年代,我在北京西单剧场里生活过十二年多。西单剧场原址是旧刑部街的奉天会馆,20世纪30年代改为"哈尔飞大戏院",1954年改称西单剧场。这剧场的中式庭院很大,内有出廊北房、假山、桑树和金鱼莲花大缸。我童年和少年时不但喜欢这剧场上演的戏剧,如京剧、昆曲、话剧、越剧和北京曲剧,更爱看它放映的电影。我当时爱看的译制片有印度的《流浪者》、希腊的《伪金币》、意大利的《警察与小偷》、60年代苏联的《运虎记》,更有取自莎翁戏剧的苏联影片《第十二夜》,其中饰演孪生兄妹的是美女影星鲁茨柯(当时的苏联影星叫苏联人民演员)。这部电影星光璀璨,场景旖旎,谐趣盎然,对我的审美趣味产生了很大影响。顺带说一句:西单剧场和我在另一章提到的西单石虎胡同七号均为古都北京的历史文化遗迹,都平安地经历了1976年大地震,而今前者于1994年被拆,后者早已沦为商场。

那部苏联电影使我邂逅了莎士比亚。20世纪70年代初,我得到了一本民国版的《莎氏乐府本事》(*Tales from Shakespeare*),作者为兰姆姐弟。查尔斯·兰姆(Charles Lamb,1775—1834)是英国散文名家,《莎氏乐府本事》是写给青少年看的,文笔优美简洁,意在普及莎剧,具有独立的艺术价值,现有萧乾先生的中译本《莎士比亚戏剧故事》。民国版《莎氏乐府本事》纸张很差,近似灰色,且含杂质,不如当今的再生纸;字体也小,又无插图,只有少量繁体中文词义注解。但这团"败絮"却裹着可人的"金玉"。我将其中《第十二夜》的故事译了出来,在同学和友人中传阅。那是我与莎翁的第一次近距离接触。从电影到剧本,由看戏而读诗,再涉猎评传和有关专著,这也许就是大部分莎翁爱好者走过的路。

莎翁喜剧《第十二夜》(*Twelfth Night*)首演于1602年2月,发表于1623年。关于莎士比亚的生平及创作早有不计其数的研究著作,无须赘述。这里提到《第十二夜》,是因为有一种较普遍的观点认为其剧情折射了莎翁的爱情经历。本文拟根据这一观点,对莎翁谈论爱情的两首十四行诗作一小议。

美国著名作家、出版家弗兰克·哈理斯(Frank Harris,1856—1931)1909年发表了专著《莎士比亚其人及其悲剧人生》(*The Man Shakespeare and His Tragic Life Story*),对国外"莎学"研究产生了重要影响。此书分两卷23章,作者力求根据莎士比亚的剧作和诗歌,重塑一个凡人莎士比亚,并提出了两个观点:(一)莎士比亚一生中有不下20次试图在剧作和诗歌中描写自己;他其实是一位文雅、多情、热爱音乐的诗人,但身体不佳,时常忧郁缠身,迷恋饮酒;(二)莎士比亚的爱情和婚姻生活都很不愉快(用《诗经》里那位弃妇的话说,叫作"遇人不淑"①)。此外,莎士比亚到伦敦做演员和剧作家的成功梦也破灭了,回到了故乡小镇斯特拉特福(Stratford-upon-Avon),逝世于斯。此书虽是哈里斯的一家之言,但获得了评论界和出版界的重视和好评,还得到了爱尔兰著名剧作家萧伯纳(George Bernard Shaw,1856—1950)的肯定。萧伯纳还为此写出了短剧《十四行诗里的黑肤女郎》(Dark Lady of the Sonnets,1910)。

莎士比亚是戏剧大师,又是最出色的抒情诗人,其早期作品几乎都是抒情诗,例如《维纳斯与阿多尼》(Venus and Adonis)和《爱的徒劳》(Love's Labour's Lost)等,但他很快就突破了诗韵的束缚,开始用完美的无韵体(blank verse)写戏,其成熟标志就是不朽的爱情悲剧《罗密欧与朱丽叶》。无韵体是不押韵的五音步诗,以音节(syllable)的轻重造就节奏之美,因此,国人所译的莎剧大多为散文体或舞台白话本(至多可算散文诗),并非严格意义上的诗剧。

《第十二夜》是莎翁最快乐的喜剧之一,虽然哈里斯说它是一篇"爱情与生之欢乐的抒情诗"(a lyric of love and the joy of living),但其中也道出了爱情造成的痛苦,因剧中人并非都像此剧原名所说的那样"各遂所愿"(What You Will),而是有的喜结良缘,有的心愿未遂。细读《第十二夜》,不妨说其中的奥西诺公爵(Orsino)就是莎士比亚的化身。在第二幕第四场,公爵对冒充男人的薇奥拉(Viola)说:"女人应选比她年纪大些的男人,这样两人才会合得来,不会失去丈夫的欢心。"

因为,孩子,无论我们如何自夸,

---

① 见《王风·中谷有蓷》:"条其歗矣,遇人之不淑矣。"其意为"高声长哭,嫁的那人太不好"。条:长;歗(xiào):号啕;蓷(tuī):益母草。

> 我们的爱情总比女人更游移，
>
> 总比女人的爱情渴求得更多，
>
> 更为摇摆不定，更加反复无常。

> For, boy, however we do praise ourselves,
>
> Our fancies are more giddy and unfirm,
>
> More longing, wavering, sooner lost and won,
>
> Than women's are.

这正是莎士比亚的自况。1582 年 11 月 27 日，18 岁的莎士比亚和 26 岁的安妮·哈塔威（Anne Hathaway，1556—1623）在教堂登记结婚。安妮之父理查德是农夫，结过两次婚，有八个子女，其第一次婚姻生了三个孩子，安妮排行老大。哈塔威家的女孩都没上过学，其唯一心愿就是出嫁，生怕成为"剩女"，用成语说，"剩女"的处境是"left on the shelf"，即"束之高阁，无人问津"，因不婚女子颇受歧视，甚至被看作女巫。理查德 1581 年去世时，安妮已 25 岁，与继母和几个弟妹住在一起，主持家务。

安妮的家离莎士比亚居住的斯特拉特福镇仅一英里，她与莎士比亚登记结婚时已经怀孕，婚后六个月（1583 年 5 月）便生下他们的女儿苏珊娜（Susanna）。1585 年 2 月 2 日，两人又生下一对龙凤胎，男孩取名哈姆奈特（Hamnet），女孩取名朱迪丝（Judith）。《第十二夜》里的塞巴斯蒂安（Sebastian）和薇奥拉也是孪生兄妹，这大概不是巧合。莎士比亚离家去伦敦闯荡，大约是在 1586—1592 年，其原因之一是与安妮感情不和，因此美国作家哈伯德（Elbert Hubbard，1856—1915）才说："我们应该感谢她（安妮·哈塔威），因为，毫无疑问,是她促使这位青年(莎士比亚)去了伦敦。"①莎士比亚在伦敦戏剧界声名鹊起,1593年其浪漫诗作《维纳斯与阿多尼》使他一举成名,1594年他还曾为伊丽莎白女王演出。1593年伦敦发生瘟疫,他随剧团躲到了乡下,其间探望过妻子儿女。安妮活到67岁,1623年8月6日去世,葬于斯特拉特福镇圣三一教堂的莎士比亚墓旁。

莎士比亚与安妮感情不好,离家在外二十余年,在遗嘱中将"次好的床"(the second best bed)留给了妻子,引得后人纷纷猜测。有人认为"次好的床"是夫妇之床(conjugal bed),所以两人感情并不算差。但也有人认为"次好的床"是莎翁临终的床,并非婚床,所以两人不算良偶。梁实秋先生持后一种观点,他写道:

> 莎氏遗嘱留给妻的东西是"我的次好的一张床",即是他死时睡着的那张床。有人说"次好的床"表示亲热,因为在那个时代家中最好的床通常是预备给客人睡的。但是遗嘱里他对他的妻没有任何亲热的字样。这一段婚姻是不幸的。不过,古今文人的婚姻有几人是十分理想的呢?(《雅舍菁华·莎翁夫人》)

莎士比亚的不幸婚姻,或许不应归因于他妻子比他年长八岁。据精神分析学,少夫老妻是"恋母情结"(Oedipus complex)使然;按我国"女大三,抱金砖"的俗谚,莎翁怀抱的"金砖"至少有两块半。但俗谚又说:"女大五,赛老母。"莎翁的"遇人不淑"似应归咎于他青春期的冲动与失检。他的第129首十四行诗就表达了他对情欲的深

---

① 见哈伯德著《伟人故乡短旅》(Little Journeys to the Homes of the Great)卷一,《威廉·莎士比亚》一章。

恶痛绝，我的译文如下：

> 泄欲乃是精力的可耻浪费，
>
> 色欲未得满足时，假意发誓，
>
> 祸害无尽，嗜血残忍，劣行累累，
>
> 野蛮偏激，粗鲁冷酷，信义尽失，
>
> 色欲得逞后，心中顿觉可鄙，
>
> 猎取时罔顾理性，苟得遂愿
>
> 便立生怨恚，像有人故意
>
> 放出钓饵，使上钩者疯癫；
>
> 追求时，遂愿时，无不如痴如狂；
>
> 已得，正得，未得，无不纵尽激情；
>
> 享乐时如在天堂，事后无限懊丧；
>
> 事前欲求欢乐，事后美梦成空。
>
> 这一切人皆知悉；却无人谨记
>
> 躲避这天堂，它将人领进地狱。

The expense of spirit in a waste of shame

Is lust in action; and till action, lust

Is perjured, murderous, bloody, full of blame,

Savage, extreme, rude, cruel, not to trust,

Enjoy'd no sooner but despised straight,

Past reason hunted, and no sooner had

Past reason hated, as a swallow'd bait

On purpose laid to make the taker mad;

Mad in pursuit and in possession so;

Had, having, and in quest to have, extreme；

A bliss in proof, and proved, a very woe；

Before, a joy proposed；behind, a dream.

All this the world well knows；yet none knows well

To shun the heaven that leads men to this hell.

　　我见过此诗的两种中译，一种出自梁实秋《雅舍菁华》①，另一种出自梁宗岱②。两位梁先生的译笔各有千秋，前者的译文舒缓流畅，但只有十三行，不知何故；后者的节奏略显急促，给人跌跌撞撞之感，但与原诗节奏相近。

　　有研究者认为，第129首十四行诗写的是心理学所说的"性交后忧郁感"，即 post-coital tristesse（简称 PCT），其中 post-coital 为拉丁语，tristesse 是法语。PCT 之说源自公元2世纪希腊名医盖伦（Claudius Galen, 130？—200？）的一句话：Triste est omne animal post coitum, praeter mulierem gallumque（除了女人和公鸡，每种动物性交后都感到悲哀）。17世纪荷兰哲学家斯宾诺莎（Baruch Spinoza, 1632—1677）在其《知性改进论》（*Tractatus de Intellectus Emendatione*）中也说：

　　　　心智深陷肉欲之乐，恍如处于（真正的）平静美好状态，全然不能思考其他一切事情。肉欲享受刚一完成，快乐便会消失，随之而来的是最强烈的悲哀。此种悲情即使没有占据全部心智，亦可造成心智的彻底混乱和阴郁。

---

① 湖南文艺出版社1990年版。
② 《莎士比亚全集》第11卷，人民文学出版社1978年。

据说 PCT 更常见于男人，有人还伴有焦虑感，其时长从五分钟到两小时不等。

但是，这个说法无论有无事实依据，都不宜用于解释莎翁的这首诗。以"科学"眼光看待文学作品常会使人舍本求末，误入歧途。鲁迅先生早就提到过这一点，还写过一篇妙文，说在科学家眼里花是植物的性器，蟋蟀唧唧是在向异性求偶，但作诗不可太"科学"，否则会写出"野菊性官下，鸣蛩悬其肘"的昏话①。

莎翁第 129 首十四行诗既是对人心的缜密勘察，又包含着对自己婚姻的隐约悔意，其主旨再明确不过，那就是现身说法，劝人切莫盲目追求性欲的满足。此诗可以大致分成两部分：前十二行其实是一整句话，最后两行是总结。前十二行又可细分为三个四行诗节（quatrain）：第一节第一行提出"泄欲乃是精力的可耻浪费"（The expense of spirit in a waste of shame／Is lust in action）的命题，再描述"色欲未得满足时"（lust in action；and till action）的疯狂；第二节描述"色欲得逞后"（Enjoy'd）的懊丧；第三节强调了一点，色欲无论是否得遂，都会使人陷入疯狂。借用黑格尔的辩证法，可说此诗的逻辑关系是"正—反—合"，条分缕析，主题鲜明。

英体十四行诗的韵式（rhyme scheme）能使读者的期待心理悬置到最末两行，此诗即如此，其前十二行都隔行押韵，且包含六种韵脚（abab，cdcd，efef），暂不满足读者对同韵的预期，直到最末两行才出现同韵的对句（couplet）。可以说，这种韵式是从动（前十二行）到静（最末两行），可以比作音乐中从属和弦到主和弦的解决，即从不稳定状态向稳定状态的运动。可见诗歌之美不仅在于意义，而且有赖于诗韵等技巧因素造就的动势和张力。在格律和声韵方面，十四

---

① 《准风月谈·新秋杂识三》。

莎剧《第十二夜》插图：女扮男装的薇奥拉

行诗最接近中国古代的律诗，最能考验诗人的技艺。

此诗不是劝导戒欲，而是要人们谨防被色欲冲昏头脑，因事后的冷静思考会告诉人们：不计后果地满足色欲终会得不偿失，带来"无限懊丧"（a very woe）。叔本华说，以交媾满足情欲是大自然为延续物种而设的圈套。虽说这圈套看似天堂，人们却像莎翁在此诗中所言："这一切人皆知悉；却无人谨记躲避这天堂，它将人领进地狱。"经济学的盈亏原理一定会否定纵欲，因纵欲所失永远大于所得，而所谓"春宵一刻值千金"则不过是糊涂人的自欺。薄伽丘笔下的"绿鹅"虽好①，但与"心灵伴侣"（soul mate）仍相去甚远，倒会成为"将人领进地狱"的"天堂"，在色欲成了商品的社会中，尤其如此。

《第十二夜》的一个情节也反映了莎士比亚的一段无望之爱。奥西诺公爵爱上了芳邻奥丽维娅（Olivia）伯爵小姐，却一直得不到这位美人的眷顾（因她哥哥刚刚去世），遂求助于女扮男装、化名西萨里奥（Cesario）的侍从薇奥拉，吩咐她替自己向奥丽维娅求爱：

> 告诉她，我的爱超过世间一切，
> 我毫不看重那些污秽的土地；
> 命运赐她的富贵，我视作浮云；
> 吸引我的是她女王般的美貌，

---

① 见薄伽丘著《十日谈》第四天序言。"绿鹅"指年轻女子。

宛如奇迹，而那是上天的赐予。

Tell her, my love, more noble than the world,

Prizes not quantity of dirty lands;

The parts that Fortune hath bestowed upon her,

Tell her, I hold as giddily as Fortune;

But 'tis that miracle and queen of gems

That nature pranks her in attracts my soul.

谁想奥丽维娅竟爱上了薇奥拉，公爵得知后怒火中烧，对薇奥拉说(第五幕第一场)：

你的狡诈成熟得如此迅速，

怎会不使你自己跌倒失足？

别了，去娶她吧；但要注意：

从今后别让我再见到你。

Or will not else thy craft so quickly grow,

That thine own trip shall be thine overthrow?

Farewell, and take her; but direct thy feet

Where thou and I henceforth may never meet.

此剧巧用了"误会"和"乔装"等传统喜剧手法，也像传统喜剧那样有个大团圆的结局，但奥西诺公爵命侍从代他求爱的情节却经不起推敲：他不聋不哑，地位高贵，更无已婚的前科，所以并无十足的理由请人代庖。莎翁写出这个情节想必另有所指。

一些研究者由此想到了莎士比亚与玛丽·费顿(Mary Fitton,
1578?—1647)的关系。哈理斯等莎学家就认为,莎翁第131首十四
行诗中的"你"就是"黑肤女郎"玛丽·费顿。我对此诗的翻译如下:

你不算美,但你的专横却如同
因美丽而变残忍的高傲之女;
因为你深知:我的心把你滥宠,
把你看作最美、最珍贵的宝石。
但其实有些见过你的人都说:
你的面容不能让爱发出轻哼;
我虽然不敢公开说他们有错,
但我心中却发誓说他们不对。
为证明我对,一想到你的面容
我便发出千次轻哼,此非撒谎;
这些轻哼连连发出,它们证明:
你的黑肤在我眼中白皙无双。
除了你的行为,你根本就不黑,
我想,这诽谤是由于你的行为。

Thou art as tyrannous, so as thou art,

As those whose beauties proudly make them cruel;

For well thou know'st to my dear doting heart

Thou art the fairest and most precious jewel.

Yet in good faith some say that thee behold,

Thy face hath not the power to make love groan;

To say they err, I dare not be so bold,

Although I swear it to myself alone.

And to be sure that is not false—I swear

A thousand groans but thinking on thy face;

One on another's neck do witness bear：

Thy black is fairest in my judgment's place.

In nothing art thou black save in thy deeds,

And thence this slander as I think proceeds.

　　此诗第一行的 so as thou art 之所以译成"你不算美"，是因此诗紧接莎翁第 130 首十四行诗，其中提到了"我的情妇"（my mistress）眼不亮，唇不红，肌肤暗褐（dun），发如铁丝（wires），嗓音也不美。第 130 首的最后两行是："我凭天发誓，我爱人世所鲜媲，远胜过一切徒有其表的美女。"（And yet by heaven，I think my love as rare，As any she belied with false compare.）第 131 首的前四行延续了这个意思。诗人在第 131 首中表白：有人说"你"并不可爱，但"我"却没有胆量公开反驳，只能在心里将"你"暗恋。此诗最后两行是爱中含怨，其中最引人注意的是"除了你的行为，你根本就不黑"（In nothing art thou black save in thy deeds）这一行。

　　玛丽·费顿是何许人？为什么莎士比亚对她的行为不满？她是爵士之女，有一个姐姐和两个兄弟。1595 年前后，她进宫做了未婚宫女（maid of honour）。伊丽莎白女王有八名未婚宫女，年龄都在16 岁以下，待遇如同女子精修学校（finishing school）的学生，有的还能领得报酬。女王的内廷财务管家威廉·诺里斯爵士（Sir William Knollys，1544—1632）曾向费顿求婚，此人年逾五旬，老婆还活着，所以成了宫中的笑柄，也成了莎翁《第十二夜》中伯爵小姐的管家马伏里奥（Malvolio）的原型。1600 年，21 岁的费顿在宫廷化装舞会上认识了日后的彭布罗克伯爵（Earl of Pembroke）威廉·赫伯特（William Herbert, 1580—1630），成了他的情妇并怀了孕。1601年2月，赫伯特因拒绝娶费顿为妻而入狱。玛丽·费顿于同年3月生下一子，但这男孩很快死于梅毒。赫伯特和费顿都被逐出了王宫。费顿与一位海军中将有染（据说生了两个私生女），后来嫁给了鲍韦勒船长（Polwhele），生了一子一女；第一任丈夫死后，她又嫁给了彭布罗克郡的拉佛尔船长（Lougher）。

威廉·赫伯特伯爵是莎士比亚的保护人，其姓名缩写"W.H."恰与莎翁十四行诗所题献的"W.H.先生"相契。因此，一些学者认为他就是莎翁前126首十四行诗中说的"白肤青年"（Fair Youth），而莎翁的第135首十四行诗里说的"太多的威廉"（Will in overplus）指的是三个叫"威廉"（William）的男人，即威廉·莎士比亚、威廉·赫伯特和威廉·诺里斯。

前文提到的美国作家弗兰克·哈理斯坚定地认为：莎翁十四行诗涉及的真人就是威廉·赫伯特和玛丽·费顿。这个见解来自英国学者托马斯·泰勒（Thomas Tyler, 1826—1902），他在1898年作出了"黑肤女郎"就是玛丽·费顿的推断。哈理斯认为这个推断是当时提出的最有说服力的假说（hypothesis），还赞扬泰勒"第一个证明了莎翁十四行诗的写作时间大致在1598年到1601年"。托马斯·泰勒并未用莎翁戏剧来论证他的推断，完成这项工作的是哈理斯。他在《莎士比亚其人及其悲剧人生》下卷第三章《十四行诗·第一部分》中说：

> 泰勒先生断定：莎士比亚那位出身高贵的情妇，十四行诗里的"黑肤女郎"，就是玛丽·费顿小姐，伊丽莎白女王的一位未婚宫女。因此，这些就是这出戏的剧中人，剧

情很简单:莎士比亚爱上了费顿小姐,请他的朋友、年轻的赫伯特伯爵找借口去见她,但意在让伯爵转达莎士比亚对这女郎的爱情。费顿小姐爱上了威廉·赫伯特,追求他,赢得了他的爱。莎士比亚失了朋友,又失了情妇,只能哀叹。

提出此说后,哈理斯又用莎翁的三部戏论证了它,那三部戏是《维罗纳二绅士》(*Two Gentlemen of Verona*)、《无事空忙》(*Much Ado about Nothing*)和《第十二夜》。

托朋友替自己求爱,这就像请别人替自己应试、求医、赴宴和试穿新鞋,虽不能说绝对不会见于现实生活,但毕竟不合常理。何况那位代庖者又太年轻:莎士比亚爱上费顿时年纪在 35 岁左右,而赫伯特只有 19 岁(他比莎翁小 16 岁)。哈理斯指出:

> 谁都不会相信莎士比亚竟愚蠢到派他的朋友代他求爱。凡了解女人者,都不大可能犯这个错误;但这段故事的不可能性反倒证明了它有几分真实——credo quia incredibile,这正是这段故事的可信之处。

这段话中的拉丁语名言"credo quia incredibile"又写作"Credo quia absurdum",意为"我信它,因它不可信",据说出自公元 2 世纪基督教神学家德尔图良(Tertullian),达尔文(Charles Darwin)在自传中引用过它,弗洛伊德(Sigmund Freud)也不止一次地引用过它。由此可见:哈理斯认为莎翁当时并不了解女人,也不懂得求爱之事不可请朋友代劳(尤其是比自己年轻的朋友),否则便有"失了朋友,又失了情妇"之虞。英国著名心理学家詹姆斯·萨利(James Sully,

1842—1923）说"派仆人替自己向情人表白爱情"是"一种卑下的事情"，他指的是古罗马喜剧里堕落贵族的陋习①。

莎翁第 131 首十四行诗里说"你根本就不黑"（In nothing art thou black），似乎也是事实，玛丽·费顿的画像就可以证明这一点。伊丽莎白女王宫廷里有许多白肤美女，玛丽·费顿是其中的佼佼者，据说其才貌仅次于女王。因此，一些莎学家认为莎翁说她"黑"是故意颠倒黑白以隐瞒真相。但无论玛丽·费顿是不是莎翁诗中的"黑肤女郎"，她的行为（deeds）都算不得光彩，说她"黑"亦不算冤枉。

前文说过，萧伯纳在 1910 年发表了一出短剧，支持玛丽·费顿就是"黑肤女郎"的推断。那部短剧生动感人，台词颇具莎士比亚之风，剧中的主要人物是莎士比亚、玛丽·费顿和伊丽莎白女王。莎翁与"黑肤女郎"相见的场景很像《罗密欧与朱丽叶》第二幕第二场中的露台对话。最重要的是，剧中的"黑肤女郎"还对伊丽莎白女王说：

> 他不止十次地对我发誓说：在英国，人们总有一天会更在意黑肤女人而不是白皙女人，哪怕前者行为不端……我真心感到羞耻，因我自贬身份，爱上了一个男人，家父一定会认为这男人连为我提马镫都不配。这男人向全体世人谈论我，把我的爱情、我的耻辱写进他的戏里，我为此感到脸红。他还写了一些关于我的十四行诗，任何出身高贵的人都不会如此。

---

① 见詹姆斯·萨利著《笑的研究》（*An Essay on Laughter*，1902），肖聿译，中国社会科学出版社 2011 年版，第 321 页。

　　萧伯纳和弗兰克·哈理斯毕竟是文人,换言之,他们毕竟是性情中人,因为他们宁愿相信玛丽·费顿是莎翁的情妇,不如此,莎翁的爱情和婚姻就会显得太平淡,不符合莎士比亚的风流才子身份。

　　1998年英美合拍的电影《莎翁情史》(*Shakespeare In Love*)获得了第71届奥斯卡最佳影片奖。其中说,背叛莎翁爱情的是个名叫罗莎琳(Rosaline)的女伶,而女扮男装、出演莎翁《罗密欧与朱丽叶》的富家女名叫薇奥拉(Viola),与莎翁双双坠入了爱河。在该片最后,莎翁在阁楼上写下了新剧本《第十二夜》,其中说薇奥拉从海难中死里逃生。此片虽属虚构,但也包含了一些史实。

　　更深入地分析莎翁第131首十四行诗,我们还会读出一种特殊的恋爱心理,那就是对"有污点的"(black)女子的爱情。明知某女子行为不端,相貌也不靓丽,却偏偏钟爱她,这种心理即便算不上"受虐狂"(masochism),至少也属罕见。精神分析学大师弗洛伊德说男人会爱上"为另一个男子所拥有的女人",还说"只有在性关系上或多或少不那么贞节的女人才具有吸引力",所以这种情况可以称作"爱妓女",并说其中包含着"拯救"的成分(弗洛伊德:《男子选择对象的特殊类型》,1910年[①])。男人爱上有夫之妇或妓女,也是文学作品的常见题材,如歌德的《少年维特之烦恼》和小仲马的《茶花女》,又如我国古诗《陌上桑》和明代话本《杜十娘怒沉百宝箱》。

　　关于爱上有夫之妇,薄伽丘(Giovanni Boccaccio)有过一段议论,其早期名作《爱情十三问》(*Il Libro di Difinizioni*,1340)第十章谈到年轻男子是否该娶处女、已婚女子和寡妇时说:

　　① 见《弗洛伊德论创造力与无意识》,孙恺祥译,中国展望出版社1986年版,第163页以后。原书(*On Creativity and the Unconscious*)为美国 Harper Row 出版公司1958年出版,其中"关于恋爱心理的三篇论文"曾被单独译为《性学三论》。

> 爱上已婚女子虽说非常危险，但更能唤起他的欲望。……心怀强烈爱情的已婚女子，的确比其他两种女子更渴望得到爱情。已婚女子往往受到丈夫粗暴言行的伤害，所以只要可能，她们便会寻机报复。将爱情交给自己心仪的其他男人，已婚女子报复丈夫，没有比这更便当的办法了。[①]

这是薄伽丘的自白，因他暗恋的女子玛利亚（即他笔下的菲娅美达）就是已婚女子。莎翁对"黑肤女郎"的爱也是如此，它几近疯狂，旁人很难理解，因为玛丽·费顿不但水性杨花，且为有夫之妇。最重要的是，莎翁明知这种爱情是无望的，却在十四行诗里大写特写，这不但证明了英国学者伯顿（Robert Burton, 1577—1640）的名言"一切恋爱都是为奴的表现"[②]，也表明了莎翁的不同流俗。

---

① 见薄伽丘著《爱情十三问／爱的摧残》，肖聿译，中国社会科学出版社2003年版。
② 参见英国霭理士（Havelock Ellis, 1859—1939）著《性心理学》，潘光旦译，生活·读书·新知三联书店1987年版，第244页。

第五章　玫瑰花苞,欲掇及早

罗伯特·赫里克(1591—1674)的《致处女》等二首

致处女,珍惜时光

玫瑰花苞,欲掇及早,

时光老翁,载飞载行,

同此芳英,今朝含笑,

翌日即败,枯萎凋零。

璀璨丽日,宛若天灯,

其升愈高,其光愈炘①,

弥促其旅,弥疾其行②,

其程益短,其途益尽。

人生岁月,韶华最佳,

青春热血,其热孔薰③,

一朝蹉跎,虚耗年华,

光阴荏苒,凄伤日甚。

---

① 炘(xīn):光热炽盛。

② 弥:越发;促、疾:快。

③ 孔:甚,很;薰:温暖。

且莫羞怯,亦莫迟疑,

苟有良人,尽早成婚;

贻误青春,错失良机,

徒然追悔,空等终身。

To the Virgins, to Make Much of Time

Gather ye rosebuds while ye may,

Old time is still a-flying;

And the same flower that smiles today

Tomorrow will be dying.

The glorious lamp of heaven the sun,

The higher he's a-getting,

The sooner will his race be run,

And nearer he's to setting.

That age is best which is the first,

When youth and blood are warmer;

But being spent, the worse, and worst

Times still succeed the former.

Then be not coy, but use your time,

And, while ye may, go marry;

For, having lost but once your prime,

You may forever tarry.

　　2011 年 3 月 1 日，国际著名的英国 Saydisc 唱片公司发行了一张激光唱片，题为《英国民族歌曲：从〈绿袖姑娘〉到〈可爱的家〉》（*English National Songs：from Greensleeves to Home Sweet Home*），其中收入了 21 首英国传统民歌，其第二首就是罗伯特·赫里克的这首《致处女》。此外，这张唱片中的第六曲，就是本书另一章点评的《我们胡同的萨丽》。

　　这首《致处女》流传很广，影响很大，是多种英诗选集的必选，并曾被归入情诗①。它主题鲜明，寓意丰富，形式规整，语言简洁，是 17 世纪英国抒情诗中的上乘之作。此诗在我国也很有影响，不但入选英国文学史教材，而且引得众人竞相翻译。译文自然各有优点与不足，因为它们是不同文化修养和双语水平的译者对此诗的理解与表达。四年前，我在所译的纪伯伦《先知》中译本序言里说："英诗汉译是把拼音文字转换成表音兼表意的汉字，几乎不可能再现原作的节奏和声韵，这是不争的事实。可见，诗歌（包括散文诗）的翻译，其中必有更多的再创造成分，因此就包含更多的译者文笔。"有些译者的做法是意译加生发，重在捕捉原诗传达的信息，有些则打破原诗格律的束缚，再造新酒。

　　我选择用四字句迻译此诗，因原诗格律为四音步与三音步抑扬格，何况其作者又是诗律高手，更写出过单音步诗（monometers）《就此一别》（*Upon His Departure Hence*）。四字句并不鲜见，《诗经》就是古例，其中一些四字句早已化作成语，例如"他山之石"（《鹤鸣》）、"忧心忡忡"（《草虫》）、"信誓旦旦"（《氓》）和"涕泗滂沱"（《泽陂》）。历代诗词曲赋也都使用四字句。四字句虽然简古，却不失通俗。《诗经》语言对今人虽较难懂，但在当时却近于口语。《致

① 见王学浩编《古今英文情诗选》（*Best English Romantic Poetry*），中华书局 1935 年版。

罗伯特·赫里克

处女》作于四百多年前，其语言却并不深奥，竟与当代语言十分相似，唯其如此，它才脍炙人口，流传至今。

此诗作者罗伯特·赫里克1591年8月生于伦敦，生活在英王查理一世（Charles I, 1600—1649）及查理二世（Charles II, 1630—1685）时代，其父为成功的珠宝商和放债人，共有六个子女。赫里克不到两岁时便父母双亡。1592年11月9日，他父亲于立下遗嘱后的第三天跳下顶楼身亡，被疑为自杀，而完全是靠了赫里克母亲的伦敦绸布商家族的努力才得正常下葬。19个月大的赫里克与两个哥哥（尼古拉斯和托马斯）被交给两位伯父抚养；1596年后，赫里克兄弟过继给了二伯父威廉，后者曾是赫里克父亲的学徒，后来成了御用珠宝商和放债人。1598年到1615年间，威廉有了13个亲生子女，在1607年9月让赫里克等三个侄子给自己当学徒，待他们很差，因此赫里克的诗文中从未提到过养父母。

直到1613年夏，21岁的赫里克才得以进入剑桥大学的圣约翰学院学习，成了平民自费生，其学费来之不易：1613年3月，伦敦孤儿法院裁定赫里克成年，有权继承其父亲的遗产424英镑零8先令，伯父威廉立即借走了这笔钱，每个季度付给赫里克10镑的利息作为生活费，在当时，这笔钱对大学生已算是不薄的学资。1620年7月，赫里克从剑桥大学毕业，获博士学位。他加入了"本·琼生文学会"（Sons of Ben），本·琼生（Ben Jonson, 1572—1637）是英国著名剧作家和诗人，这个团体以他的戏剧和诗歌、古罗马诗人贺拉斯（Horace，公元前65—前8）和马提亚尔（Martial）的诗风为圭臬，自命"骑士派诗人"（the Cavalier poets）。1623年，赫里克开始担任圣职，在德文郡一个教区做牧师,但在英国内战期间,他的保皇立场使他失去了这个职务,回伦敦后靠友人的周济生活。1648 年,他发表了抒情诗集《赫斯帕里得斯》(*Hesperides*),题献给王储。1660 年查理二世复位,赫里克恢复了德文郡的圣职,直到 1674 年 10 月去世,享年 83 岁。他终身未娶,其情诗中提到的女子(例如朱丽娅和科琳娜)都是虚构的。

赫里克的 1400 余首(一说是 1200 余首)诗作深受本·琼生和古罗马诗人的影响,在他生前并不流行,直到 19 世纪初才大受欢迎。他被维多利亚时代唯美派著名诗人史文朋(Algernon Charles Swinburne,1837—1909)誉为"英国历史上最伟大的歌词诗人"。赫里克的诗作题材较广,其中 60 余首情诗写给想象的情人朱丽娅(Julia),其他题材则包括爱情、田园生活、家庭、鲜花、书籍、贫富、命运、宗教、民间传说、异教众神等,以"及时行乐"为主题的诗作约有 17 首,包括这首最著名的《致处女》。

《致处女》第一行"玫瑰花苞,欲掇及早"(Gather ye rosebuds while ye may)浓缩了"及时行乐"的主题,常被对应为一句唐人乐府"花开堪折直须折"(杜秋娘《金缕衣》)。其实,它可以上溯到公元 4 世纪罗马诗人德西穆斯·奥索尼乌斯(Decimus Magnus Ausonius,310—394)的诗歌《初绽的玫瑰》(*De rosis nascentibus*):

　　少女啊,快将玫瑰采掇,鲜花初绽,你们还年轻,
　　　　莫忘你们的生命来去匆匆。

　　Collige, virgo, rosas, dum flos novus et nova pubes,
　　　　et memor esto aevum sic properare tuum.

其中的"采掇玫瑰"（collige rosas）后来成了"寻欢作乐"的同义语。

我国古代诗词中也有"采掇"之说，例如《诗经·芣苢》的"采采芣苢，薄言掇之"，采的是车前草；晋人陶渊明在其《饮酒诗》中说"秋菊有佳色，浥露掇其英"，采的是菊花。在唐诗里，杜甫有"青青高槐叶，采掇付中厨"（《槐叶冷淘》），采的是槐叶；孟郊有"采掇幽思攒"（《古薄命妾》），采的是"蘼芜"；宋之问有"采掇长已矣"（《自洪府舟行直书其事》），采的是山谷中的"兰芷"；李群玉有"采掇春山芽"（《龙山人惠石廪方及团茶》），采的是春茶。南宋陆游诗曰："霜余蔬甲淡中甜，春近灵苗嫩不菣。采掇归来便堪煮，半铢盐酪不须添。"（《对食戏作》）似有苦中作乐之趣。他在八十岁时写的《东篱记》中说，"放翁日婆娑其间，掇其香以嗅，撷其颖以玩，朝而灌，暮而锄"，说的是他在园地栽种植物，晨间浇水，傍晚锄草，采花闻香，摘穗赏玩，颇有得大自在的况味。

与"掇"相近的是"摘"，亦见于诗词，例如唐人施肩吾的"笑摘青梅叫阿侯"（《游春词》），宋代卢祖皋的"笑摘梨花闲照水，贴眉心"（《倚阑令·春光好》），晁冲之的"笑摘双杏子，连枝戴"（《感皇恩·寒食不多时》），以及明代词人马洪的"笑摘朱樱，微揎翠袖，枝上打流莺"（《少年游》）。

"及时行乐"这个主题来自拉丁语 Carpe diem（抓住时光，或作珍惜时光），出自古罗马诗人贺拉斯的《颂歌》（*Odes*）第一篇：

你们要明智，饮尽美酒，缩短长久期许。

我们说话间，时光已飞去。

抓住时光，尽勿相信来日。

Sapias, vina liques et spatio brevi spem longam reseces.

dum loquimur, fugerit invida aetas.

carpe diem, quam minime credula postero.

　　这是对人生短暂、人必有一死做出的反应,既是一种忧患意识,也是带有颓废倾向的现世劝谕。中世纪法国诗人维庸(François Villon, 1431—1463)认为,连神话中的女神也不是永恒的,她们也会被人忘却,如同冬雪,因此在《古美人歌》(*Ballade des dames du temps jadis*)中叹道:"去岁白雪今安在!"(Où sont les neiges d'antan!)

　　"及时行乐"的思想可上溯到古希腊罗马文化,也涉及欧洲文艺复兴时期人文主义提倡的个性解放思想。它在中国古代诗词中早有体现。《诗经》的《车邻》里说"今者不乐,逝者其亡"[1],《山有枢》里说"子有酒食,何不日鼓瑟?且以喜乐,且以永日。宛其死矣,他人入室"[2],这样的告诫似乎并不仅仅针对贵族。东汉古诗《青青陵上柏》说:"人生天地间,忽如远行客,斗酒相娱乐,聊厚不为薄。"诗仙李白也说:"君不见,高堂明镜悲白发,朝如青丝暮成雪。人生得意须尽欢,莫使金樽空对月。"(《将进酒》)这些诗句中的饮酒,就是"及时行乐"的意象和象征。

　　《致处女》中的"玫瑰花苞"象征人在现世中意欲获得的东西,既可以是爱情等精神诉求,也可以是其他任何事物。"玫瑰花苞"又是生命本身的象征,因为生命如花,"翌日即败,枯萎凋零"(Tomorrow will be dying)。2011年3月初日本大地震和海啸的灾民,想必对此深有感受。赫里克的一些诗也表现了"生命如花,转

---

　　① 今译:今日不去作乐,死亡很快就来。
　　② 今译:你有佳肴美酒,何不每天弹瑟?且去寻欢作乐,且将时光消磨。一旦你自死去,别人入室快活。

瞬即逝"的主题,例如《致水仙》(*To Daffodills*),我的译文如下:

> 美丽的水仙,我们洒泪
> 看你们去得那么匆忙:
> 而此刻那早起的太阳
> 尚未达及正午的时光。
> 停下吧,停下吧,且等到
> 匆匆白昼奔至暮歌响起;
> 待一同作完了祷告,
> 我们就随你们离去。
> 像你们,我们暂留此生,
> 仅有短短的一春;
> 生命迅速地衰朽,
> 如同万物和你们。
> 像你们,我们枯干殒命,
> 犹如夏日的雨滴,
> 犹如晨露的珍珠,
> 再也寻不到踪迹。

> Fair Daffodills, we weep to see
> You haste away so soon:
> As yet the early-rising Sun
> Has not attained his Noon.
> Stay, stay, Until the hasting day
> Has run But to the Even-song;
> And, having prayed together, we

Will go with you along.

We have short time to stay, as you,

We have as short a Spring;

As quick a growth to meet decay,

As you, or any thing.

We die,

As your hours do, and dry

Away,

Like to the Summer's rain;

Or as the pearls of Morning's dew

Ne'er to be found again.

　　黄水仙(daffodil,拉丁语名 *Narcissus*)与古希腊神话有关,为自恋的美少年那喀索斯(Narcissus)的化身,是孤傲美丽的象征。英国浪漫派诗人华兹华斯(Wordsworth)在《黄水仙》(*Daffodils*)一诗里赞曰:"在树下,在湖畔,一片金黄的水仙,在微风中曼舞翩跹。"①美则美矣,只是命短。美是短的,这是现实,也是人们普遍的心理感受;从主体方面说,这或许是喜新厌旧心理(neomania)使然,美不但会变旧,而且变得更快。

　　莎士比亚说:"我们的短促生命以长眠告终。"②赫里克在《致水仙》中说:生命在迅速衰朽,如夏日的雨滴入土,如珍珠般的晨

---

　　① 原文:A host, of golden daffodils. / Beside the lake, beneath the trees, / Fluttering and dancing in the breeze.

　　② 原文:Our little life is rounded with sleep。见莎翁戏剧《暴风雨》(*The Tempest*)第四幕第一场米兰公爵普洛斯彼罗的台词。又:朱生豪译本中,此句作"我们的短暂的一生,前后都环绕在酣睡之中",误解了 round 的意义;才子作家梁遇春(1906—1932)将它译为"我们短促的生命是以一场大睡来结束的"(见《醉中人生》湖南文艺出版社 1995 年版,第 438 页),较为准确。

露蒸发。这种感叹令人想起魏晋名士嵇康的诗："人生譬朝露,世变多百罗"(《五言三首》),"生若浮寄,暂见忽终""人生寿促,天地长久。百年之期,孰云其寿"。(《四言赠兄秀才入军诗》)赫里克另一首短诗《致郁金香花坛》(*To A Bed of Tulips*)以郁金香的短命感叹"好花不常开",其末节表达的思想与《致处女》的末节几乎如出一辙,措辞更加直白,提醒少女们韶华苦短,谨防成为老处女:

> 快过来吧,你们这些处女,
>
> 看你们的脆弱,并应悲戚,
>
> 因你们像这花,也会逝去,
>
> 仿佛你们不曾来过人世。

> Come virgins, then and see
>
> Your frailties, and bemoan ye
>
> For, lost like these, twill be
>
> As time has never known ye.

　　莎翁戏剧《第十二夜》第二幕第四场里有句台词,恰与以上诗行异曲同工:"女人如同玫瑰,娇花一现即溃。"[1]其实,比莎翁早七百年的我国唐代诗人皇甫松早就说过:"繁红一夜经风雨,是空枝。"[2]其中的"繁红"指繁花,也是对女人的比喻。

　　赫里克身为牧师,更兼单身汉,却在诗作中告诫少女莫负青春、及时成婚,并屡屡歌颂女性与爱情,这个现象很是有趣。在抒写对虚拟

---

　　① 笔者译,原文:For women are as roses, whose fair flower / Being once display'd, doth fall that very hour。

　　② 《花间集》卷二《摘得新》。

恋人的爱情方面,赫里克堪称高手,用《红楼梦》的话说,谓之"意淫":他把朱丽娅微笑的红唇比作"熟樱桃"(见 *Cherry-Ripe*);他梦见自己变成葡萄藤,缠绕在露西娅的美丽躯体上,就像古罗马神话中的酒神巴克斯(Bacchus),醒来却发现自己的身体如同树干(stock)(见 *The Vine*);在《致伊莱克特拉》(*To Electra*)里,他不敢向伊莱克特拉求吻,只求"一吻不久前吻过你的空气"(to kiss that air / That lately kissed thee),如此痴情,使人想到一句宋词"黄蜂频扑秋千索,有当时纤手香凝"(吴文英《风入松》),它写了昔日情人在秋千上的遗香,被后人评为"痴语",与赫里克的"不久前吻过你的空气"异曲同工。此词所说的"香",当然是指体香(body odor),清人李渔(1611—1680)有言:"名花美女,气味相同,有国色者,必有天香。天香结自胞胎,非由熏染,佳人身上实实有此一种,非饰美之词也。"[1]赫里克的这些情诗,不但是诗人的特权(poetic license[2]),也表现了性幻想对单身生活的补偿作用。按照弗洛伊德的精神分析学,这也许是"力必多"的一种升华(sublimation)。

《致处女》的诗艺堪称完美:首先,其各节第一、三行的格律为四音步抑扬格(iambic tetrameter),各节第二、四行最后一个音步都缺少一个短音节,在格律中称为"音节缺失"(catalexis),从而形成了三音步抑扬格(iambic trimeter)。只是全诗的第一行例外,其第一音步是扬抑格(trochee)。其次,其各节第一、三行都在最后一个音节押韵(为"男韵",masculine rhyme),各节第二、四行则在最后两个音节押韵(称"女韵",feminine rhyme),这两种韵式奇偶交

---

[1]　见李渔《闲情偶寄》之《声容部·修容第二》。

[2]　诗人的特权:拉丁语为 licentia,意为执照、自由、特权;英文又作 poeticalliberty 或 artistic license,指作家、诗人、艺术家为取得艺术效果而在创作中背离事实或常规形式的权利,因此又称"艺术的自由"。其表现包括采用想象、夸张、臆造等手法,如作家、画家描绘虚构的历史人物和事件,又如诗人为获得诗歌韵律之美而颠倒词序和语序、创造新字等。

错,相得益彰,赋予全诗优美的节奏和声韵。此外,此诗还使用了头韵(alliteration),如"And the same flower that smiles today"一行中的 same 和 smiles。其三,此诗的视点也有变化:第一行和最末一节使用了第二人称,其余各行则用第三人称。最后,诗人用暗喻和拟人等修辞方法,展开了全诗的意象:以鲜花比喻少女,以花苞比喻结婚的机会,以天灯和飞行体比喻太阳;而说鲜花"含笑"(smiles),用"他"(he)指代太阳,则都是拟人。

《致处女》一共四节,前三节分述鲜花、时光和生命之短暂,最后一节曲终奏讽,提出告诫,劝导少女莫负青春年华,应及早结婚,反映了否定宗教禁欲的人文主义思想。时至当代,这个主题已被赋予了积极的新义,即应当抓紧时光,主动追求幸福,不可坐等天降好事,用当今的话说,就是不可坐等"天上掉馅儿饼"。

现实生活中有两种人,一种人不懂得珍惜今日光阴,以为永远有明天,殊不知"明日复明日,明日何其多,我生待明日,万事成蹉跎"(清初钱鹤滩《明日歌》);另一种人则出于怕死才只争朝夕,他们登上人生的单程火车,不知自己何时到站,于是醉生梦死,终岁惶然。此种惶惑随着年龄增长,最近国外兴起的"媚皮族"(Mappie)热衷寻欢作乐和奢侈消费,就反映了五六十岁的人对即将"到站下车"的不安。

追求精神不朽,这是人的崇高期许;期盼肉体不灭,这是人的无望希求。贪生者未必怕死。正因知道人生短暂,欲超脱生死者才应珍惜时光,与时间赛跑,有所作为,努力创造美好事物(例如诗歌和艺术),留在世上,留给后人,从对人类的贡献中达及永恒,诚如印度诗哲泰戈尔所言:"愿生美如夏花,愿死丽若秋叶。"(Let life be beautiful like summer flowers and death like autumn leaves.)这是《致处女》给今人的启发,也可叫作"形象大于思想"。

第六章　你可是上天派来的可人瘟疫?

阿芙拉·贝恩(1640—1689)的《欲望》

欲望

你是何物,啊! 你这新现的痛苦?
　　你起于何种病症?
告诉我,快告诉我! 你这惑人之物,
　　说出你的本质和姓名。
让我知道借了什么神奇法术,
　　借了什么强大感应,
你占据了我全无戒备的心中
　　一片如此广阔的疆土,
连美名和荣誉都无法将你驱除。

啊! 恼人的篡夺者,夺去了我的平静;
啊! 温柔的闯入者,闯进了我的孤寂,
　　迷人的搅扰者,搅破了我的安宁,
　　我的高贵命运一直追求安逸,
　　我一生全部荣誉都屈从于你。

你出没在我不要你的时光；
忙碌的白天，静静的夜间，
都不能驱散忧愁，使我入眠，
都不能抵御你制胜的力量。

从我出生，直到今夕，
你在我生命中的何地？
你从未扰乱过任何专注的意念，
从未用错乱不安将我心灵迷惑，
让世人知道它的全部卑微软弱。

当我真的得到了辉煌名誉，
恶毒的幽灵啊，你在哪里？
当王公们拜倒在我的脚边，
你勾起了兴致，又胆怯畏葸，
你不能激发我一丝柔情蜜意，
你不能帮助我的心萌生爱恋。

你的雄心与我的欢乐混为一体，
你这易怒的幻影就会怯懦无比，
那时任何美女都无法唤醒情欲，
一切慷慨男人的心都无能为力！
神圣智慧和花言巧说，
都不能使你心生迷惑，
情人们的温柔之举和喟叹，
全都不能将欲望之火燃起。

而那些恳求的泪水与誓言，

不能将无形之物变为热欲。

我时常召唤你的出现，

以青春、爱情及一切力量；

我时常将你四处搜遍，

在静静坟墓，在寂寞闺房：

在恋人渴望卧躺的花床，

在少女叹息的密林，

她们催促赴约的牧羊人①，

将秀发藏入了浓荫。

但在那里，纵使在那里，你发起攻击，

美已躺倒折服，祈求好运，

我却麻木于心，更未屈身：

你这侥幸的帮手正等待胜利。

于是我在宫廷寻你，那是你的领地，

可你却在人群中被窒息；

相爱之事皆能引人注意，

它激励青年去征服处女。

帝王若偶尔屈服于欲望，

（啊，忘恩的权力！）

奴隶就定会灭亡。

---

① 牧羊人（shepherd）：泛指情郎。

告诉我,你这灵巧的火光,

你的强大力量正到处推进,

你凭借什么神或人的力量,

在我胸中造出这不驯的心?

你可是上天派来的可人瘟疫,

有可爱的外形和仁慈的伪装?

你可是错误爱情的虚假后裔,

来自被隐约唤起的温柔思绪,

并有莱山德敏锐明丽的目光?①

对,对,折磨者,现在我找到了你;

弄清了你是谁的属吏,

是你带来我的羞赧,

我因你才如此倦怠无力,

是你在我心中震颤,

当我心爱的牧人真的出现,

我怀着快乐的痛苦昏迷,

我的话语里夹着叹息。

每当我触到迷人的情郎,

每当我凝望,每当我言讲,

你怯羞的火就与我的爱相混,

犹如在教堂圣所里面,

糊涂的崇拜者们情愿

---

① 莱山德(Lysander,? —公元前395):古斯巴达名将,曾在伯罗奔尼撒战争中击败雅典人。据研究,在阿芙拉·贝恩的诗歌里,这个名字泛指情郎。莎士比亚戏剧《仲夏夜之梦》(A Midsummer Night's Dream)里,少女赫米娅(Hermia)的情人也叫莱山德。

将神像混于他们的诸神。

唉，徒然！我徒然拼搏过错，

我的灵魂为过错而欢喜痛苦，

因为迷信将得以幸免存活，

更纯洁的宗教却进退维谷。

哲人啊！请告诉我：在爱情里，

你们那些治愈心灵的奇特技艺，

能否抑制灼人的炽热爱火，

扑灭那中暑般的高烧昏热？

克制欲望的美女，请告诉我：

你们如何隐藏燃烧的爱火。

啊！你们是否只能实话实说，

使你们端庄的绝不是美德：

当你们真想反抗紧迫的韶华，

却没有宝贵欲望将原冰①融化。

当那些爱慕你们的青年

将一切缠绵与无望放在你们脚边，

将新的战利品奉献给你们的贞洁，

告诉我吧：你们如何谨慎持重，

抑制渐强的叹息和温柔屈从的心灵，

而你们的眼睛已将心意表明？

俗众崇拜你们，目睹你们的优点；

---

① 原冰：原文为 the virgin ice，喻处女的贞洁。

可爱、神秘的青春却让你们受伤，

并告诉你们：你们的优点都是欺骗，

名誉只是伪装，意在骗人，

你们的端庄是必需的钓饵，

以钓取虚名、被看作谨慎。

欺骗愚蠢的世人吧——继续欺骗，

用你们的傲慢掩盖你们的激情。

但此刻我却看出了你们的弱点，

你们必需的欺骗难逃我的眼睛。

将心灵推向如此强烈的爱情，

虽说唯有强大之力才可完成，

虽说我用美德去将世人迷惑，

莱山德却发现了女性的薄弱，

所以海伦逃出忒修斯的臂膀，

投向情人帕里斯，交出心与床。①

　　此诗发表于 1688 年，以第二人称贯彻全篇，篇幅较长（共有 13 节 116 行），措辞犀利大胆，结体灵活多变，第 10 节和第 12 节最长，各有 18 行，最短的是第 3 节和第 11 节，各有 4 行。它的作者阿芙拉·贝恩（Aphra Behn）生活在 17 世纪的英国，只活了 49 岁，阅历不凡，是英国历史上第一批职业女作家之一，不但写有 17 部戏剧、4 部长篇小说、2 篇短篇小说和大量诗歌，还曾被英王查理

---

　　① 典出古希腊神话。斯巴达王后海伦（Helen）是绝代美人，少女时曾被雅典王子忒修斯（Theseus）拐走，后被忒修斯之母放还；海伦后来遇见了特洛伊王子帕里斯（Paris），与他私奔，遂引起特洛伊之战。

二世（Charles II，1630—1685）派到荷兰做间谍，代号"阿丝特里娅"（Astrea）。这名字也是她发表部分作品使用的化名。

1640 年 7 月 10 日，阿芙拉·贝恩出生于英格兰东南部肯特郡的瓦伊村（Wye），闺名阿芙拉·约翰逊（Aphra Johnson），排行第二，容貌姣好，父亲巴托洛缪是理发匠，母亲伊丽莎白在贵族约翰·科尔佩珀男爵

阿芙拉·贝恩

（John Colepeper，1600—1660）家当保姆。1663 年，阿芙拉曾到为英国生产蔗糖的南美殖民地（苏里南）旅行，后来根据此行见闻写出了南美黑奴起义题材的小说《奥若努克》（Oronooko；or the Royal Slave，1688）。她 1664 年回国后与伦敦一位荷兰（或德国）裔商人约翰·贝恩（Johan Behn）结婚，但婚后一年左右丈夫就去世了。研究者认为阿芙拉是双性恋者，她的不少诗作都表达了对女子的爱恋。阿芙拉还是坚定的保皇派，这或许与她曾和母亲住在科尔佩珀男爵府有关。1665 年，第二次英荷战争①爆发，1666 年，她奉国王之命到安特卫普做间谍，以贵族情妇的身份刺探政治情报，曾向英国宫廷提供荷兰海军上将德·鲁伊特（Michiel Adriaenszoon de Ruyter，1607—1676）②企图烧毁泰晤士河上英国船舰的军事情报。

---

① 第二次英荷战争：英国对荷兰发动的战争（1665 年 3 月 4 日—1667 年 7 月 31 日），其目的是争夺海上贸易霸权和殖民地，以英国失败告终。

② 人教版高中历史教材将 de Ruyter 译为"廖特尔"，不符合荷兰语发音，应改为"德·鲁伊特"。

　　但是,间谍工作却使阿芙拉陷入了经济拮据,因为国王并未及时支付她在国外的费用。她的生活极度艰难,不得不当掉戒指,直至当掉所有的物品。她每天只有 10 个荷兰盾(guilder)可花,所以不得不借债,连 1667 年 1 月回伦敦的 150 英镑盘缠都是借的,与虚构的当代英国特工詹姆斯·邦德的待遇不可同日而语。她用了一年时间请求国王付钱,毫无结果,"债务就像套在她脖颈上的磨盘"①,1668 年被关进了债务人监狱。她的这段经历,也使人想起了我国电视连续剧《借枪》里的中共特工熊阔海,他穷困窘迫,为取得情报屡次借钱,甚至不得不抵押自己的住房。

　　1669 年,一位匿名的好心人替阿芙拉还清了债务,她才得以出狱,以写作谋生,成为职业文人。她在 12 年(1670—1682)当中创作了 11 部戏剧,1683 年写出了小说《一位贵族与其妹的情书》(*Love Letters Between a Nobleman and His Sister*)第一部分,这部取自真人真事的小说(法文叫 roman à clef)被视为英国文学史上第一部书信体小说。1684 年,阿芙拉·贝恩开始发表诗集。她的文学生涯成了英国女性文学写作的标志,在文学史上占有一席之地,其作品在 20 世纪以后再次受到了评论界(尤其是女权主义者和同性恋文学研究者)的重视,2010 年 7 月,奥地利维也纳大学(Universität Wien)还举办了阿芙拉·贝恩研讨会。正如英国著名女作家弗吉尼亚·伍尔夫(Virginia Woolf,1882—1941)所说:"全体女性都应当把鲜花撒在阿芙拉·贝恩墓上……因为,正是她为女性赢得了表达自己思想的权利。"(《一间自己的房间》)

　　阿芙拉·贝恩于 1689 年 4 月 16 日去世,葬于伦敦西敏寺

---

　　① 见蒙塔古·萨莫斯(Montague Summers)的研究文章《忆贝恩夫人》(*Memoir of Mrs. Behn*)。

（Westminster Abbey），其墓上的碑文是："此处安放着一个证据／证明才智从来不足以抗拒死亡。"（Here lies a Proof that Wit can never be／Defence enough against Mortality）据说后来有人恢复了碑文原貌，补上了另外两行碑文：

> 伟大的女诗人啊，你的卓越诗行
> 受到了世人的称颂和诗神的赞扬。

> Great Poetess，O thy stupendous lays
> The world admires and the Muses praise.

《欲望》写于英国王政复辟 28 年后，除了最后三节，其余十节都是诗人和"欲望"的直接对话。准确地说，诗中的"欲望"（desire）指的是情欲，或称"力必多"，或可译成拉丁文 Cupiditas。在 17 世纪的英国，连资产阶级革命都要披上宗教的外衣；1660 年查理二世复辟以后，作为对清教主义的反动，英国文坛刮起了追求色情奢靡的腐朽之风，"风俗喜剧"（comedy of manners）成了戏剧舞台的主流，展示纵情声色、风流偷情的贵族生活。阿芙拉·贝恩的戏剧和诗歌曾使她蒙上"不道德"的恶名，有人干脆说她"比妓女强不了多少"，连大诗人蒲柏（Alexander Pope，1688—1744）都写诗讽刺她："阿丝特里娅随意践踏舞台／将剧中人统统弄到床上来。"（The stage how loosely does Astrea tread／Who fairly puts all characters to bed.）

阿芙拉以非凡的勇气在逆境中孤身奋斗，其作品继承了古希腊罗马文学的传统，不但是对人欲的认真反思，更使她成了英国第一位以"女性话语"评价男性价值观的女作家。她才华过人，据说曾一边和一屋子的人聊天,一边写出了小说《奥若努克》的一章或一幕戏剧。今人不必对阿芙拉·贝恩进行道德裁判,将自己当成完人。她的另一首诗《失望》(The Disappointment)更为有名,大胆地描写了男女的性爱心理和感受;而《欲望》则只是剖析了情欲,细腻地抒写了对情欲的微妙心理。

在《欲望》中,阿芙拉·贝恩将欲望称为"新现的痛苦""惑人之物""恼人的篡夺者""温柔的闯入者""迷人的搅扰者""恶毒的幽灵""折磨者""易怒的幻影""上天派来的可人瘟疫"和"错误爱情的虚假后裔"。这些称谓全是暗喻,真实地反映了诗人的矛盾心理。关于情欲,德国大哲学家康德作过精辟的论述,说它的作用"像一条越来越深地淹没河床的河流",说它"像一场肺结核或黄萎病",呈现出"像吞了毒药的病相或畸形的样子"。他又说:

> 由于情欲可以和最冷静的思考相结合……所以它对自由有最大的破坏。如果激情是一种迷醉,情欲就是一种疾病,它厌恶一切良药。情欲不光是像激情那样,是一种酝酿着许多坏事的不幸的心绪,它甚至还毫无例外地是一种恶的心绪。
>
> 激情在刹那间破坏了自由和自我控制;情欲则放弃自由和自我控制,到奴隶意识中寻找愉快和满足。理性这时毕竟还在呼唤内心的自由,因此,这不幸者就在其枷锁下呻吟,尽管他不能挣脱这枷锁,因为它仿佛已与他的肢体长在了一起。①

---

① 见康德著《实用人类学》第一部分第三卷《论欲望能力》,邓晓芒译,重庆出版社 1987 年版。引文对原译文略有改动。

带着理性的"枷锁"，阿芙拉·贝恩对"欲望"发出了追问："你可是上天派来的可人瘟疫，有可爱的外形和仁慈的伪装？"（Art thou some welcome plague sent from above ∕ In this dear form, this kind disguise?）这不但是"和最冷静的思考相结合"，而且符合康德对情欲的诊断。她还详细地写出了此"病"的种种症状：

它不请自来（"你出没在我不要你的时光"），夺走了平静，闯入了孤寂，搅乱了安宁；它力量强大，殊难抵御（"连美名和荣誉都无法将你驱除"）；而一旦遇到荣誉（可以解释为体面的名声、地位或弗洛伊德所说的"超我"（superego），欲望却退避三舍（"你这易怒的幻影就会怯懦无比""你勾起了兴致，又胆怯畏葸"），令人求之不得，心若古井（"你不能激发我一丝柔情蜜意"）。

然而，写罢"欲望"的这些恼人之过，诗人又道出了另一番苦衷：虽然欲望难以驾驭，害人不浅，她仍然"时常召唤你的出现""时常将你四处搜遍"，情愿让灵魂"为过错而欢喜痛苦"，因为她知道：哲人们"治愈心灵的奇特技艺"不能"抑制灼人的炽热爱火"；"可爱、神秘的青春"会使"克制欲望的美女"（ye fair ones, that exchange desire）受伤，而端庄只是"必需的钓饵"（necessary bait），名誉只是伪装（false disguise）。可见情欲如高跟鞋，如巧克力，令女人爱恨交加。

按照这个逻辑，诗人告诫美女们：爱火无法隐藏，无力抗拒情欲正是女人的弱点，因为"当你们真想反抗紧迫的韶华，却没有宝贵欲望将原冰融化"（when you do resist the pressing youth, 'Tis want of dear desire, to thaw the virgin ice），换句话说，只有欲望之火能融化贞洁的"原冰"，才不会使女子辜负青春韶华。诗人还以古希腊的绝代佳人海伦为鉴：海伦之所以被特洛伊王子帕里斯诱拐，正是因为她也有女性的弱点。海伦虽已是斯巴达王墨涅拉俄斯（Menelaus）之妻，却仍无力抗拒情欲，正如意大利作家薄伽丘（Giovanni Boccaccio，1313—1375）所言：

> 一到斯巴达，帕里斯见绝世美丽的海伦光彩照人，高雅的王族举止中带着轻佻，并渴望得到赞美，就马上爱上了她。海伦的行为也有理由使帕里斯心存希望。帕里斯眼里闪烁着激情的光芒，利用每一个机会，在海伦并不贞洁的心中悄悄埋下对他爱情的欲望。命运女神支持了帕里斯的这番努力：墨涅拉俄斯为办理公务去了克里特，将帕里斯留在了宫中……那天夜里，帕里斯在拉科尼亚海边捉住了海伦，将她拐走了。[1]

但仍要提到一点：帕里斯被射杀后[2]，海伦再度结婚，嫁给了更年轻的特洛伊王子得伊福玻斯（Deiphobus），他后来也被斯巴达王杀死。但是，斯巴达人进攻特洛伊城时，海伦却恢复了斯巴达王后的理性：英雄尤利西斯（Ulysses）率兵潜入城中，她不但没有揭露他们，反而做了内应。因此，海伦的结局仍很圆满：不但与丈夫团圆，而且得到了埃及人的隆重款待和厚礼，平安返回斯巴达，重掌王权。[3]

传说里的海伦使人想起威尔第歌剧《弄臣》（*Rigoletto*）的著名唱词：La donna è mobile qual piuma al vento（女人善变，像风中羽毛）。看来，这神话是要告诉人们：情欲是杀身惹祸之根，理性是

---

① 见薄迦丘著《名女》（*De mulieribus claris*），肖聿译，中国社会科学出版社2003年版，第100页。

② 据古希腊神话的一个版本，帕里斯被神箭手菲罗克忒斯（Philoctetes）用四支箭射死。

③ 见薄迦丘《名女》第37章；又见美国托马斯·布尔芬奇（Thomas Bulfinch，1796—1867）名著《神话时代》（*The Age of Fable*，1855）第27—29章。

全生护命之本。阿芙拉·贝恩虽然深知这个道理,却仍不禁对饱受欲望煎熬的女子(包括她自己)表示理解和同情;而她若完全受欲望的主宰,便绝不会如此清醒。

　　情欲是造化赋予一切动物的本能,本无善恶之分,"食色,性也"这句话概括了一切。大哲学家叔本华认为:归根结底,性爱是物种的"生存意志"的体现,只是常会披上恋爱的浪漫伪装而已,常人眼中的异性之美无不与繁殖、养育后代的良好功能有关。[①] 这是极度清醒之言。谈"欲"色变,或做鸵鸟,或讳而避之,则是糊涂加虚伪。剖析情欲以驱除神秘,顺其自然以善待人生,则要求既不过分清醒,又不过分糊涂。阿芙拉·贝恩就是如此。

On Desire

What art thou, oh! thou new-found pain?

From what infection dost thou spring?

Tell me—oh! tell me, thou enchanting thing,

Thy nature, and thy name;

Inform me by what subtle art,

What powerful influence,

You got such vast dominion in a part

Of my unheeded, and unguarded, heart,

That fame and honour cannot drive ye thence.

Oh! mischievous usurper of my peace;

---

① 参见叔本华《爱的形而上学》一文。

Oh! soft intruder on my solitude,

Charming disturber of my ease,

That hast my nobler fate pursued,

And all the glories of my life subdued.

Thou haunt'st my inconvenient hours;

The business of the day, nor silence of the night,

That should to cares and sleep invite,

Can bid defiance to thy conquering powers.

Where hast thou been this live-long age

That from my birth till now,

Thou never cloudst one thought engage,

Or charm my soul with the uneasy rage

That made it all its humble feebles know?

Where wert thou, oh, malicious sprite,

When shining honour did invite?

When interest called, then thou wert shy,

Nor to my aid one kind propension brought,

Nor wouldst inspire one tender thought,

When Princes at my feet did lie.

When thou couldst mix ambition with my joy,

Thou peevish phantom thou wert nice and coy,

Not beauty could invite thee then

Nor all the hearts of lavish men!

Not all the powerful rhetoric of the tongue

Not sacred wit could charm thee on;

Not the soft play that lovers make,

Nor sigh could fan thee to a fire,

Not pleading tears, nor vows could thee awake,

Or warm the unformed something—to desire.

Oft I've conjured thee to appear

By youth, by love, by all their powers,

Have searched and sought thee everywhere,

In silent groves, in lonely bowers:

On flowery beds where lovers wishing lie,

In sheltering woods where sighing maids

To their assigning shepherds hie,

And hide their bushes in the gloom of shades.

Yet there, even there, though youth assailed,

Where beauty prostrate lay and fortune wooed,

My heart insensible to neither bowed:

Thy lucky aid was wanting to prevail.

In courts I sought thee then, thy proper sphere

But thou in crowds were stifled there,

Interest did all the loving business do,

Invites the youths and wins the virgins too.

Or if by chance some heart the empire own

(Ah power ingrate!) the slave must be undone.

Tell me, thou nimble fire, that dost dilate

Thy mighty force through every part,

What god, or human power did thee create

In me, till now, unfacile heart?

Art thou some welcome plague sent from above

In this dear form, this kind disguise?

Or the false offspring of mistaken love,

Begot by some soft thought that faintly strove,

With the bright piercing beauties of Lysander's eyes?

Yes, yes, tormenter, I have found thee now;

And found to whom thou dost thy being owe,

'Tis thou the blushes dost impart,

For thee this languishment I wear,

'Tis thou that tremblest in my heart

When the dear shepherd does appear,

I faint, I die with pleasing pain,

My words intruding sighing break

When e'er I touch the charming swain

When e'er I gaze, when e'er I speak.

Thy conscious fire is mingled with my love,

As in the sanctified abodes

Misguided worshippers approve

The mixing idol with their gods.

In vain, alas! in vain I strive

With errors, which my soul do please and vex,

For superstitions will survive,

Purer religion to perplex.

Oh! tell me you, philosophers, in love,

That can its burning feverish fits control,

By what strange arts you cure the soul,

And the fierce calenture remove?

Tell me, ye fair ones, that exchange desire,

How 'tis you hid the kindling fire.

Oh! would you but confess the truth,

It is not real virtue makes you nice:

But when you do resist the pressing youth,

'Tis want of dear desire, to thaw the virgin ice.

And while your young adorers lie

All languishing and hopeless at your feet,

Raising new trophies to your chastity,

Oh tell me, how you do remain discreet?

How you suppress the rising sighs,

And the soft yielding soul that wishes in your eyes?

While to th' admiring crowd you nice are found;

Some dear, some secret, youth that gives the wound

Informs you, all your virtue's but a cheat

And honour but a false disguise,

Your modesty a necessary bait
To gain the dull repute of being wise.

Deceive the foolish world—deceive it on,
And veil your passions in your pride;
But now I've found your feebles on my own,
From me the needful fraud you cannot hide.
Though 'tis a mighty power must move
The soul to this degree of love,
And though with virtue I the world perplex,
Lysander finds the weakness of my sex,
So Helen while from Theseus' arms she fled,
To charming Paris yields her heart and bed.

第七章　求命运将我的崇拜分成两份

乔纳森·斯威夫特(1667—1745)的《斯黛拉的生日》两首

对中国读者,乔纳森·斯威夫特(Jonathan Swift)似乎是个"熟悉的陌生人"。

说他是我们的熟人,是因他的讽刺巨著《格列佛游记》(*Gulliver's Travels*, 1726)几乎家喻户晓,乃至被列入了我国中学语文新课标阅读教材。看不懂这部世界文学名著的人,是真正意义上的文

乔纳森·斯威夫特

盲。说《格列佛游记》是童话故事,这是莫大的误导;抽去其对社会和人性的尖锐批判,无异于阉割原著;而美国好莱坞 2010 年的同名闹剧片(导演罗伯·莱特曼,Rob Letterman)套用原著思路,以低俗的"搞笑"毁尽原著的批判锋芒,则完全是当代商业文化对人类优秀文化传统的亵渎,活该被我国观众斥为"烂片"和"扯淡"。英国人尤其不能容忍这种胡搞,2010 年 12 月 23 日和 26 日《卫报》(*The Guardian*)的影评说:该片将原著中格列佛的成年人性格退化成了孩子,将他的身份从 18 世纪的外科医生换成了 21 世纪的邮差,这是向原著"兑水"(dilute),是对原著的"拙劣抄袭"(horribly plagiarize),"可怕,恶劣,浪费金钱"(dire, awful, waste of money)。

斯威夫特是一位极清醒的恨世者(cynic),《格列佛游记》也绝非游戏文字,而是颇具锋芒。只要读过其第四卷第六章谈论"野胡"(yahoo)的一段话,人们便会叹服作者的犀利目光:

> 不论是用钱还是储蓄,钱总是越多越好,永远也不会有满足的时候,因为他们发现自己天性就是这样,不是挥霍浪费就是贪得无厌。富人享受着穷人的劳动成果,而穷人和富人在数量上的比例是一千比一。我们的大多数人民被迫过悲惨的日子,为了一点点报酬每天都得辛苦劳作,为的是能让少数人过富裕的生活。

这番话写于18世纪初,说它包含着阶级意识的萌芽,毫不为过。"野胡"本是粗人和野蛮人的代称,在原著中是人类的雅号,在慧骃国位列仆从,如今不知被谁译成了"雅虎"。思想深刻的伟大作家对人类的评价往往都不算高,不但会"哀其不幸",更会冷眼唾之,例如斯威夫特、马克·吐温、鲁迅、乔治·奥威尔和威廉·戈尔丁①。

说斯威夫特是"陌生人",是因人们很少了解这位讽刺大师的另一面:他不但是18世纪的著名政论家和最走红的讽刺名家,而且是诗人,作品颇丰(英国企鹅书局1983年版的《斯威夫特诗歌全集》长达953页)。应当说:作为讽刺家的斯威夫特是超一流的,而作为诗人的斯威夫特则颇显逊色,大诗人德莱顿(John Drydon, 1631—1700)甚至说斯威夫特"永远成不了诗

---

① 乔治·奥威尔(George Orwell, 1903—1950)和威廉·戈尔丁(William Gerald Golding, 1911—1993)均为英国小说家,前者写有政治寓言小说《动物庄园》(Animal Farm, 1945),后者写有揭露人性恶的黑色幽默小说《蝇王》(The Lord of the Flies, 1954)。

人"。不过,斯威夫特与两位奇女子的爱情纠葛却是文学史上的佳话,并且成了两百多年来学者们的研究课题。斯威夫特的一些诗作也和这两位女子有关,所以才被收入本书,因本书旨在漫谈广义的爱情英诗,不是赏析情诗佳作。

斯威夫特 1667 年 11 月 30 日出生于爱尔兰的都柏林。他母亲阿比盖尔(Abigail Erick)是英格兰人,出身低微(一说为屠夫之女);他父亲乔纳森祖籍英格兰约克郡,曾就职都柏林律师协会,猝死于 1667 年 4 月,因此斯威夫特是遗腹子。斯威夫特对此一直耿耿于怀,说自己"与其说生在爱尔兰,不如说是被扔到爱尔兰的",还说他过生日时宁愿去读《旧约·约伯记》(Book of Job)第三章,因希伯来族长约伯在其中"咒诅自己的生日"。

斯威夫特一家是侨居爱尔兰的英国人,只因斯威夫特生于爱尔兰,多年执业于斯又安葬于斯,他才常被称为"爱尔兰大讽刺家"(the great Irish satirist)和"爱尔兰教长"(the Irish dean)。爱尔兰 1976 年发行的 10 镑面值钞票上印有斯威夫特画像,足见爱尔兰人极想将斯威夫特据为己有,而并不满足于拥有本国的文学大师王尔德、萧伯纳、叶芝和乔伊斯,这也使人想起当今我国的曹操故里之争,想起 2005 年中韩"端午节(祭)"的"申遗"之争。美国佳作书局(Paragon House)的《新世界百科全书》(New World Encyclopedia)说斯威夫特是"英国—爱尔兰牧师,散文家、政论家和诗人"(Anglo-Irish priest, essayist, political writer, and poet),将斯威夫特平分给两国,则是折中之举。

斯威夫特 6 岁时,有钱的姨夫戈德温(Godwin)将他送进都柏林一所最好的小学,15 岁时(1682 年)进入都柏林三一学院(Trinity College),19 岁时获得了"特许学士"文凭(speciali gratia),据说那种文凭只发给没有培养前途的学生,因为斯威夫特成绩平平,只喜欢读历史和文学,并屡犯校规,而三一学院授予他神学博士学位,则是在 1702 年,那年他 35 岁。1688 年,反天主教的英国光荣革命引起了爱尔兰的政治动荡,斯威夫特只得回到英格兰。1689 年他 22 岁,去给威廉·坦普尔男爵(Sir William Temple, 1st Baronet, 1628—1699)当秘书。坦普尔祖籍爱尔兰,生于伦敦,是著名的外交家和作家,曾任爱尔兰国会议员,做过英王查理二世的顾问,退休后住在英格兰苏雷郡的摩尔庄园(Moor Park),其妻子与斯威夫特之母沾亲。坦普尔爵士虽很信任斯威夫特,却待他如仆人。心高气傲的斯威夫特难以忍受,两次愤然离开摩尔庄园——第一次离开了一年半,第二次离开了两年——1696 年 5 月第二次回到摩尔庄园,直到 1699 年 1 月坦普尔去世。

在摩尔庄园,斯威夫特断断续续地生活了七年,其间虽不顺心,却并非毫无收获。因坦普尔爵士的影响,斯威夫特在 1692 年获得了牛津大学的硕士学位,这是好处之一。在庄园,斯威夫特得以饱读爵士的大量藏书,学问大增,并结识许多名人,包括英王威廉三世(William III, 1650—1702)、诗人德莱顿、散文名家艾迪生(Joseph Addison, 1672—1719)和斯梯尔(Sir Richard Steele, 1672—1729),这是好处之二。第三个好处最为重要:他从 1689 年就认识了 8 岁女孩埃丝特·约翰逊(Esther Johnson, 1681—1729)并做了她的家庭教师。埃丝特成了他的红颜知己,一直与他保持着亲密的暧昧关系。据说两人于 1716 年秘密结婚,但并无正式记录。斯威夫特在作品中将埃丝特称为“斯黛拉”(Stella),此字的拉丁语义是“星星”。

埃丝特比斯威夫特小 14 岁,是坦普尔爵士仆人的女儿,幼年丧父,在庄园里做爵士的孀居妹妹吉法德小姐(Lady Giffard)的陪伴。有人说埃丝特的父亲是商人,名叫爱德华;也有人说她是坦普尔爵士的私生女,但斯威夫特说:“她父亲是诺丁汉郡一个上等人家里的次子,她母亲出身较差。其实,她的家世并无多少值得夸耀之处。"
斯威夫特 1696 年再返摩尔庄园时,埃丝特已 15 岁。林登·奥尔①著
《昔日名俦》里说她"出落得十分标致,天性活泼,头脑聪慧,身体发
育得很好,一头黑发,双目有神,相貌格外端正,楚楚动人"②。可见
该书作者认为埃丝特不算美女,而只是"格外端正"(features that
were unusually regular)。斯威夫特写给埃丝特的一系列生日诗,也
更强调她智慧过人。斯威夫特还辑录了《斯黛拉妙语》(Bon mots de
Stella),用作《格列佛游记》一些版本的附录,其中说:"认识她的人
都说,无论与谁在一起,她永远都能说出最睿智的妙语;而与她相伴
的,通常都是英国最为有识之士。"

　　称相貌平平者为"美女",无异于戏弄,而谬奖女人"聪明",则等
于说她不算美女,因"聪明"是对女人的第二等褒扬,虽仅次于"美
丽",却隐含着将女人视为"blue stocking"(卖弄学问的才女)的贬
义。现代社会仍残存着些许中世纪骑士精神,并不直说女人相貌欠
佳,而以婉语状之,例如 plain 及 regular 两字,前者是说貌不出众,后
者是说长得中规中矩。例如,狄更斯(Charles Dickens)名著《双城
记》(A Tale of Two Cities,1838)第一部第一章就有这样的词句:"英
国的王位上,有一位大下巴的国王和一位貌不出众的王后(a queen
with a plain face)。"它与后一句构成了鲜明对比:"法国的王位上,有
一位大下巴的国王和一位美貌的王后(a queen with a fair face)。"

　　与埃丝特的关系,是伴随斯威夫特教长(Dean Swift)一生的"绯
闻"之一。这一对男女年龄悬殊,且是师生,他们的关系应算作"忘
年交"加"师生恋",其感情基础是彼此的欣赏和心灵的共鸣。斯威

---

① 　林登·奥尔(Lyndon Orr):有资料说,这是美国学者哈里·瑟斯顿·帕克(Harry Thurston
Peck, 1856—1914)的笔名。他是美国哥伦比亚大学古典文学和拉丁语教授。
② 　见《昔日名俦》(Famous Affinities of History,1912)卷四《斯威夫特教长与两位埃丝特》。

夫特对埃丝特的态度更近于俯就;不过,从他《格列佛游记》等作品中的奇特幻想看,他也是个童心不泯、了无拘束的大孩子,即美国作家亨利·詹姆斯(Henry James,1843—1916)所说的 perpetual boy。

从 1710 年 9 月到 1713 年 6 月,斯威夫特从伦敦给埃丝特及其女伴丽贝卡(Rebecca Dingley)写了大约 65 封信。这些信件详细地记录了斯威夫特的生活,斯威夫特 1745 年去世后被当作他作品(而非私信)的组成部分,于 1784 年结集出版,题为《给斯黛拉的信》(*The Journal to Stella*)。这些书信措辞亲昵,包含大量缩写语,还使用了一百多个儿语般的"私语"(little language),如用"oo"表示"you"(你),用"givar"表示"devil"(魔鬼),而"Pdfr"这一缩写则是斯威夫特的自称,意思是"poor, dear, foolish rogue"(可怜的、亲爱的、愚蠢的坏蛋)。2011 年 1 月 28 日英国《卫报》载文说:为了破译这些"私语",牛津大学圣·彼得学院的英语教授阿比盖尔·威廉斯(Abigail Williams)请教了美国联邦调查局(FBI)的法律文书专家,将"I expect a Rettle vely soon:& that MD is vely werr"破译为"I expect a letter very soon, and that my dears are very well"(我盼望快快收到来信,盼望我亲爱的过得很好);她还在三岁儿子的帮助下,将斯威夫特对斯黛拉的昵称"poo poo ppt"破译为"poor poor poppet"(可怜的、可怜的小乖乖)。斯威夫特写那些信时年已四十有三,斯黛拉也 29 岁了,因此这个称谓在外人听上去不免有些肉麻,所以在书信原稿上被作者划掉了(一说是被出版商划掉的)。

存在的就是合理的,"忘年交"的存在前提是其互补性。苏联作家弗·阿·柯切托夫(1912—1973)写于 1958 年的长篇小说《叶尔绍夫兄弟》是当今中国年逾五旬者们的最爱之一,我还记得其中市委书记戈尔巴乔夫的女儿卡芭说过,少女爱的是年长男人的"成熟智慧"(大意如此)。同理,歌德 58 岁时爱上了 16 岁的米娜·赫尔茨丽卜并为她写诗,则可说是对青春的顶礼和缅怀。科学家杨振宁82 岁时与 28 岁的翁帆结婚,也说她是"上帝恩赐的最后礼物,给我的老灵魂,一个重回青春的欢喜"。

对男女忘年婚恋,中国传统文化的态度其实是既不提倡亦不反对。《易经》"大过卦"九二爻说:"枯杨生稊,老夫得其女妻,无不利。"①认为老夫少妻本为大过(不利),但若得到初六阴爻的匡补,便无害处。《系辞传》第六章引用孔子论初六爻之言说:"借之用茅,何咎之有?……慎斯术也以往,其无所失矣。"意思是:"铺上白色茅草,哪里会有错?……只要如此慎重处理,便不会失败。"此卦的阳爻多达六个,阴爻虽只有两个,但分居最上和最下两爻(即初六和上六),表示阴阳可以互补,所以《易经》又说此卦象征顺利("利有攸往。亨。")。苏东坡之友张先(990—1078)80 岁时娶 18 岁小妾(一说还与她生下两男两女),写诗自嘲说:"我年八十卿十八,卿是红颜我白发。与卿颠倒本同庚,只隔中间一花甲。"东坡写诗戏曰:"十八新娘八十郎,苍苍白发对红妆。鸳鸯被里成双夜,一树梨花压海棠。"将"苍苍白发"喻为"一树梨花",谐趣横生,但并无谴责,按一些人的理解,倒有几分歆羡之意。他的另一首诗中也有"梨花淡白柳深青"的词句,还将梨花比作了"一株雪"(《东栏梨花》)。但那毕竟是古人纳小妾的陋习。至于道家的"采阴补阳"以及糊涂少女为了钱而嫁给阔老头,又另当别论。

师生恋在当代不是新闻,也不构成对道德底线的挑战。以宽容的态度看待师生恋,这是文明的进步。名人师生恋的事例很多,如鲁迅与许广平、徐悲鸿与孙多慈及廖静文,沈从文与张兆和等。但师生恋也曾被视为大逆不道和违反伦常(老师被列为父辈)。史上

①　今译:枯杨发芽,老叟娶妙女为妻,并无不吉。

最著名的师生恋是 12 世纪法国学者阿贝拉与爱洛依丝的爱情。彼埃尔·阿贝拉(Pierre Abelard,1079—1142)出身贵族,是著名的神学家、哲学家、巴黎圣母院的逻辑学教师,且能写词作曲。他 34 岁时,受聘做了 17 岁女子爱洛依丝(Héloïse,1101—1164)的家庭教师。爱洛依丝美丽动人,多才多艺,不但精通拉丁语,且通晓希腊语和希伯来语。这师生二人陷入热恋,生有一子,取名亚斯托拉彼(Astrolabe),又秘密结婚。爱洛依丝的叔父、巴黎圣母院的大教士福尔伯(Fulbert)对阿贝拉的“隐婚”感到震怒,雇了两名暴徒夜闯阿贝拉住所,将他阉割。阿贝拉感到羞辱和懊悔,去圣丹尼修道院(Monastery of St. Dènis)做了修士。爱洛依丝做了修女,也成了当时最有文化的才女。

大约在 1130 年,阿贝拉将他的经历写成了长文《余之祸史》(*Historia Calamitatum*)。1132 年前后,他与爱洛依丝互通书信,其中六封成了中世纪浪漫文学的经典。阿贝拉建立了一个修道院,赠予爱洛依丝,死后归葬于斯。爱洛依丝于 1164 年 5 月 16 日去世,葬于阿贝拉墓旁。六个半世纪后的 1817 年,两人被合葬于巴黎的拉雪兹神父公墓。阿贝拉本来不是修士,并未立誓独身,但按照天主教教规,结婚会使他失去教师之职和优越地位,因此“隐婚”是他的无奈选择,但基督教并不禁止教士结婚,《圣经》上说,嫁娶是“神所造,叫那信而明白真道的人感谢着领受的”(《新约·提摩太前书》第四章第 1—3 节)。顺带说一句:翻译名家梁实秋将 Héloïse 译为“哀绿绮思”,大概是想暗喻爱洛依丝的哀痛人生并引发绮念,只是“绮”(音 qǐ)字与原文发音不合,而这恰好印证了译界所谓“美者不信”之说。

埃丝特·约翰逊于 1729 年 1 月 28 日去世,时年 47 岁。年逾六句的斯威夫特不忍去教堂参加她的葬礼,但一直保留着她的一缕头发。从 1718 年到 1727 年,斯威夫特几乎每年都在"斯黛拉"生日(3月 13 日)时写诗向她祝贺。这些诗作可称为"诗体书信"(verse epistle),真实地记录了斯威夫特从斯黛拉获得的灵感,也被后人看作出色的诗体情书。其中最早的一首写于 1718 年。需要说明的是,一些诗集将此诗的题目写作《斯黛拉的生日,1719 年》,但这源于一个误解:在 18 世纪的英国,新年始于 3 月 17 日而不是 1 月 1 日,因此该日以前仍算作去年。

斯黛拉的生日,1718 年

斯黛拉今天已是三十有四,

(我们莫因一两岁之差争执)

但是,斯黛拉,千万不要心烦意乱,

尽管从我初见你十六岁那年,

你的才能与年岁如今已加倍,

那时你是少女,最是烂漫聪慧。

你的身材几乎没有改变;

那主要是你的精神使然。

啊,将你的美、才、龄、智分开,

但愿此举能使众神开怀,

任何时代都造就不出两位仙女,

她们集优雅、智慧和美好于一体,

且有你双眸一半的粲然光辉,

有你一半的智慧、才能与年岁。

所以不会等到我们变得太老,

我就向善良的命运女神求告,

（因为那两位仙女都没有情人，）

求命运将我的崇拜分成两份。

Stella's Birthday, 1718

Stella this day is thirty-four

（We shan't dispute a year or more）

However, Stella, be not troubled,

Although thy size and years are doubled

Since first I saw thee at sixteen,

The brightest virgin on the green.

So little is thy form declined;

Made up so largely in thy mind.

Oh, would it please the gods to split

Thy beauty, size, and years, and wit,

No age could furnish out a pair

Of nymphs so graceful, wise, and fair:

With half the lustre of your eyes,

With half your wit, your years, and size.

And then, before it grew too late,

How should I beg of gentle fate,

（That either nymph might lack her swain），

To split my worship too in twain.

此诗使用了英雄双行体，文意晓畅，盛赞了斯黛拉的"优雅、智慧、美好"（graceful, wise, and fair）。斯黛拉那年当是 36 岁，而斯威

夫特"初见"(first I saw thee)她时,她只有8岁,但正像诗人所说"莫
因一两岁之差争执"(We shan't dispute a year or more),所以诗中关
于她年龄的说法只是大略。斯威夫特在此诗第一行就直言斯黛拉
已34岁,虽然传统认为当面言及女人年龄属于失礼,但这反映了两
人的亲密无间和直面岁月的坦然。对才女斯黛拉来说,优雅和智慧
正是年过三十后的最佳驻颜品。斯黛拉仍是斯威夫特心中的仙女,
这远非"情人眼里出西施",而是事实,因烂漫是先天的,风韵却是后
天的,前者与生俱来,后者往往来自经年的修养。对这一点,杂文作
家柏杨先生颇有体会,他认为"真正的魅力产生在年龄较大的女人
身上",还说妲己、杨玉环等美女最风光时年纪都在40岁上下,而辛
普森夫人使英王爱德华放弃王位时已37岁了(《堡垒集·自由恋
爱》)。

　　言及此诗的翻译,值得一提的是其中"size"一字。不能将它理
解为"身高,个头",因它在诗中指的是"才能"或"本领",即
character,value或status,否则,将"thy size and years are doubled"(你
的才能与年岁如今已加倍)译成"你的身高与年岁如今已加倍"便很
荒谬。第14行中的"size"也是如此。若说此诗表明了诗人更看重
中年女子的优雅和智慧,那么《斯黛拉的生日,1720年》就进一步阐
发了这一点:

斯黛拉的生日,1720年

旅人过客最初都会喜爱
他们目睹的最优雅招牌;
若是见到客房净洁良好,
见到清洁的食物和饮料,

他们一定会再度光顾其间，

向每位朋友推荐天使客栈，

客栈招牌虽然日渐凋落，

但那客栈永远都不缺客：

不，尽管酒保托马斯为人奸诈，

在不远之处挂出了新天使画，

拙劣画匠尽量将它画得精细，

希望陌生人误将它看作安琪；

但离开昔日真正的天使客栈，

我们仍会将这看作耻辱丢脸。

如今的斯黛拉就正是这样，

皱纹现于她天使般的脸庞，

（但愿诗人和画家能想到

三十六岁天使们的容貌）：

这天使最吸引我们，那是由于

我们发现她具有天使的智力；

种种长处都见于斯黛拉身上，

这弥补了她双眸渐暗的光芒。

看，青年聚到她招待会上来，

斯黛拉款待他们，大方慷慨，

她以教养、宽容、见识和智慧

款待那些年轻人，惠而不费；

他们头脑之所得丰富充裕，

她列出的账单却十分合理，

她索取的很少，给予的很多，

我们真想知道她怎样生活！

她的储备若是少些，无疑，

她必定早已将它们用毕。

当多尔将更新的脸面悬挂；①

谁以为我们会离开斯黛拉，

或是驻足观看克萝的粉面，

到她那里去吃些残羹剩饭。

那么克萝，任随你去继续胡说，

将三十六岁和三十八岁瞎扯；

继续从事你散布流言的勾当，

暗示斯黛拉已不是年轻女郎，

你说斯黛拉喜欢与男人闲聊，

这是向我们暗示她人品不好。

我提醒你相信一个真理，

你的心灵必将为之悲戚：

你应会活着见到那一天，

斯黛拉的卷发灰白尽染，

岁月在她脸上画出皱痕，

画在她五官的每一部分；

尽管你和你那愚蠢的一族

都能买通自然、时光和艺术，

使你看上去像美丽的女王，

使你永远停留在十五岁上；

但风华青年永远能看清

---

① 此行中的"多尔"（Doll）为"多萝西"（Dorothy）的昵称。它与下一行中"克萝"（Cloe）一样，均为常见的女子名。

你精神上的皱纹与裂缝；

有识者都会走过你门前，

挤满八旬斯黛拉的客栈。

Stella's Birthday, 1720

All travellers at first incline

Where'er they see the fairest sign;

And if they find the chambers neat,

And like the liquor and the meat,

Will call again and recommend

The Angel Inn to every friend

What though the painting grows decayed,

The house will never lose its trade:

Nay, though the treach'rous tapster Thomas

Hangs a new angel two doors from us,

As fine as daubers' hands can make it,

In hopes that strangers may mistake it,

We think it both a shame and sin,

To quit the true old Angel Inn.

Now, this is Stella's case in fact,

An angel's face, a little cracked

(Could poets, or could painters fix

How angels look at, thirty-six):

This drew us in at first, to find

In such a form an angel's mind;

And every virtue now supplies

The fainting rays of Stella's eyes.

See, at her levee, crowding swains,

Whom Stella freely entertains,

With breeding, humour, wit, and sense;

And puts them but to small expense;

Their mind so plentifully fills,

And makes such reasonable bills,

So little gets for what she gives,

We really wonder how she lives!

And had her stock been less, no doubt,

She must have long ago run out.

Then who can think we'll quit the place,

When Doll hangs out a newer face;

Or stop and light at Cloe's Head,

With scraps and leavings to be fed.

Then Cloe, still go on to prate

Of thirty-six, and thirty-eight;

Pursue your trade of scandal picking,

Your hints that Stella is no chicken.

Your innuendoes when you tell us,

That Stella loves to talk with fellows;

And let me warn you to believe

A truth, for which your soul should grieve:

That should you live to see the day

When Stella's locks, must all be grey,

When age must print a furrowed trace

On every feature of her face;

Though you and all your senseless tribe,

Could art, or time, or nature bribe

To make you look like beauty's queen,

And hold for ever at fifteen;

No bloom of youth can ever blind

The cracks and wrinkles of your mind;

All men of sense will pass your door,

And crowd to Stella's at fourscore.

　　此诗将斯黛拉的容貌和头脑喻为客栈的招牌和食宿,指出智慧的魅力不但大于青春美貌,且会与日俱增,直到暮年:"客栈招牌虽然日渐凋落,但那客栈永远都不缺客"(though the painting grows decayed, The house will never lose its trade)。36 岁的斯黛拉脸上出现了皱纹(a little cracked)、失去了"美目盼兮"的丽质(fainting rays of Stella's eyes),却仍是诗人心中的"天使客栈"(Angel Inn)。值得注意的是:此诗虽说只是情人间的交流,作者却没有使用第二人称(你),而是采用了叙述者的视点,并对假想的女子"多尔"和"克萝"说话。这使诗中对斯黛拉的赞美显得更为客观。这种婉转迂回的手法颇显匠心。念旧是善者的美德,诗人赞美中年的斯黛拉却不单是念旧,也是因为他发现斯黛拉具备所有的长处(every virtue),以教养、宽容、见识和智慧善待他人,"索取的很少,给予的很多"(So little gets for what she gives)。心灵之美来自给予和宽容,不是来自索取和心计,此为至理。

　　"岁月在她脸上画出皱痕,画在她五官的每一部分"(When age

must print a furrowed trace / On every feature of her face），此句让人想起莎士比亚的著名诗句："时光戳破了青春的光艳,在美人额头开出了沟壑"（Time that doth transfix the flourish set on youth, And delves the parallels in Beauty's brow,十四行诗第60首）。美人迟暮,其焦虑感最烈,也足以吓坏少女,因此才有美容业的兴隆。笃信"欲美必须遭罪"（Il faut souffrir pour etre belle）之说的姹女老妇纷纷整容,拉皮肤、割眼皮、削颌骨、隆鼻梁,可谓千方百计,不惜血本,但正如斯威夫特所言,这是想挂出"更新的脸面"（hangs out a newer face），也是"买通自然、时光和艺术,使你看上去像美丽的女王,使你永远停留在十五岁上"。中老年人"装嫩"被讽为"老黄瓜刷绿漆",不但可笑,而且可叹,因为这违反了自然进程,也反映了人们在商业社会中的无奈。在动物世界,我们从未见过老年动物"买通自然"、硬要时光倒流的现象,因它们全不受商业价值观的支配。

中老年自有其美,岁月带去了青春,也带走了葳蕤期的妄念,此乃天道。心理成熟者不但赞美春天,也赞美秋日,甚至会认为深秋胜过初春。这正是斯威夫特在此诗中表达的思想。斯黛拉未像斯威夫特祝愿的那样活到八十高龄（Stella's at fourscore），却将她的美好形象永远留在了斯威夫特的诗歌里。斯黛拉去世后,斯威夫特撰文回忆说："她的优雅见于她的每一个动作和言行,似更超过她的善良。从未有过如此的结合:集文雅、独立、从容、真诚于一身……她的重要美德包括正直、诚实、磊落、温厚和谦逊。"（《约翰逊夫人的人品》）

这两人的真实关系成了争论和猜测的话题。有人认为斯威夫特不与斯黛拉结婚,或即使秘密结婚也一直待她如挚友,这是因为斯威夫特的心理和生理都不够健全。有人则认为两人不婚是由于斯威夫特经济拮据。一种推断说:他们两人都是坦普尔爵士私生,是同父异母的兄妹,因此不能公开婚姻。斯威夫特的晚年很凄惨:1738 年开始出现精神障碍,1742 年完全丧失理智,失明、失语并瘫痪。1745 年 10 月 19 日,78 岁的斯威夫特去世,葬于他所在的都柏林圣·帕特里克大教堂(St. Patrick's Cathedral),其墓位于斯黛拉墓旁。在自拟的碑文中,他称自己是“为自由全力而战的人”(Strenuum pro virili Libertatis Vindicatorem)。

斯威夫特还有一位交往长达 16 年的恋人,比他小 21 岁,那就是荷兰裔爱尔兰女子埃丝特·范霍莱(Esther Vanhomrigh, 1688—1723)。斯威夫特在诗作中称她为“范奈萨”(Vanessa),这名字由她的荷兰姓加上埃丝特的昵称 Esse 合成,但其希腊语原意是“蝴蝶”。范奈萨之父巴托洛缪(Bartholomew)是商人,在阿姆斯特丹和都柏林经商,1703 年去世。1707 年 12 月,范奈萨在随寡母迁居伦敦的路上结识了斯威夫特。斯威夫特后来做了她的家庭教师,两人也有书信往来。《昔日名俦》说:范奈萨是位“美人”(beautiful creature),她“许身于一个更强大的心灵,从中获得几近色欲之乐”(take an almost voluptuous delight in yielding to a spirit that is stronger still)。因此甚至还有人说他们生了一个男孩。1712 年夏天,斯威夫特写了一首名诗《卡德努斯与范奈萨》(Cadenus and Vanessa),长达 890 行,1719 年修改,1726 年发表,是他诗作中的上品。他在诗中表明自己不能爱这位女学生,只能献给她最多的友情。诗中的卡德努斯是斯威夫特的化身,他听了范奈萨的爱情告白后感到“羞耻、绝望、有罪、惊诧”(shame, disappointment, guilt, surprise),表示要恢复并恪守两人的师生关系。这或许并非斯威夫特的真实意愿,而只是“两害相权取其轻”(De duobus malis, minus est semper eligendum)。

范奈萨在母亲 1714 年去世后去了都柏林,住在该市以西 22 公里的小镇塞尔布里奇(Cellbridge),公开表示对斯威夫特的爱,几乎失去了自控。据说她甚至给斯黛拉写信,问她是不是斯威夫特之妻。斯威夫特对此举大为反感,骑马赶到塞尔布里奇,对范奈萨发了火。斯威夫特的态度给范奈萨的身心造成了极大的打击。她在1723 年 6 月 2 日因肺结核病去世,心有遗恨,其遗嘱中没有提到斯威夫特。一百多年后,英国拉斐尔前派画家密莱斯(John Everett Millais,1829—1896)根据想象为范奈萨画了一幅肖像,画中的范奈萨手持一信,它或是斯威夫特的来信,或是她写给斯威夫特的。

第八章　只要为了她，我情愿做个奴隶

亨利·凯里（1687—1743）的《我们胡同的萨丽》

我们胡同的萨丽

所有的漂亮姑娘里，
谁都不如萨丽美丽；
她是我心上的情人；
她住在我们胡同里。

地上没有一个女子
能超过可爱的萨丽，
她是我心上的情人；
她住在我们胡同里。

她爸爸做花菜笊篱①，
沿着大街叫卖它们；
她妈妈卖长条花边。
卖给喜欢它们的人：
可那些人从没生过
萨丽那么俊的闺女！

---

① 花菜笊篱：Cabbage-nets，煮卷心菜时用的一种笊篱。

　　　她是我心上的情人；
　　　她住在我们胡同里。

　她一走近，我就放下活计，
　（我爱她，是那么真心实意）
　师父像所有暴君①一样凶，
　　他拼命揍我，毫不留情；
　　不管他怎么使劲揍我，
　　我都会为了萨丽忍着。
　　　她是我心上的情人；
　　　她住在我们胡同里。

　　　一个星期的七天里，
　　　我只深爱其中一天，
　　　那天就是在星期六
　　　和星期一两天之间；
　　　我要穿上最好的衣裳，
　　　和萨丽一起出去逛逛；
　　　她是我心上的情人；
　　　她住在我们胡同里。

　　　我的师父带我去教堂，
　　　我常常受到他的责备，
　　　因为一开始诵读《圣经》，

---

①　暴君:Turk,原指土耳其穆斯林或突厥人,转喻暴君。

我就会让他陷入狼狈：
做弥撒时我离开教堂，
悄悄地溜走，去见萨丽；
　　她是我心上的情人；
　　她住在我们胡同里。

又要到过圣诞的日子，
啊，我就会得到赏钱①；
我要攒钱，都装进箱子，
把钱送给我的小心肝：
哪怕那些钱有一万镑，
我也要全都送给萨丽；
　　她是我心上的情人；
　　她住在我们胡同里。

我的师父和街坊邻居
全都在笑话我和萨丽；
可只要为了她，我情愿
做个奴隶，划一条小船：
等我长长的七年期满，
啊，我就会娶萨丽为妻！
啊，我们结婚，我们同眠，
　　但不是在我们胡同里！

---

① 得到赏钱：过圣诞节时亲友互相馈赠，父兄长者常给子弟和小辈一点儿零钱。

Sally in our Alley

Of all the Girls that are so smart

There's none like pretty SALLY;

She is the Darling of my Heart,

And she lives in our Alley.

There is no Lady in the Land

Is half so sweet as SALLY,

She is the Darling of my Heart,

And she lives in our Alley.

Her Father he makes Cabbage-nets,

And through the Streets does cry 'em;

Her Mother she sells Laces long,

To such as please to buy 'em:

But sure such Folks could ne'er beget

So sweet a Girl as SALLY!

She is the Darling of my Heart,

And she lives in our Alley.

When she is by I leave my Work,

(I love her so sincerely)

My Master comes like any Turk,

And bangs me most severely;

But, let him bang his Bellyful,

I'll bear it all for SALLY;

She is the Darling of my Heart,

And she lives in our Alley.

Of all the Days that's in the Week,
　　I dearly love but one Day,
And that's the Day that comes betwixt
　　A Saturday and Monday;
For then I'm drest, all in my best,
　　To walk abroad with SALLY;
She is the Darling of my Heart,
　　And she lives in our Alley.

My Master carries me to Church,
　　And often am I blamed,
Because I leave him in the lurch,
　　As soon as Text is named:
I leave the Church in Sermon time,
　　And slink away to SALLY;
She is the Darling of my Heart,
　　And she lives in our Alley.

When Christmas comes about again,
　　O then I shall have Money;
I'll hoard it up, and Box and all
　　I'll give it to my Honey:
And, would it were ten thousand Pounds;
　　I'd give it all to SALLY;
She is the Darling of my Heart,

And she lives in our Alley.

My Master and the Neighbours all,

Make game of me and SALLY;

And (but for her) I'd better be

A Slave and row a Galley:

But when my seven long Years are out,

O then I'll marry SALLY!

O then we'll wed and then we'll bed,

But not in our Alley.

　　这是 18 世纪英国戏剧家、诗人、音乐家亨利·凯里（Henry Carey）的一首流传最广最久的诗词，1995 年 1 月 15 日美国《洛杉矶时报》还重登过它。它描写了一个小学徒的爱情，质朴真率，充满生活气息，是常被收入英国诗选的佳作。凯里还给《我们胡同的萨丽》谱了曲，流传至今，2011 年 3 月被收入了英国 Saydisc 唱片公司的激光唱片《英国民族歌曲：从〈绿袖姑娘〉到〈可爱的家〉》（*English National Songs: from Greensleeves to Home Sweet Home*）。

　　亨利·凯里 1687 年 8 月 25 日出生于伦敦，《绅士杂志》说他是哈利法克斯侯爵乔治·萨维利的私生子，也有人说他的父母都是小学教师。他的第一部署名作品发表于 1710 年 1 月，是杂志连载的讽刺浪漫小说《爱情记》（*Records of Love*）；他发表第一本诗集《即事诗集》（*Poems on Several Occasions*）是在 1713 年。他的第一个职业是小贵族子弟寄宿学校的音乐教师。他做过伦敦西区特鲁里街（Drury Lane）"皇家歌剧院"的歌手，也为教堂写赞美诗。他 1717 年 9 月结婚后，开始为伦敦西区各个剧场创作和表演音乐，包括序曲、幕间曲和舞蹈乐曲。同时,他的诗作也广受好评,《我们胡同的萨丽》多次受到散文名家艾迪生的称赞。凯里用戏剧作品表现过爱国的主题,也用自己的歌剧讽刺过当时风靡英伦的意大利歌剧和其中的阉人歌手①。1743 年 10 月 5 日,56 岁的凯里在家中自缢身亡,其原因也许是经济拮据,也许是其子查尔斯之死,还有人说是因他患了妄想狂或抑郁症。他身后留下了怀孕的第二任妻子萨拉(Sarah,1729—1733 年间两人结婚②)和三个子女。

《我们胡同的萨丽》最初发表于伦敦西区特鲁里街 1716—1717 年演出季的年报。1717 年 5 月 20 日,特鲁里街的头牌歌剧女演员威利斯夫人(Mrs. Willis)首唱了《我们胡同的萨丽》,引起轰动。当天的《日报》(The Daily Courant)说:威利斯夫人演唱此歌时,"穿得像个做鞋的学徒"("dressed like a shoemaker's apprentice")。

这首诗中的"萨丽"曾被很多人误解,说她指的是 18 世纪初伦敦名妓萨丽·索尔兹伯里(Sally Salisbury,1692?—1724)。这女子原名萨拉·普里顿(Sarah Pridden),父亲是瓦匠。她九岁时做了缝花边的学徒,因弄丢了一条长花边而逃跑,后以卖淫为生。她美貌出众,吸引了许多嫖客和情人,包括国务秘书、子爵、公爵,甚至还有尚未继位的英王乔治二世(George II,1683—1760,1727 年继位)。1722 年 12 月,为与同行争抢一张歌剧票,她和嫖客约翰·芬奇(John Finch)在伦敦考文垂花园的一个酒馆发生争吵,此人是温切尔西公爵夫人(Countess of Winchelsea)的儿子。萨拉用匕首刺中芬奇胸口,造成重伤,1723 年 4 月 24 日被判处罚金 100 英镑和一年监

---

① 阉人歌手(意大利语:castrati):经去势后用假声模仿女声的男歌手。荷兰哲学家、经济学家、讽刺作家伯纳德·曼德维尔(Bernard Mendeville,1670—1733)在其名著《蜜蜂的寓言》(The Fable of The Bees,1714)中抨击了当时英国人对阉人歌手的迷态。见《蜜蜂的寓言》,中国社会科学出版社 2003 年 9 月第二版,第 309 页。

② 英语女名萨丽(Sally)是萨拉(Sarah)的昵称。这也许是个巧合。

禁,于入狱九个月后猝死,其死因一说是脑膜炎,一说是梅毒。

　　凯里澄清了这个误解,说此诗与萨丽·索尔兹伯里毫无瓜葛,他写此诗时根本不知道那个妓女。他说,诗神缪斯的领地上只有天真清白和贞洁美德,这首小诗歌颂的只是纯洁无私的爱情之美,哪怕那爱情属于下等阶级。他说此诗的灵感来自现实生活:伦敦一个年轻的做鞋学徒带着心上的姑娘逛街,参观疯人院,在游乐场坐旋转飞椅,看木偶表演,在馅饼店吃小圆面包、干酪蛋糕、腌猪火腿和牛肉馅饼,喝瓶装淡啤酒,事后作了一首小诗以志此行,却受到同伴嘲笑,但最终被上流社会接受,数度得到散文家艾迪生的嘉许。由此可见:此诗里的"我"其实是个做鞋的学徒,属于社会下层,诗人像是在为他代言。

　　诗中的萨丽没有高贵的家世,父母都是沿街叫卖杂货的小贩,其唯一的骄傲就是生了萨丽这个漂亮女儿。这种现象在现实中很常见:粗茶淡饭也能造就佳丽,珍馐佳肴却不一定能出落美人,寒门美女往往令富家丑女妒火中烧。造物主相当公平,哪怕是豪门千金也不能万事如意。莫泊桑有句名言:"Les femmes n'ont point de caste ni de race, leur beauté, leur grâce et leur charme leur servant de naissance et de famille."(女人没有阶级,没有门第,她们的美,她们的优雅,她们的魅力,就是她们的出身和家世。[①])此诗中的"我"对萨丽的美貌赞不绝口,憧憬与她结婚。为实现这个心愿,他情愿忍受师父的毒打,而他挨打竟是因为"她一走近,我就放下活计"(When she is by I leave my Work);他经常溜出教堂,去见萨丽;他鹄待星期天的到来,好与萨丽出去逛逛;他拼命攒钱,打算统统送给萨丽;为了萨丽,他忍受众人讥讽,甘做她的奴隶。他这些

---

　　① 语出莫泊桑短篇小说《项链》(La Parure)。

表现看似滑稽,其实却带着辛酸。

"她一走近,我就放下活计"是情不自禁,心有旁骛;但恋情还有一种表现,可归入"她一走近,我就拼命干活"一类。文人周作人(1885—1967)37岁时回忆初恋说,他14岁时爱上了13岁的邻居杨姑娘,"每逢她抱猫来看我写字,我便不自觉地振作起来,用了平常所无的努力去映写,感着一种无所希求的迷蒙的喜乐。并不问她是否爱我,或者也还不知道自己是爱着她,总之对于她的存在感到亲近喜悦,并愿为她有所尽力,这是当时实在的心情,也是她所给我的赐物了。"(《雨天的书·初恋》)其中"迷蒙"二字可谓妙笔,"迷"是痴憨,"蒙"是盲目,这是对初恋心态的最好描述,不但真切,而且顾及了音韵的"双声"。

不用说,此诗中的"我"也是穷人,他不得不熬完学徒的七年,才可能娶到心上的姑娘。这使人想起《圣经》里为娶妻而打工的雅各(Jacob)。雅各是以色列人第一代先祖亚伯拉罕的孙子,欲以七年劳动为代价,娶舅舅拉班的小女儿拉结为妻。但七年后拉班竟让大女儿利亚与雅各完婚,因妹妹不能先于姐姐出嫁。雅各只好又为舅舅打工七年,才得遂心愿(见《旧约·创世记》第29章)。雅各为娶妻熬了14年,相形之下,《我们胡同的萨丽》中的这位小学徒还算幸运。

此诗的题材和风格独具特色。首先,它表现了下层平民的生活,道出了他们的苦乐,与1688年英国资产阶级革命后主流诗歌(即"玄学派"和"骑士派"诗歌)的题材大不相同。这是它受到普遍欢迎的重要原因之一。其次,此诗语言通俗易懂,情感逐节递进,只用了一个比喻(将师父比作暴君),又以两行副歌(refrain)贯穿全诗,很有歌词的特点。此外,凯里为此诗写的音乐也颇具匠心:它共有16小节,第10小节使用了关系大调(即降E大调)的属

七和弦,造成新鲜感,且位于此曲的"黄金分割"(golden section)
处①;第12小节力度增强,其歌词恰是副歌前半句"她是我心上的
情人"(She is the Darling of my Heart)。

　　此诗第一句"Of all the Girls that are so smart/ There's none like
pretty SALLY"尤其值得一说,因为《格列佛游记》的作者斯威夫特
后来的一首诗模仿了它,足见其影响之大。斯威夫特的那首诗名叫
《奈莉·班奈特小姐之歌》(*Ballad on Miss Nelly Bennet*),其第一句
为"Of all the girls that e'er were seen, There's none so fine as Nelly"
(所有见过的女郎里,没人比奈莉生得更美)。奈莉·班奈特是爱尔
兰著名美女,1718年客居法国期间,其美貌震动了巴黎上流社会,连
法国国王也不例外,特别恩准她亲吻一只御猫。此诗以英文加法文
写成,虽然盛赞了奈莉之美,记述了法国人和意大利人对她美貌的
痴迷,但其格律相当杂乱,其格调也比较低俗,最后两行措辞猥亵,
颇不入流②。可见大作家也不能篇篇是佳作,字字为珠玑。

　　《我们胡同的萨丽》中,"我"的最大心愿是"等我长长的七年
期满,我就会娶萨丽为妻,我们结婚,我们同眠,但不是在我们胡同
里"。这心愿十分平凡,使人想到我国陕北民歌《五哥放羊》里那
个痴情妹子的心愿:"十二月整一年,五哥算账转家园,有朝一日
天睁眼,我要和五哥把婚完。"同样痴情的是萨丽,她一心等待小
学徒七年,无怪被后世评论者誉为"有勇气的穷姑娘"(a plucky
but poor girl)。顺带说一句,此诗还启发了后人的创作:从1916年
到1931年,仅以《我们胡同的萨丽》原名拍摄的无声和有声电影
就有三部,其中有的是浪漫喜剧,有的以第一次世界大战为背景,

①　此曲为降B大调,共16小节,其黄金分割处是16×0.618≈9.89,最接近第10小节。
②　此诗最后两行是:"她双脚大趾间的那部分,最令我销魂。"(Me nothing can delight so, As does that part that lies between Her left toe and her right toe.)

而"萨丽"的身份也被换成了流浪孤女、工厂女工或咖啡厅歌女,总之都属于社会下层。此诗文本有多种插图,其中,美国画家埃德温·艾比(Edwin Austin Abbey,1852—1911)画的是"我"和萨丽出去逛街,旁边有人讪笑;另一幅则描绘了两人顾盼,萨丽衣着朴素,"我"还系着做鞋学徒的围裙。

此诗给今人的启示是:艺术只有直面现实生活才能赢得大众,才能有长久的生命;而远离现实,大写神仙侠魔、鬼怪妖术,乞灵无源之水,硬做无米之炊,则不但有违孔圣人的"子不语",既没出息,亦不会长久。

第九章　无声且无形，一叹携伊去

威廉·布莱克（1757—1827）《爱诀》等四首

有爱勿说出，
衷情莫提起；
无声且无形，
轻风来无迹。

余尝表衷情，
向伊剖爱意，
瑟瑟复惶惶；
伊人独离去！

伊去不多时，
适来一行旅，
无声且无形，
一叹携伊去。

Never seek to tell thy love,

Love that never told can be;

For the gentle wind does move

Silently, invisibly.

I told my love, I told my love,

I told her all my heart；

Trembling, cold, in ghastly fears,

Ah！ she did depart！

Soon as she was gone from me,

A traveler came by,

Silently, invisibly

He took her with a sigh.

　　这是我译的英国画家兼诗人布莱克（William Blake）的著名短诗《爱诀》（*Love's Secret*）。此诗虽短，却颇耐寻味，初读上去是失恋者的自白，细品起来却另有深意。正因如此，此诗得到英语学习者的喜爱，且有多种汉译。台湾作家李敖认为朱光潜先生对此诗的翻译"有点啰唆"，"达意有余，诗意不足"。但朱译只可看作译述（paraphrase），重在传达原意，形式近于散文，并非严格意义上的译诗。李敖将此诗迻译为五言诗①，并自评译文"比朱稍胜"。他的译文更接近中诗传统，三节同押仄声韵，易于上口，其最后一行"无言只太息，双双无寻处"堪称佳句。

　　李敖说："我认为诗以有韵为上，没韵的诗，只证明了掌握中文能力的不足。"的确，有韵的诗歌要求作者具备更深的文化修养、

---

　　① 李敖译文：君莫诉衷情，衷情不能诉。微风拂面来，寂寂如重雾。我曾诉衷情，万语皆烟树。惶恐心难安，伊人莫我顾。伊人离我后，行者方过路。无言只太息，双双无寻处。

更敏锐的声律感觉和更高的文字驾驭能力。朱光潜说："韵是去而复返,奇偶相错,前后呼应的""中国诗的节奏有赖于韵……必须借用韵的回声来点明、呼应和贯串"(《诗论》第十章第三节)。王力先生也说:"押韵的目的是为了声韵的谐和。同类的乐音在同一位置上的重复,这就构成了声音回环的美。"(《诗词格律》第一章)没有节奏、不讲声韵的所谓"自由体",至多只算分行的散文,殊难记诵,更难传播。"自由体"虽用白话,但白话也应讲求声韵;七零八散,呕哑咽哳,终不入流。

德国大哲学家叔本华指出了声韵的另一个重要作用:优美的声韵有助于更好地表达思想,"韵脚巧妙的诗歌,其效果会大大增强,能唤起听(读)者的感觉和情绪,使他们以为诗中表达的思想注定非如此表达不可,甚至那些思想已预先定型在这语言里了"。他还提醒写诗的人,不可为了押韵而寻找思想,而应为了思想而寻找韵脚。①

《爱诀》第一节说"有爱勿说出,衷情莫提起",这个"秘诀"来自"我"的亲身经历,虽为经验之谈,却是反面经验:他的爱情告白不但没有打动对方,反使对方离去。"我"并未找出求爱失败的症结,而第三节里的那个路人,并未向她披肝沥胆,苦诉衷肠,却能"一叹携伊去"(took her with a sigh),使"我"陷入了更大的迷惑。看来,此诗中的"我"尚在恋爱初阶,追求异性的办法十分老套,所以才会适得其反。他倾诉爱情,竟是"瑟瑟复惶惶"(Trembling, cold, in ghastly fears),一副可怜相。他说"我爱你"时,一定是周身颤抖,冷汗与热泪俱下,其语调与当今少男少女、中青年伉俪、老

---

① 参见《叔本华美学随笔》,韦其昌译,上海人民出版社 2004 年版,第 45—46 页。引文略有改动。

夫老妻嘴上的"我爱你"大不相同。其实,"我爱你"这句话如今已成了语言的"劣币"(bad money),极为好用,脱口而出,无须思考,无须阐释,无须证实,所以才能驱走语言的"良币"。"我"虽可怜,但"可怜之人必有可恨之处":他不了解女人,不能给女人安全感,全无男子气概。他把女人看作了女神,至少也是看作了胭脂虎。如此的定位,焉能不败?

还有两个问题,涉及对《爱诀》的理解。一是其第二节中的Trembling, cold, in ghastly fears,曾见网上有人将它译为"她颤抖,发冷,惊慌失措",这不但弄错了此句的主语,而且不合常理。朱光潜、李敖、顾子欣的译文都将此句解为"我"的状貌,这无疑是正确的。按常理说,女子听见爱的表白,毕竟还不至于周身寒彻、惊恐万端(cold, in ghastly fears),倒是常会窃喜,因男人向她倾诉爱意,使她看到了自己在异性眼里的价值,迎合了她的自恋,除非她不谙风情,或将对方视为色狼。

另一个问题是对第三节中"旅人"(traveler)身份的不同理解。有一种见解认为它暗喻死神,即诗中的女子被死神带走了。应当说,这只是对原作的过度阐释,不大可能是布莱克的原意,因为"她"拒绝了"我"并不至于"其罪当诛"。从全诗语境看,诗人意在以"旅人"作为"我"的对比:"旅人"只是过客,与"她"素不相识,更不曾"向伊剖爱意"(told her all my heart),只叹了一声(with a sigh),便做到了"我"做不到的事。由此"我"才把"有爱勿说出"(Never seek to tell thy love)当作了"爱的秘诀"。这完全符合全诗的逻辑,因为最后一节印证了第一节的命题。当然,将"旅人"解为"她"的旧情人,解为"她"的父母,解为"富二代"或"官二代",均无不可,但都只能是不同读者在不同心境下的借题发挥,也算"形象大于思想"的表现。但《爱诀》的第三节毕竟引起了不同的解读，或许这正是诗人的用意所在，也是此诗的妙处。对此，我们不妨采取些不求甚解的态度。

言及"过度阐释"，还有一例。18世纪法国画家格瑞兹（Jean-Baptiste Greuze，1725—1805）的名画《破壶》（*La cruche cassee*）是一幅洛可可风格的风俗画（Genre painting），但各类道德家却认为它具有道德训诫意义，说"破壶"暗喻少女失贞。此画中的少女名叫安勒·卡弗列娥尔，后来成了格瑞兹的爱妻。她的表情十分安恬，毫无愧悔之色。有人说她双手"紧捂下体"表示她失去了童真，这更是"过度阐释"，因为看过此画的人也许会说：她用双手抱着衣裙前摆里的一团花，而右臂上的破壶只是个不起眼的道具。画家不可能让自己的爱人作为少女的反面教材，更不可能暗示她不是处女。无独有偶，格瑞兹的另一幅油画《拜访神父》也描绘了安勒·卡弗列娥尔，其右手仍放在下腹，按照道德家的逻辑，这个姿势是否暗示她与那个老神父有染？顺带说一句：双手不垂于体侧，而交叉放在下腹，这已成了当今显要在正式场合的标准立姿，犹如足球运动员面对点球，生怕伤了要害。

短诗《爱诀》的作者布莱克1757年11月28日出生于伦敦的索和区（Soho），家境小康。布莱克之父詹姆斯（James Blake）是成功的布料商，布莱克之母凯瑟琳（Catherine Wright Armitage）原是寡妇，1752年嫁给詹姆斯时已30岁，其前夫死于1751年，也是布料商。布莱克11岁进入绘画学校，14岁时做了雕版画的学徒，其间熟悉了文艺复兴时期绘画大师拉斐尔、米开朗基罗和丢勒等人的作品。他21岁时成了职业雕版画师，1779年10月进入皇家美术学院。布莱克深受瑞典神秘主义宗教哲学家斯威登堡（Emanuel Swedenborg，1688—1772）学说的影响，据说从四岁起便在幻象中与大天使、圣母玛丽亚和许多历史人物对话。这个精神背景在他

布莱克

的诗画中留下了深刻的印记。他看待世界、表达理想的独特方式,使他成了富于幻想的预言家,其作品与雪莱、与黎巴嫩诗哲纪伯伦(Khalil Gibran,1883—1931)的作品精神相通。

布莱克12岁开始写诗,1783年发表了第一本诗集《短诗集》(Poetical Sketches)。这部八开的诗集由朋友资助出版,共72页,蓝色封面,手工装订,只印了40册,后来又在1868年再版。其中的19首抒情诗写于1769—1777年间,都是布莱克20岁以前的作品。英国作家亚历山大·吉尔克莱斯特(Alexander Gilchrist,1828—1861)是布莱克研究专家,他的《布莱克传》(Life of William Blake,1863年出版)是布莱克去世后的第一部传记,共有39章,如今已成经典。吉尔克莱斯特认为布莱克是"天生的诗人",又在此书第五章评述了布莱克《短诗集》中的一首情诗,我将此诗翻译如下:

> 我徜徉田间,心情舒畅,
> 领略夏日的种种华美,
> 后来看见爱情的君王,
> 在明媚的阳光里轻飞。

> 为我的发,他把百合指给我看,
> 为我的额,他把玫瑰变成红色,
> 他带我穿过他美丽的花园,
> 园中有他全部金黄的花朵。

我的双翼沾着五月甜露，

太阳燃起我歌唱的激情；

他用温柔的网把我网住，

又把我关进了他的金笼。

他喜欢坐着听我歌唱，

再笑着和我快乐嬉游，

又扯开我金色的翅膀，

还嘲笑我失去了自由。

How sweet I roam'd from field to field,

And tasted all the summer's pride,

Till I the prince of Love beheld,

Who in the sunny beams did glide!

He shew'd me lilies for my hair,

And blushing roses for my brow;

He led me through his gardens fair,

Where all his golden pleasures grow.

With sweet May-dews my wings were wet,

And Phœbus fir'd my vocal rage;

He caught me in his silken net,

And shut me in his golden cage.

He loves to sit and hear me sing,

Then, laughing, sports and plays with me;

Then stretches out my golden wing,

And mocks my loss of liberty.

吉尔克莱斯特说,此诗是布莱克"毫无雕琢的诗作"(very inartificial verse),又指出它技巧上尚不成熟,语句重复,结构笨拙,"任何读诗者都能用十分钟便改好这些瑕疵"。布莱克写此诗时还不到 14 岁,但它预示了诗人成熟期的诗集《经验之歌》(Songs of Experience)的一个主题:天真的人受到诱骗,为别人的快乐而牺牲了自己的自由。有的研究者甚至将此诗称为"对婚姻的抗议"(a protest against marriage),这或许又是某种过度解读。

此诗虽为少年之作,却并不幼稚。在形式上,它有四个四音步的四行诗节,隔行押韵,中规中矩;在内容上,它包含着连成年人都不见得能探究的主题。诗中的"我"可以是任何天真烂漫的少男少女,对世间的一切都感到清新愉悦,爱情更让他(她)销魂,因爱神的花园中"有他全部金黄的花朵"(all his golden pleasures grow)。但第三、四节却笔锋一转,揭示了严酷的现实:"我"的双翼被"五月的甜露"打湿,再不能飞起,爱神"用温柔的网把我网住,又把我关进了他的金笼","又扯开我金色的翅膀,还嘲笑我失去了自由"。少年布莱克将爱情比作"温柔的网"(silken net)和"金笼"(golden cage),颇具警世意味,堪称天才之笔。至于少年布莱克是否会对婚恋做出如此冷峻的(cynic)负面思考,则大可不必怀疑,因为他是诗歌天才,不同于常人。

钱锺书小说《围城》第三章说:英国哲学家罗素引用英国古话说"结婚仿佛金漆的鸟笼,笼子外面的鸟想进去,笼内的鸟想飞出来"。早在 13 世纪,阿拉伯文化名人、叙利亚哲学家、诗人把·赫卜烈思(Bar-Hebraeus,1226—1286)晚年辑录了一本《东方的智慧》(*Oriental Wit and Wisdom*),记述了 727 则东方古人的智慧,其第 41 则说:

> 苏格拉底的一位朋友向他请教娶妻之事,他答道:"当心,你切不可陷入网中之鱼的境地:网中之鱼渴望出来,网外之鱼急于进去。"

苏格拉底把婚姻比作渔网,把夫妇比作"渴望出来"的"网中之鱼",这是两千四百年以前的事,足见古今一理,人同此心。布莱克这首诗的最末一行说爱神"还嘲笑我失去了自由"(mocks my loss of liberty),实在是最深刻的一笔。罹陷爱网,失了自由,本已值得同情,而因此遭到嘲笑,则尤堪唏嘘。从这个角度说,此诗完全可以作为当代"恐婚族"的参照。

布莱克的诗集《经验之歌》发表于 1794 年,五年之前(1789年)他发表了诗集《天真之歌》(*Songs of Innocence*)。这两部诗集是姊妹篇,具有同一个深刻主题:邪恶的社会毁坏了儿童的天真世界,诗人以儿童的纯真心理谴责污秽的世道,呼唤人们变革社会,拯救这个堕落的世界。梁实秋说:"布莱克是个孩子,并且还是一个稀奇古怪的孩子。他的那颗心永远的是一颗未经人世间的苦闷琢磨过的赤子之心。"[①]《经验之歌》中两首诗的思想与《短诗集》中"我徜徉田间"那首一脉相承,只是更精炼,更深刻。我将它们翻译如下:

---

① 梁实秋:《文学的纪律·诗人勃雷克》。

天使

我做了个梦！它有何含义？
梦中我是女王，未婚少女；
守护我的，是位温柔的天使，
我不愿受骗，便愚蠢地悲戚！

我日夜哭泣垂泪，
他为我揩去泪水；
我日夜都泪眼婆娑，
对他藏起我的快乐。

他飞走了，双翼扑动，
黎明已将玫瑰染红；
我用一万个护盾和长矛
赶走了畏惧，将泪水擦掉。

不久，那天使回到我身旁，
我已有武装，他空忙一场：
因时光已一去不返，
我头上已白发斑斑。

THE ANGEL

I Dreamt a Dream！What can it mean？

And that I was a maiden Queen,

Guarded by an Angel mild,

Witless woe, was ne'er beguil'd!

And I wept both night and day,

And he wip'd my tears away;

And I wept both day and night,

And hid from him my hearts delight

So he took his wings and fled,

Then the morn blush'd rosy red;

I dried my tears & arm'd my fears,

With ten thousand shields and spears.

Soon my Angel came again,

I was arm'd, he came in vain：

For the time of youth was fled,

And grey hairs were on my head.

　　此诗如同寓言（fable），其中的"我"是个女子，她想弄清自己
做梦的含义。她梦见自己成了未婚女王，而"天使"则象征恋人或
真爱。"我"似乎意识到了自己的弱点，对爱情备加防范，遂"日夜
哭泣垂泪"（wept both night and day），使那天使无暇他顾、一心为
她"揩去泪水"（wip'd my tears away），很有些"欲得周郎顾，时时
误拂弦"的心计。不过，"我"强化自己的弱者地位，却并非假装可
怜，而只是为了拒绝爱情，保护自己。天使在恋爱中找不到快乐，

振翅飞走了（took his wings and fled）。"我"用来保护自己的"一万个护盾和长矛"，其实指的是种种社会成规和道德标准，或曰弗洛伊德所说的"超我"（superego）。

《天使》中的"我"无法理解自己的梦，因她清醒的自我不敢承认她的欲望。她的梦是她内心世界的反映。她在梦中哭泣，正是由于她不能面对自己的欲望。等那位代表爱情的天使回来找她，她却"已有武装"（I was arm'd），用护盾和长矛抗拒爱情已成积习，失去了享受爱情的能力和机会。她的确老了，至少在精神上如此。像《短诗集》中的那首诗一样，此诗里的"我"也对爱情持否定态度，只是多了一分隐约的悔意。布莱克不露声色地写出了一幕青春的悲剧，隐含地谴责了虚伪道德对人心的戕害。

《天使》写于两百多年以前，却写出了当今某些"剩女"的心态。她们过分自恋，根本不相信爱情，就像此诗中的"我"。"剩女"已被列入教育部 2007 年 8 月公布的 171 个汉语新词，其旧称是"老处女"。据说如今 28 岁的未婚女人即可位列其中，而 30 岁以上的则被戏称为"必剩客"和"斗战剩佛"。"老处女"令人想到巴尔扎克笔下的贝姨（La Cousine Bette），其阴毒与报复心绝不逊于男人，不知是性格造就了命运，还是命运造就了性格。

病玫瑰

玫瑰啊，你病了！
那无形的小虫，
飞行在暗夜里，
飞在风雨声中，

他找到你的芯，

它欢乐又深红，

他的邪祟之爱

毁了你的一生。

The Sick Rose

O rose, thou art sick!

The invisible worm,

That flies in the night,

In the howling storm,

Has found out thy bed

Of crimson joy,

And his dark secret love

Does thy life destroy.

　　此诗更为有名，更耐人寻味，饱含象征意义。象征是诗歌的常见手法，它不直接表达思想感情，而是通过暗示，借助未加解释的意象，启发读者领悟它们。象征的手法大多是以小见大，以简喻丰，以实涉虚。通俗地说，象征就是暗示出词语另外的意义。这就造成了诗歌的多义性。品读《病玫瑰》，也应将它看作象征和隐喻（metaphor）。

　　此诗的表层意思十分简单：害虫夜间飞进了玫瑰之芯（bed），最终使它病死。但此诗的象征意义却更深刻：玫瑰象征女人，虫子（worm）象征色欲，而"欢乐的深红花蕊"（bed of crimson joy）象征肉欲之乐,色欲的飞虫找到了(found out)它,用"邪祟之爱"(dark secret love)毁掉了玫瑰。这个象征意义十分明显,但有两点值得注意:其一,诗人暗示了玫瑰的病死是咎由自取,因为它并不纯洁,已体验过肉欲(crimson joy),可谓"苍蝇不叮无缝蛋";其二,那虫子的爱情邪恶而隐秘,换言之,它既不自然,又鬼鬼祟祟,行于暗夜,犹如窃贼。

　　当然,此诗中的"虫"亦可理解为物质欲望或嫉妒心,如此其含义就更加丰富。无论是肉欲、物欲还是嫉妒,都会潜移默化地毁掉爱情,而这些欲望和激情都十分强烈,难以克制,因此诗中才有那虫子夜间飞行在暴风雨的咆哮中(In the howling storm)的词句。布莱克还利用音韵技巧强化了此诗的象征意义:worm 与 storm 同韵,将毁灭爱情的力量与大自然的风雨联系起来;而 joy 与 destroy 同韵,暗示了"欢乐"与"毁灭"的联系。诗歌是现实的反映,布莱克目睹了现实中众多的"病玫瑰",才会写出这首小诗,它被评论家誉为"布莱克格言诗的一大杰作"(one of Blake's gnomic triumphs)。

　　1782 年 8 月 18 日,25 岁的布莱克与凯瑟琳·布歇尔(Catherine Boucher,1762—1831)在伦敦结婚。布莱克此前也爱过一个"黑眼睛的女子",但那段爱情无果而终。他为此写了一首情诗,收入了 1783 年的《短诗集》,其中说"我诅咒我那些运星,伤心不已,竟使我爱人那么高,我这么低"(I curse my stars in bitter grief and woe,That made my love so high and me so low.)。凯瑟琳·布歇尔是园丁的女儿,没有文化,在婚书上画了个叉("X"),代替签名。吉尔克莱斯特的《布莱克传》说凯瑟琳"眼睛明亮,深色头发,肤色浅黑,表情生动,身材苗条而优美",说她天性老实,很善于学习,不但学会了读书写字,还能勤俭持家,并帮助丈夫销售他的雕版画。凯瑟琳·布歇尔不但是布莱克的"贤内助",而且是他绘画作品的合作者,曾为布莱克的多幅雕版画上色。

布莱克于 1827 年 8 月 12 日病逝,临终前为凯瑟琳画了一幅肖像(今已不存),对她说:"你始终都是我的天使。"凯瑟琳 1831年 10 月去世时,"唤着丈夫的名字,仿佛他就在隔壁房间里,说不用多久她就会见到他了"。布莱克夫妇的婚姻持续了将近 45 年,被视为夫妻和睦、甘苦与共的佳话。这两人的关系是师生,是佳偶,是志同道合的良俦。

第十章　我永远爱你，一直到大海枯干

罗伯特·彭斯(1759—1796)《红红的玫瑰》等六首

罗伯特·彭斯

古罗马诗人贺拉斯(Horace, 公元前65—前8)曾预言其诗作将会不朽："我建立了一座比黄铜还永久的纪念碑"(Exegi monumentum aere perennius)①，事实证明此非妄言。同样，18世纪的苏格兰农民诗人罗伯特·彭斯(Robert Burns)，也以他的两首歌词建立了比黄铜还永久的丰碑：一首是赞颂友情的《友谊地久天长》(Auld lang syne)，另一首是讴歌爱情的《红红的玫瑰》(A red, red rose)。这两首浓缩了人类普遍感情的佳作，几乎传遍了世界。

法国名作家夏多勃里昂(François René Chateaubriand, 1768—1848)谈到犁田的农夫时说："他刚刚翻起的犁沟就是一座纪念碑，比他的生命更长久。"彭斯也是"脸朝黄土背朝天"的农夫，但其美名并不来自他翻起的犁沟，而是来自他留给世界的诗歌。在这方面堪与彭斯比肩的是19世纪法国农民画家米勒(François Millet, 1814—1875)，他画出了《拾穗者》(1857)等名作。颂歌《东

①　语出贺拉斯《颂歌》(Carmina)第三卷第30首第1行。

方红》的词作者、陕西诗人李有源（1903—1955），谱写《唱得幸福落满坡》等歌曲的山西作曲家史掌元（1920年—2012），也都是以艺术名作传世的农民。

彭斯情诗《红红的玫瑰》几乎是英语学习者的必读，更有多种中译，包括五言诗、七言诗和自由体。郭沫若的七言译文语调亲切，遣词平易自然，"只要我还有口气，我心爱你永不渝"一句颇具民歌之风；但有些五言译文则受到格律的限制，仅与原诗神似，风格比较简古，与原诗的民歌风不合。

1794年，彭斯曾将此诗作交给乔治·汤普森（George Thomson），本想收入后者汇编的五卷本《苏格兰民歌选》（A Select Collection of Original Scottish Airs for the Voice），但未被采用。彭斯又将它交给了苏格兰歌唱家乌尔巴尼（Pietro Urbani）。彭斯说，此歌原是他听一个村姑所唱，但不喜欢其曲调，故请乌尔巴尼为它配上苏格兰风格的曲调。他还在一封信里说，这是"一首简单的苏格兰歌曲，我从乡下采来的"。

因此，《红红的玫瑰》是彭斯记录并加工过的苏格兰民歌，而歌中所说的"我的爱人"（my Luve）并非真有其人，不像我国一些赏析文章所说是献给彭斯之妻吉恩或他的恋人玛丽的。1797年，《红红的玫瑰》被收入了六卷本的《苏格兰音乐博览》（Scots Musical Museum），其编者是詹姆斯·约翰逊（James Johnson），这部歌选一共收入了彭斯的330首诗歌。以下是我对此诗的翻译：

啊，我爱人像红红玫瑰，
刚刚开在六月里。
啊，我爱人像乐曲好美，
奏出曼妙的旋律。

我的姑娘，你真是美丽，
　我对你深情无限，
我的爱人，我永远爱你，
　一直到大海枯干：

亲爱的，直到大海枯干，
　骄阳把磐石消融！
啊，亲爱的，我爱你永远，
　只要我还有此生。

再见，我唯一的爱人，
　我和你暂时别离！
我会回来，我的爱人，
　哪怕是相隔万里！

O my Luve's like a red, red rose
That's newly sprung in June;
O my Luve's like the melodie
That's sweetly play'd in tune.

As fair art thou, my bonnie lass,
So deep in luve am I;
And I will luve thee still, my dear,
Till a' the seas gang dry:

Till a' the seas gang dry, my dear,

And the rocks melt wi' the sun：

I will luve thee still, my dear,

While the sands o' life shall run.

And fare thee well, my only Luve

And fare thee well, a while!

And I will come again, my Luve,

Tho' it were ten thousand mile.

　　王佐良先生将此诗第一节末句译为"呵,我的爱人像支甜甜的曲子,奏得和谐又合拍",准确地表达了原文的意思。郭老将它译作"吾爱吾爱如管弦,其声悠扬而玲珑"。其实,此句里的 in tune来自此诗初稿的第一节：

Her cheeks are like the Roses

That blossom fresh in June,

O, she's like a new strung instrument

That's newly put in tune.

　　　　她的脸颊像玫瑰在六月初绽,

　　　　啊,她就像一件乐器新调准琴弦。

　　可见,初稿中的 That's newly put in tune 后来改成了 That's sweetly play'd in tune。前者将爱人喻为"新上弦的乐器"(new strung instrument),后者则喻为"乐曲"(melodie),前者的形象很具

体(例如小提琴);后者的比喻比较抽象,但含义扩大了,只是 in tune 两字保留了下来,它们在初稿里的意思是"给弦乐器调准琴弦"。

歌词容量有限,不同于抒情诗,但这个特点也使歌词更加凝练精粹,发挥"以一当十"的作用。《红红的玫瑰》将"我的爱人"喻为"红红的玫瑰"和美妙的"乐曲",又用两个意象表示爱的坚贞:一个是爱到"大海枯干"(Till a' the seas gang dry),另一个是爱到"骄阳把磐石消融"(the rocks melt wi' the sun)。这些意象会使人想到汉乐府民歌《上邪》里的词句:"山无陵,江水为竭,冬雷震震,夏雨雪,天地合,乃敢与君绝。"足见古今中外人同此心。

红玫瑰是爱情的象征。据说最早的玫瑰都是白色的,古希腊神话说,爱神阿芙洛狄忒被白玫瑰刺破了脚,她的血染成了红玫瑰。基督教说,红玫瑰是耶稣荆冠刺出的血滴在十字架下长出来的①。欧洲中世纪还有一种传说:一位美少女遭到诬陷,被判火刑,她祷告后走进了燃烧的柴堆,烈火立即熄灭,燃过的木头变成了红玫瑰,未燃的木头变成了白玫瑰。这是人们最初见到的玫瑰花②。

彭斯的另一首短诗也提到了红玫瑰,但它写的是情爱,充满了感官意象,意境类似于中世纪法国普罗旺斯情歌中的"破晓歌"(alba),其第二节写道:

啊,我爱人若是红玫瑰,

生长在那边城堡墙上,

---

① 见《西方民俗传说辞典》,黄山书社 1990 年,第 237 页。
② 见《布留沃成语辞典》(*Brewer's Dictionary of Phrase and Fable*)1975 年版,第 933 页。

我自己就是一滴露水，

落进了她可爱的胸膛。

啊，在那里的福乐妙不可言，

我要通宵饱享美丽的筵席，

驻留在她柔软如丝的臂弯，

直到被破晓晨曦吓得逃离！

O, if my love were yonder red rose,

That grows upon the castle wall,

And I myself a drop of dew

Into her lovely breast to fall,

O, there, beyond expression blessed,

I would feast on beauty all the night,

Sealed on her silk-soft folds to rest,

Till scared away by Phoebus' light!

　　《红红的玫瑰》讴歌的坚贞爱情向来为人称颂，对此诗的评论更是一片赞美之声。但是，这样的爱情只是人们的美好愿望，与现实相去甚远。越是讴歌，就越表明它在现实中的缺位。长久不变的爱情是属于农耕社会的文明，也是传统宗法制度的要求，因多变的爱情和婚姻不利于判定财产归属，不利于确定财产继承人。有统计说：2011 年一季度，中国共有 46.5 万对夫妇登记离婚，平均每天有五千多个家庭解体，北京、上海及深圳位列离婚率前三甲。中国的离婚率在城市为 43%，在农村为 12%，已连续七年递增①。时

---

①　见 2011 年 6 月 5 日新华网。

至今日,永恒的爱情大概已成传说,只能见于文艺作品,但这更彰显了《红红的玫瑰》的可贵。

彭斯 1759 年 1 月 25 日生于苏格兰西南部农村,父亲威廉祖辈务农,做过园丁,后来成了佃农,母亲艾格尼丝(Agnes)也出身农民。彭斯家有七个孩子,彭斯是长子,还有三弟三妹。威廉智力过人,很重视教育子女,将不到五岁的彭斯送进一所不大的小学,后来又将他送进了与别人合办的乡村学校,亲任教师。据彭斯的弟弟吉尔伯特(Gilbert)回忆,他们小时候学的功课有数学、《圣经》、天文、地理、经商和作文。1780 年到 1830 年间,苏格兰从农业社会向工业社会迅速转变,但农业生产工具仍很落后,农民多为佃户,靠天吃饭,频受破产的威胁。彭斯家就是如此,威廉 1784 年去世时已破产,还身缠债务官司。

彭斯从少年时代就从事繁重的农业劳动,其诗才显露很早,在当地小有名气。他 14 岁时(1773 年)爱上了一位和他一起干农活的姑娘,写出了平生第一首情诗。那姑娘叫内莉·基尔帕特里克(Nellie Kilpatrick, 1760—1820),是磨房主的女儿,天生一副好歌喉,比彭斯大一岁。彭斯说她"俏丽、甜蜜、健美",自己一见到她"仔细察看自己的手,拔出扎在上面的荨麻和荆棘刺",便产生了写诗的冲动:

> 我要写的诗,最适合配上她最喜欢的苏格兰里尔舞曲
> (reel)。因此,我当时认为自己能写出印在书里的诗,书里的
> 那些诗都是精通希腊语和拉丁语的人写的;但我心爱姑娘唱
> 的歌,却据说是一个乡下小地主的儿子写的,歌中的姑娘是
> 他父亲的女仆,他爱上了她;我认为我没有理由写不出像他
> 那么好的诗……于是我便开始了恋爱和作诗。

彭斯的这首诗名叫《我爱过一位俏姑娘》(*O*, *once I lov'd a bonnie lass*)，又名《俏内莉》(*Handsome Nell*)，流传至今，我的译文如下：

> 啊，我爱过一位俏姑娘，
> 对，我如今仍在把她爱，
> 只要爱情还温暖我心房，
> 俊俏的内莉就是我的爱。

> 我见过的美女许许多多，
> 容貌美丽，身穿漂亮衣着，
> 但说到举止的优雅端庄，
> 我至今还不曾见过一个。

> 我实话实说：可爱的姑娘
> 固然可使眼睛感到欢畅，
> 但若没有更佳的优点，
> 她便不是我爱的姑娘。

> 内莉的美丽甜蜜可人，
> 但最佳之处另有一条：
> 她的名声完好无比，
> 她的美丽无瑕可挑。

> 她的衣衫总干干净净，

漂亮大方又优雅得体；
她的步态里有某种东西，
能使任何衣衫显得美丽。

衣衫花哨，仪态翩翩，
几乎不能令人心动，
而擦亮爱情神箭的
却正是单纯与谦恭。

正是这点，内莉让我欣然，
这个长处，使我心醉神驰！
因为就在我的心灵里面，
她是绝对主宰，却不控制。

O, once I lov'd a bonnie lass,
Aye, and I love her still,
And whilst that virtue warms my breast
I'll love my handsome Nell.

As bonnie lasses I hae seen,
And mony full as braw,
But for a modest gracefu' mien
The like I never saw.

A bonnie lass, I will confess,
Is pleasant to the e'e,

But without some better qualities

She's no a lass for me.

But Nelly's looks are blithe and sweet,

And what is best of a',

Her reputation is complete,

And fair without a flaw.

She dresses aye sae clean and neat,

Both decent and genteel;

And then there's something in her gait

Gars ony dress look weel.

A gaudy dress and gentle air

May slightly touch the heart,

But it's innocence and modesty

That polishes the dart.

'Tis this in Nelly pleases me,

'Tis this enchants my soul!

For absolutely in my breast

She reigns without control.

　　十年后的 1783 年,彭斯以成熟诗人的眼光评论了自己的这首诗。他说最满意此诗第二节,说第二节如实地表达了自己对这位健美少女(a sweet sonsy Lass)的感觉。关于第七节,他说:"记得我写它时满怀狂热的激情,直到此时,一想到它,我的心就会融化,我的血就会奔涌。"第七节的确很精彩,其中说内莉是诗人心中的绝对主宰,但这不是她刻意为之(She reigns without control),一语道出了她对少年彭斯感情世界的强烈影响。内莉日后嫁给了一个地主,彭斯与她的恋情则永远留在了这首诗里。

彭斯时代的苏格兰有三种语言:苏格兰高原西部和北部的盖尔语(Gaelic),东部和南部的低地苏格兰语(Lowland Scots),以及有文化的苏格兰人在全国使用的英语。彭斯使用的低地苏格兰语是英国东北部的方言。在数百年当中,英国和苏格兰作家日益使用伦敦的标准英语写作,到16世纪初,独立发展的低地苏格兰语已远离了标准英语。彭斯以低地苏格兰语写诗,正是这一点使他成了苏格兰伟大的民族诗人,也使其诗作几乎成了传统苏格兰语诗歌的绝唱,但苏格兰方言也多少限制了其诗歌的传播。

从理论上说,激动人心的与不激动人心的情感,重大的和琐碎的题材,群体的与个人的声音,皆可入诗,只是作品有高下之分,有妍媸之辨。美国作家哈伯德(Elbert Hubbard, 1856—1915)认为"没有爱情便没有诗",不免有些片面,他所说的"诗"应是情诗:

> 诗歌是最早的文学形式,是恋爱者的自然表白;我认为,我们还应同时承认一点:没有爱情便没有诗。
>
> 诗歌就是男女的情话。所有的恋人都是诗人,或为实际的诗人,或为潜在的诗人。潜在的诗人阅读诗歌;因此,没有恋人,诗人的产品便没有市场。
>
> 如果你不再为虔诚情感所打动;如果你不再为音乐而兴奋,不再流连某些诗行,那是因为你心中的爱情本能已

经凋萎,化作了玫瑰的残灰。①

他评论彭斯时说:

> 彭斯的事业就是恋爱。……彭斯对爱情的强烈嗜好,使我们有了他的诗歌。彭斯的传记完全是他风流爱情的记录,而他失误后的阵阵懊悔,也表现在他那些虔诚的诗句中。

此言不虚。彭斯是个才思丰沛的多产诗人,也是个极有女人缘的多产青年。他出生时,产婆说他"很讨姑娘们喜欢",他的一生也印证了这个预言。仅在 1784 年(其父去世)到 1794 年的十年间,他就和五个女子生了八个孩子,其中一个女子吉恩·阿穆尔(Jean Armour,1767—1834)在 1788 年成了他的妻子。吉恩·阿穆尔是当地出名的美女,有十个兄弟姐妹,父亲是泥瓦匠。1784 年初,彭斯在一次舞会后结识了她。她在 1786 年初怀了彭斯的孩子,同年 9 月 3 日生下一对龙凤胎,1787 年夏天又怀了彭斯的孩子,1788 年 3 月 3 日又生了双胞胎(不久全都死亡),但一直到同年 5 月,彭斯才在给朋友的信中暗示自己给了吉恩合法妻子的名分。总之,这两人的婚姻带着浓厚的"隐婚"色彩。吉恩为彭斯生过九个孩子,最后一个孩子出生的 1796 年 7 月 21 日,正是 37 岁的彭斯因风湿热去世的那一天。吉恩·阿穆尔活到了 67 岁,晚年患了高血压,半身瘫痪。

彭斯写过 14 首关于吉恩·阿穆尔的诗,其中最著名的是 1788 年写的《在风能吹到的方向里》(Of a' the Airts the Wind can Blaw)。

---

① 见哈伯德著《英国作家故乡短旅》(Little Journeys to the Homes of English Authors,1916)。

彭斯说:"我将此歌献给彭斯夫人。"此诗共两节,各有八行,我的译文如下:

> 在风能吹到的方向里,
> 　我深深地钟爱西边,
> 　我的美女就住在那里,
> 　　那位姑娘我最爱恋。
> 那里野林茂盛,河水翻腾,
> 　其间还有很多的山岑,
> 　但我日夜飞翔的爱情,
> 　　却从未离开我的吉恩。

> 我看见她在带露花丛——
> 　我看见她可爱又美丽。
> 我听她在鸟儿鸣啭中——
> 　我听她唱着动听歌曲。
> 在清泉、树林和绿地旁,
> 　盛开的花朵鲜艳迷人,
> 　鸣啭的小鸟多么漂亮,
> 　　都让我想起我的吉恩。

> Of a' the airts the wind can blaw
> 　I dearly like the west,
> For there the bonie lassie lives,
> 　The lassie I lo'e best.
> There wild woods grow, and rivers row,

And monie a hill between,

But day and night my fancy's flight

Is ever wi' my Jean.

I see her in the dewy flowers——

I see her sweet and fair.

I hear her in the tuneful birds——

I hear her charm the air.

There's not a bonie flower that springs

By fountain, shaw, or green,

There's not a bonie bird that sings,

But minds me o' my Jean.

　　彭斯与吉恩长期不婚的原因很多,既有吉恩家庭对彭斯的反感和前倨后恭,也由于彭斯最初被吉恩家拒绝后的移情别恋。他的恋人之一,就是他在几首诗中写到的"高原的玛丽"(Highland Mary)。她名叫玛丽·坎贝尔(Mary Campbell,1763—1786),比彭斯小四岁,只活了23岁,死于恶性高烧。玛丽是水手的女儿,家中的长女,做过育婴保姆,后又做过挤奶女工。有记载说,玛丽"身材高挑,金发碧眼"。彭斯与玛丽的恋情始于1786年春,彭斯回忆说:

　　　　我的高原姑娘是个热心肠的、很有魅力的年轻生灵,男人都会深爱上她。经过挺长一段最热烈的友谊,我们在五月的第二个星期天约会,地点是艾尔河(Ayr)边一个幽静所在。我们一整天都在谈论离别,因为她要乘船去西部高原,去和朋友们安排一些事情,以实现我们改变生活的

计划。秋末,她渡海到格里诺克(Greenock)会我,但刚一
上岸便发起高烧,几天之后进了坟墓,我甚至没来得及得
知她患病。

　　其中所谓"改变生活的计划",是指彭斯在 1786 年夏天曾打算
移民西印度群岛,以挣钱养活吉恩·阿穆尔,但吉恩反对此举。这
年秋天,彭斯找到了牙买加的一份工作,准备乘船赴职,据说还请
"高原的玛丽"一同前往,但她在这年秋末病逝了。算起来,玛丽与
彭斯的恋情只持续了半年多,便阴阳两分了。有人认为,玛丽·坎
贝尔是彭斯唯一真心爱过的女子。

　　"高原的玛丽"葬在格里诺克(苏格兰西南城市)的西部高原教
堂。134 年后的 1920 年 11 月 5 日,因该教堂扩建需要,她的墓被掘
开,人们发现棺材里还有一个婴儿的小棺材,便纷纷猜测她的真正
死因,有的说玛丽死时怀着彭斯的孩子,有的说彭斯犯了重婚罪。
无论事实如何,玛丽·坎贝尔都是彭斯的恋人和灵感来源之一。彭
斯有关玛丽的几首诗中,《高原的玛丽》(*Highland Mary*)是一曲感
情深挚的挽歌,我的译文如下:

> 你的河岸、山坡和溪流,
> 环绕着蒙哥马利城堡。
> 你森林绿染,万花争艳,
> 你河流清清,从无泥淖!
> 夏日在那里最先舒展长袍,
> 她延留在那里的时间最长!
> 因为我在那里最后永别了
> 高原的玛丽,我心上的女郎!

翠绿的桦树开花多么美，
山楂树的花儿多么繁盛，
在它们芬芳的树阴底下，
我把她紧抱在我的前胸！
珍贵时光展开安琪之翼，
飞过我和我爱人的头顶，
因为对可爱的高原玛丽
我最珍重，如光明和生命。

频频发誓，又紧紧拥抱，
我们的离别缠绵情蜜；
互相许诺要经常见面，
我们恋恋不舍地分离。
但是，残忍死神过早降下严霜，
把我的花儿过早冻毙！
如今绿色的草地，冰冷的泥土，
裹住了我的高原玛丽！

啊，玫瑰红唇已苍白，苍白，
我曾常把它们深情亲吻；
她的熠熠目光永远合闭，
它曾经温柔地长瞩我身；
而深爱过我的那颗芳心
现已粉碎，化作无声灰尘！
但是在我心灵最深之处，

我的高原玛丽将会永存。

You banks and hillsides and streams around

The castle of Montgomery,

Green be your woods, and fair your flowers,

Your waters never muddy!

There Summer first unfold her robes,

And there the longest time tarry!

For there I took the last farewell

Of my sweet Highland Mary!

How sweetly bloomed the gay, green birch,

How rich the hawthorn's blossom,

As underneath their fragrant shade

I clasped her to my bosom!

The golden hours on angel wings

Flew over my and my dear:

For dear to me as light and life

Was my sweet Highland Mary.

With many a vow and locked embrace

Our parting was full tendes;

And, pledging often to meet again,

We tore ourselves asunder.

But O, cruel Death's untimely frost,

That nipped my flower so early!

Now green is the sod, and cold is the clay,

That wraps my Highland Mary!

O, pale, pale now, those rosy lips

I often have kissed so fondly;

And closed for always, the sparkling glance

That dwelt on me so kindly;

And mouldering (crumbling) now in silent dust

That heart that loved me dearly!

But still within my bosom's core

Shall live my Highland Mary.

　　此诗第一节第二行中的"蒙哥马利城堡"（The castle of Montgomery）代指苏格兰南艾尔郡（South Ayrshire）的科斯菲德（Coilsfield），为蒙哥马利伯爵家族庄园领地，玛丽·坎贝尔曾在那里做挤奶女工。可以说，此诗是彭斯泣血般的"高原女儿诔"，它将两人相爱时的情境写得清丽婀娜，如梦似幻，反衬出与玛丽死别的哀伤。逝者在世间的墓碑不一定得以长存，而她在诗人作品里的芳名却已不朽。

　　彭斯的很多诗作都是为苏格兰民歌重填的歌词。他热爱音乐，熟悉大量的苏格兰传统民歌和器乐曲，并将它们抄录下来。他能用小提琴拉一些速度不太快的民间舞曲，还能根据记忆记谱，甚至还尝试过作曲。1793 年 9 月，在写给《苏格兰民歌选》的编者乔治·汤普森的一封回信中，彭斯谈到了自己的写作方法：

　　　我的方法是：先考虑如何用音乐表现与我思想相应的

诗情,再选定主题,写出第一节诗;这通常是最难的工作。
写完第一节后,我就走到户外,有时坐下来,物色周围与我
的想象和心思密切相谐(in unison and harmony)的自然物
象。我有时还会哼起与那节诗文相配的曲调。①

这种为传统曲调填词的写法,使彭斯的诗作音调和谐,富于美
感,带有很强的律动性。他的另一首情歌《深情一吻》(One Fond
Kiss)就是如此,我的译文如下:

　　　　深情一吻,我们就此分别!
　　　　一声再会,随即永诀!
　　　　深浸于折磨我心的泪水,
　　　　　我对你叹息又轻唱。

　　　　命运之神给他留下希望之星,
　　　　谁会说这女神使他悲痛重重?
　　　　而我,全无快乐之光把我照亮,
　　　　我周围是一片黑压压的绝望。

　　　　我绝不埋怨我爱得一心一意:
　　　　世间一切都胜不过我的南希!
　　　　见到她,只想把她爱恋,
　　　　只爱她一个,爱到永远。

---

① 见《走近罗伯特·彭斯》(Robert Burns, How To Know Him, 1917)第三章《彭斯与苏格兰歌曲》。该书作者威廉·尼尔森(William Allan Neilson, 1869—1946)是英裔美国学者和词典编纂者,曾主编《韦氏国际词典第二版》(Webster's Second International Dictionary, 1934)。

我们若不曾爱得如此深笃，

我们若不曾爱得如此盲目，

若是不曾相识——或永不分袂——

我们的心便永远不会破碎。

一路平安，你这第一等的佳丽！

一路平安，你这最可爱的倩女！

愿你得到一切欢乐和财产，

得到安宁、愉悦、爱情与欣然！

深情一吻，我们就此分别！

一声再会，天啊，竟为永诀！

深浸于折磨我心的泪水，

我对你叹息，我对你轻喟。

One fond kiss, and then we sever!

One farewell, and then forever!

Deep in heart-wrung tears I will pledge you,

Warring sighs and groans I'll wage thee.

Who shall say that Fortune grieves him,

While the star of hope she leaves him?

Me, no cheerful twinkle lights me,

Dark despair around overtakes me.

I will never blame my partial fancy：

Nothing could resist my Nancy！

But to see her was to love her，

Love but her，and love for ever.

Had we never loved so kindly，

Had we never loved so blindly，

Never met—or never parted—

We had never been broken-hearted.

Fare-you-well，you first and fairest！

Fare-you-well，you best and dearest！

Yours be every joy and treasure，

Peace，Enjoyment，Love and Pleasure！

One fond kiss，and then we sever！

One farewell，alas，for ever！

Deep in heart-wrung tears I will pledge you，

Warring sighs and groans I'll wage thee.

此诗中的"南希"（Nancy），指的是迈克勒霍斯夫人（Mrs. McLehose），彭斯的另一位恋人。1787 年 12 月，彭斯在爱丁堡被一个喝醉的马车夫撞伤了膝盖，不得不留下来养伤几个星期。其间，他与迈克勒霍斯夫人通信，她住在爱丁堡，有三个孩子，与丈夫分居，丈夫移民牙买加。两人的恋情一度相当热烈，但并无实际结果。1788 年春，迈克勒霍斯夫人得知彭斯娶了吉恩·阿穆尔，便与彭斯分了手。《深情一吻》写于迈克罗霍斯夫人动身去牙买加找丈夫之前不久。此诗第二节里的"他"指的是南希的丈夫,此节略含妒意。

一位苏格兰作者说:"彭斯若像我们大多数人那样,坠入爱情,结婚,忠实于婚姻,他便不会写出那些古往今来最温情、最美丽的情诗。"[①]彭斯短短一生的爱情与创作,都反映了他热情奔放、才华横溢的诗人气质。他的爱情是多元的、全天候的,大多都是他诗情的酵母。他写的爱情,无论是忠贞不渝还是惊鸿一现,是生离还是死别,无不真挚感人;他的诗歌如同天籁,具有独特的艺术价值,是艺术的奇葩,更是苏格兰农民的骄傲。

---

① 见苏格兰《利奥波德杂志》(*Leopard* Magazine) 2002 年 11 月号,伊丽莎白·斯特罗恩(Elizabeth Strachan)评论彭斯情诗的文章。

第十一章　充满激情和盲目的初恋

托马斯·拉夫·皮科克(1785—1866)的《爱情与岁月》

爱情与岁月

我和你在九轮草丛里玩，

我六岁，你四岁，

扔花球，编花环，

那些快乐很快索然无味，

咱们踏着花草，穿过树林草场，

和小伙伴一起，去而复返，

咱们手牵着手，四处徜徉，

可那是六十年前。

你长成了红润可爱的女郎，

咱们早先的爱情仍很深厚，

不知咱们的岁月还有忧伤，

那些欢乐的日子悄悄溜走。

那时候我深深地爱着你，

我多么想能把爱情明言，

以为我的表白打动了你，

可那是五十年前。

后来别的情郎将你围起，
你的美丽随着岁月增进，
曾有多少佳丽群芳云集，
你竟都是那光环的中心。
见你选定了财富和地位，
　放弃了当初的誓言，
啊，我感到自己心已破碎！
　可那是四十年前。

我活下去，娶了别的女子：
她却从没让我心生怨愤；
后来我听说你生了孩子，
我不想当那些孩子的父亲。
我自己的孩子一个个出生，
　依次排列，欢度圣诞：
他们给我的快乐诉说不尽，
　可那是三十年前。

你成了夫人，丰腴又娉婷，
身居时尚，无比光艳浏亮；
我今生的命运远比你普通，
但我也有自己的欢乐时光。
当我最小的孩子受洗命名，
　家中虽冷，众人的双眼

却闪烁着最快乐的光明，
可那是二十年前。

时光流逝，我最大的女儿出嫁，
我如今做了祖父，灰白的鬓发，
领着我那四岁的外孙女，
在开满野花的草地游戏。
留着咱们童年乐趣的田野，
九轮草依然盛开，一如当年，
她采下那些花，装了满满一篮，
可那是十年以前。

充满激情和盲目的初恋，
已消失于更冷静的岁月，
一想起你，我仍亲切地怀念，
我还会想你，直到最后诀别。
默默的时光不断流逝，
它会带来你我都不知道的一天，
那时，咱们采野花的年少时日
将是在一百年前。

Love and Age

I play'd with you 'mid cowslips blowing,
When I was six and you were four;
When garlands weaving, flower-balls throwing,

Were pleasures soon to please no more.

Through groves and meads, o'er grass and heather,

With little playmates, to and fro,

We wander'd hand in hand together;

But that was sixty years ago.

You grew a lovely roseate maiden,

And still our early love was strong;

Still with no care our days were laden,

They glided joyously along;

And I did love you very dearly,

How dearly words want power to show;

I thought your heart was touch'd as nearly;

But that was fifty years ago.

Then other lovers came around you,

Your beauty grew from year to year,

And many a splendid circle found you

The centre of its glimmering sphere.

I saw you then, first vows forsaking,

On rank and wealth your hand bestow;

O, then I thought my heart was breaking! —

But that was forty years ago.

And I lived on, to wed another:

No cause she gave me to repine;

And when I heard you were a mother,
  I did not wish the children mine.
My own young flock, in fair progression,
  Made up a pleasant Christmas row:
My joy in them was past expression;
  But that was thirty years ago.

You grew a matron plump and comely,
  You dwelt in fashion's brightest blaze;
My earthly lot was far more homely;
  But I too had my festal days.
No merrier eyes have ever glisten'd
Around the hearth-stone's wintry glow,
Than when my youngest child was;
  But that was twenty years ago.

Time pass'd. My eldest girl was married,
  And I am now a grandsire gray;
One pet of four years old I've carried
Among the wild-flower'd meads to play.
In our old fields of childish pleasure,
Where now, as then, the cowslips blow,
She fills her basket's ample measure;
  And that is not ten years ago.

But though first love's impassion'd blindness

Has pass'd away in colder light,

I still have thought of you with kindness,

And shall do, till our last good-night.

The ever-rolling silent hours

Will bring a time we shall not know,

When our young days of gathering flowers

Will be an hundred years ago.

皮科克

此诗平易质朴,真挚含蓄,是英国情诗名篇。其作者托马斯·拉夫·皮科克(Thomas Love Peacock)是英国戏剧家、讽刺小说家和诗人,1785 年 10 月 18 日生于英国西南部的多塞特郡(Dorset)。他晚年住在苏雷郡(Surrey)泰晤士河畔小村下哈利福德(Lower Halliford),1866 年其宅书房失火,他去救火,烧伤不治,于 1 月 23 日辞世。

皮科克的父亲塞缪尔是伦敦的玻璃商,去世时皮科克年仅 9 岁,家道中落。皮科克 10 岁时发表了第一首诗,是为一名故去同窗写的墓志铭。1798 年,13 岁的皮科克遽然失学,此后全靠自学。他勤奋研读希腊语、拉丁语、法语和意大利语文学,是大英博物院阅览室多年的常客,1804 年发表了第一本诗集《圣马可教堂的修士》(The Monks of St. Mark)。他做过公司职员、皇家海军船员、东印度公司文员,游历过泰晤士河全程和北威尔士。1812 年,皮科克结识了诗人雪莱,二人成为同道和至交,成就了英国文学史上的一段佳话。

皮科克曾有一位恋人范妮·福克纳(Fanny Faulkner),但因范妮父母阻挠,未能成婚。1810 年,他结识了一位教区牧师的女儿简·格利菲(Jane Gryffydh),1820 年与她结婚,生了三个女儿。皮科克将妻子喻为"卡纳文郡水仙女"(Caernavonshire nymph,卡纳文郡在威尔士北方)。雪莱更在书信中将她比作"卡纳文郡的奶白色羚羊"(the milk-white Snowdonian Antelope),以"羚羊"喻女子,言其身材轻盈苗条,不枉诗人之笔,但与《圣经》大异,因后者用"羚羊"形容情郎(其宗教寓意指耶和华):《旧约·雅歌》第二章第九节"我的良人好像羚羊";《英王詹姆斯钦定本圣经》作 My beloved is like a roe,其中的 roe 原意为雄鹿、狍子、獐子;现代英语《福音圣经》(The Good News Bible)将它改作 gazelle;中文《圣经》(神版)将它译为"羚羊"。此外,德国诗人海涅的名诗《歌之翼》(Auf Flügeln des Gesanges)也提到了恒河之畔"轻盈起舞的羚羊"(Die frommen, klugen Gazelln),其中"羚羊"一字也写作 Gazelln,即瞪羚(gazelle)。

　　诗歌《爱情与岁月》见于小说《格里尔庄园》(Gryll Grange)第15 章。《格里尔庄园》是皮科克第七部、也是最后一部小说,全书共35 章,1860 年连载于《弗雷泽杂志》(Fraser's Magazine),1861 年出书。这部作品具有典型的皮科克式场景:田园诗般的乡村住宅,好客的主人,几位固执己见的客人,以及浪漫的爱情。作者通过人物的对话、妙语和诗歌,剖析了 19 世纪英国社会的哲学、风尚和文化,颇不乏幽默犀利之词。在第 15 章,庄园主人格里尔(Gryll)与几位绅士、淑女在客厅里听音乐并闲谈。格里尔先生的侄女格里尔小姐唱完一曲《有斑点的小马》(The Dappled Palfrey),另一女士便用美妙的女低音唱起了这首《爱情与岁月》。伊莱克斯小姐(Miss Ilex)听罢说:此歌虽然情调忧郁,但真实地表达了初恋之情。

　　品读前人诗作,传统的方法是"知人论世",其更甚者,则可能将作品看成作者的自传或半自传;而 20 世纪三四十年代盛行美国的

"新批评"理论,则反对"知人论世"这种所谓"历史的批评"
(historical criticism),将诗歌看作"一种紧凑的、激发兴趣的、封闭式
的上下文"(莫瑞·克里格[①]语),提倡对文本的语境批评(contextual
criticism),即排除对作者的生活及其时代的考察,重点研究作品的
词语、形象和象征意义。因此,我们可从两个角度品读皮科克这首
《爱情与岁月》,一是将它看作对人类普遍经验的描述,二是将它看
成作者人生的折射。相比之下,采取后一种方法较为便当,因前文
对皮科克生活及作品的简要介绍,已提供了这种可能。

《爱情与岁月》的体裁近于歌谣(ballad)。歌谣源于较古老的叙
事诗。人类诗艺的早期发展多以叙事歌谣为载体,其内容通常是历
险、战斗和英雄业绩的故事,也记录爱恨情仇等基本情感,大多具有
戏剧性的情节和简洁优美的韵律。近现代文人写的歌谣,或称"文
学歌谣"(literary ballad),其修辞手法和篇章结构更为讲究,是传统
叙事歌谣的自然发展。此诗中使用的第二人称,又使此诗带上了抒
情诗的意味,加重了亲切之感,浓郁了现实之气,对表达"我"对初恋
情人的剖白大有助益。

皮科克活了 80 岁(1785—1866),即使在当今亦算长寿;若不是
死于非命,其寿命还会更长。他写《格里尔庄园》时已是 75 岁高龄。
应当说,《爱情与岁月》是这位老翁对初恋的怀念和人生感悟。情诗
虽然抒写爱情,却大多不会作于诗人激情迸发之际、心旌摇荡之时,
而往往是诗人感情降温后的表达,甚至是数十年后对青涩爱情的检
视,《爱情与岁月》即为一例。贯穿此诗的"岁月"(age)之线,是引领
读者跟踪诗人心迹的向导。诗中的"你"是作者的初恋情人;诗中的

---

① 莫瑞·克里格(Murray Krieger,1923—2000):美国新批评派文学理论家,依阿华大学和加
州大学教授,著作有《诗歌的新辩护士》(*The New Apologists for Poetry*,1956)、《批评理论》(*Theory
of Criticism: A Tradition and Its System*,1976)等。

"我"代表作者或境遇相类的男子。从诗文推断,"我"作此诗时,年纪大约是66岁;他16岁爱上了"你",26岁忍看初恋女友与别人成婚,36岁娶妻,56岁当了外祖父。皮科克也有类似的经历:他未能与初恋女友范妮成婚,35岁时才与简·格利菲结婚。因此,说此诗是诗人生活的自况,当不算臆断。

　　诗中一对小儿女两小无猜,青梅竹马,任情嬉戏。两人少年时萌生恋情,信誓旦旦。第三节突然笔锋一转,说那女子24岁时"选定了财富和地位,放弃了当初的誓言"(first vows forsaking, On rank and wealth your hand bestow),嫁给了别人。对此,"我"只说了一句"我感到自己心已破碎",其中既有无奈,也含着怨情,但他怨而不怒,对负心的初恋女子很是宽容。可见,初恋是小儿女们编织的第一场春梦,虽可为青春韶华平添妩媚迷人的玫瑰之色,却往往经不起地位(rank)和财富(wealth)的劲风吹袭。对现实利害的算计,对所谓"安全感"的追求,常使女人从初恋的梦境中醒来,回归冷酷的生活现实。

　　诗中的"你"是位美女:"多少佳丽群芳云集,你竟都是那光环的中心"(And many a splendid circle found you / The centre of its glimmering sphere);但是,套用白居易形容杨玉环的话说,她"天生丽质难自弃",不敢(或不肯)与初恋情人义结连理,共苦同甘,而选择了"地位"和"财富"。这虽发生在19世纪的英伦,却也是人间浮世的普遍写照。联想当今,我国一些女子的求偶条件是"有车、有房",这无疑是对爱情的败坏与亵渎。面对如此开价,莘莘寒士只恨自己没有口含银勺①生在豪门,只怨自己没有长出掘金的三头六臂,

---

　　① 口含银勺:西方有Born with a silver spoon in one's mouth之说,意为生于富家、福星高照。富家子女出生后,会得到一只使徒银勺(Apostle spoons),银勺一套共12把,柄上刻有耶稣十二使徒像。(见《布留沃英语成语词典》)

哪里顾得上爱神丘比特（Cupid）之箭？此诗中的一对男女，想是中了丘比特的铅箭。丘比特虽有婴儿天真之相，其实并非良善之辈：他有金与铅两种神箭，蒙眼乱射，中其金箭者坠入爱河，即使是冤家也会成为佳偶，中其铅箭者失去爱情，哪怕天造地设也会劳燕分飞①，遂使人神共惧。无怪皮科克在其另一诗作《爱情之墓》（*The Tomb of Love*）中说：

> 爱神，这飞翔的可怖幻影，
>
> 到这里便不再四处游荡：
>
> 那边放着他那折断的弓，
>
> 就在爱情之墓的石头上！

Love, the hideous phantom flying,

Hither came, no more to rove:

There his broken bow is lying

On that stone the tomb of Love!

　　将爱神喻为"飞翔的可怖幻影"，足见皮科克对这恣意胡为之神的不满。与初恋者分袂，本已令人心酸，目睹恋人与另一人成婚，则更使人痛若切肤。日本的兼好法师（1282—1350）有言："人心是不待风吹而自落的花。以前的恋人，还记得她情深意切的话，但人已离我而去，形同路人。此种生离之痛，有甚于死别也。"（《徒然草》）这实在是中肯之论。

---

　　① 关于丘比特的金箭和铅箭有几种说法：一说金箭蘸了维纳斯花园中的甜泉之水，铅箭蘸了苦泉之水；另一说金箭的箭头上涂了春药。

　　但是,《爱情与岁月》中的"我"却并未因初恋幻灭而自惭形秽,痛不欲生,而是"活下去"(I lived on),觅得了属于自己的佳偶。他知道,虽然"我今生的命运远比你普通"(My earthly lot was far more homely),但"也有自己的快乐时光"。"我"的日子并不宽裕,因诗中有 hearth-stone's wintry glow 之词,直译为"壁炉石的冷光";而平淡是真,其欢乐"诉说不尽"(My joy in them was past expression)。这不是阿 Q 的"精神胜利法",亦非吃不上葡萄的狐狸之言。诗哲泰戈尔说:"失去的爱情,使人生更富有。"(《飞鸟集》第 223 则)此话道明了爱情的得失之辨,恐怕唯有年逾五秩之人(即本诗中"我"作此诗的年纪)才能有如此的体会。

　　在诗的末节,"我"再次流露真情:"充满激情和盲目的初恋,已消失于更冷静的岁月……我还会想你,直到最后诀别(till our last good-night①)",并企盼初恋之情永续百年。可见初恋是"不思量,自难忘"的刻骨真情。这是血肉男女的共识。文坛耆宿梁实秋(1903—1987)写道:"大概初恋的滋味是永远难忘的,两团爱凑在一起,迸然爆出了火花,那一段惊心动魄的感受,任何人都会珍藏在他和她的记忆里,忘不了,忘不了。"(《雅舍菁华·健忘》)其中的两个"忘不了"并非无益的重复,更不是排版之误。

　　九轮草(cowslip)这个意象在诗中出现了两次,其全称为"黄花九轮草",是英伦早春的野花,在此诗语境里分明是初恋的象征。英国小品文名家哲罗姆(Jerome Klapka Jerome,1859—1927)说:"恋爱如同麻疹,我们一生都要经历一次,它也像麻疹一样,你永远不必害怕会第二次染上它。"他说的也一定是初恋。初恋懵懵懂懂,干干净

―――――――――

　　① last good-night:直译为"最后的晚安","晚安"是临睡前的道别语,"最后的晚安"比喻死之长眠前的道别,故译为"最后诀别"。

净,辛辛苦苦,一去不还。正因如此,初恋才值得珍藏在记忆深处,敬奉于青春祭坛。正因如此,初恋才堪称人生百味中不可复得的珍馐。

第十二章　伊甸园就在爱之初吻中苏醒

拜伦(1788—1824)《爱之初吻》等二首

1969 年 5 月 6 日,《纽约时报》驻伦敦记者安东尼·刘易斯
(Anthony Lewis)发了一条消息,题为《拜伦勋爵终于在西敏寺诗人
之角获得一席之地》(At Last Lord Byron Gets Place in Poets' Corner
in Westminster Abbey),其中说:

> 拜伦勋爵去世一个半世纪以后,终于在精神上被其祖
> 国接纳了。他将在西敏寺的诗人之角获得一块纪念铭牌
> (plaque)。……标准改变了吗?对当今教会的这种态度,
> 官方没有做出解释,但按照当今的标准,谁都不会再将拜
> 伦的诗歌视为放肆,而英国教会对离经叛道的行为也更宽
> 容了。

此事发生在英国浪漫派诗人乔治·戈登·拜伦(George Gordon
Byron)1824 年 4 月 19 日在希腊米索朗基城(Missolonghi)病逝 154
年之后。拜伦去世后,希腊人为他服丧,将他视为英雄,写诗歌颂
他,将他的心脏留在了希腊,一些法国报纸更将他与拿破仑共誉为
19 世纪两大伟人。他的遗体回英国后,却没被允许葬在伦敦的西敏
寺,而葬在了诺丁汉郡哈克诺尔区(Hucknall)的圣玛丽·玛格达琳

拜伦

教堂(Church of St. Mary Magdalene)。作为文化的精英和民族的骄傲,当年那位在英国无法容身的叛逆诗人,一个半世纪以后终于被英国官方接纳。

拜伦 1788 年 1 月 22 日生于伦敦,父亲约翰是破落的贵族后裔,母亲凯瑟琳是苏格兰一位富有的女继承人,为约翰的第二任妻子。拜伦出生时,约翰已将妻子的家财挥霍一空,外出躲债,1791 年客死巴黎(一说为自杀)。拜伦随母亲住在苏格兰的阿伯丁郡(Aberdeenshire),生活在穷困的单亲家庭里。1798 年,十岁的拜伦一夜间时来运转,继承了叔祖父的贵族头衔和遗产,成为第六代拜伦勋爵,与母亲一起迁居到英国诺丁汉郡的父系祖产纽斯台德修道院(Newstead Abbey)。拜伦在贵族子弟学校哈罗公学院(public school Harrow)就学四年,1805 年进入剑桥大学圣三一学院学习,1807 年 3 月成为英国上议院议员,1808 年 7 月从大学毕业,获文学硕士。他 1807 年发表的早期诗集《闲散时光》(*Hours of Idleness*)受到《爱丁堡评论》的猛烈批评,被视为浪漫的悲观厌世(Weltschmerz)之作。拜伦奋起反击,写出了讽刺名篇《英国诗人和苏格兰评论家》(*English Bards and Scotch Reviewers*)。

拜伦自幼稍跛右足,但相貌极为英俊,成年后身高约为 5 英尺 11 英寸(1.8 米),体重在 60 到 89 公斤。他酷爱拳击、骑马、游泳等运动,也酷爱动物,平生注重节食减肥,以素食为主。他从少年时代就显示了多情的特质,一生风流韵事不断,更是浪漫诗派的卓越代表,1833 年版的《拜伦全集》有 17 卷之多。拜伦被视为第一位现代意义上的"名人"(celebrity),在英国和欧洲大陆名闻遐迩,其风头超过了现代英国"猫王"普莱斯利（Elvis Presley,1935—1977）或美国摇滚巨星迈克尔·杰克逊（Michael Jackson,1958—2009）。

鲁迅先生说，拜伦是"立意在反抗，指归在动作"一派诗人的"宗主"（《摩罗诗力说》）。但有些为拜伦作传的人，却喜欢强调他是个风流倜傥的浪子和玩弄感情的恶魔，有意无意地忽略了拜伦作为贵族社会叛逆者和资本制度批判者的伟大品格。例如，法国名作家莫洛亚（André Maurois,1885—1967）的《拜伦传》（1936）就只字未提拜伦在上议院为路德派（Luddite）辩护的发言。路德派是早期的产业工人，从1811年起，用捣毁机器的办法反抗资本剥削制度，拜伦家族所在的诺丁汉郡就是路德派运动的中心之一。

1812年2月27日，24岁的拜伦在上议院发言，严词反对处死诺丁汉郡的"机器破坏者"，为饥寒交迫的"贱民"伸张正义，警告统治者"如果贫穷和歧视把他们逼到绝境，他们就要向你们挑战！"他还沉痛地说，工人们"被指控犯了一切罪行中最严重的罪行，即贫穷罪"[1]。丹麦勃兰兑斯的《十九世纪文学主流》第四分册《英国的自然主义》用了七章的篇幅，比较全面地评介了拜伦的生平与创作，其中就提到了拜伦的那次仗义执言。早在将近两百年前，身为年轻贵族的拜伦就抨击了私有制社会对穷人的歧视和不公，实在难能可贵。

"贫困不是罪过（crime）……然而，贫困却是大错（blunder），而且被当作大错来惩罚。"这是英国幽默名家哲罗姆（Jerome Klapka Jerome,1859—1927）的话[2]。为贫穷而受惩罚，活得毫无尊严，这是

---

① 见苏联科学院高尔基世界文学研究所编《英国文学史，1789—1832》，人民文学出版社1984年，第283页及以后。

② 见哲罗姆著《闲人闲话》（Idle Thoughts of An Idle Fellow,1886）中《囊中羞涩》（On Being Hard Up）一篇。

古往今来穷人的共同遭遇。法国作家法朗士（Anatole France，1844—1924）有句名言："庄严的法律同样禁止富人和穷人睡在桥下、沿街乞讨、偷窃面包。"①这就是"被当作大错来惩罚"的贫穷。《国际歌》法文歌词里的"下地狱的人"（les damnés）和"饥饿的罪人"（les forçatsde la faim），指的也是穷人；在鲍狄埃的诗里，穷人如下地狱，如同苦刑犯（forçat）。其实，穷人不但会遭到富人的白眼，还会遭到并不富裕者的歧视。

拜伦的伟大，首先就在于他是贵族阶级的叛逆。爵位和财富固然使他能养尊处优，但他毕竟是一位有良知、有勇气的诗人。无论他的动机如何，其诗作都倾泻了对压迫者和奴役者的愤怒，饱含对被侮辱、被损害民族的同情。他的长诗《恰尔德·哈罗德游记》（*Childe Harold's Pilgrimage*）和《唐·璜》（*Don Juan*）绝非花花公子的旅游记行和艳遇纪事，而是永垂史册的战斗檄文。罗曼·罗兰（Romain Rolland）说："艺术家是大地的声音。一个有钱的人不能成为一个大艺术家……凡是财产超过生活需要的人就是一个妖魔，一个侵蚀他人的癌。"②

不公的社会制度使穷人的社会、经济、文化地位每况愈下。穷人失去了话语权，其声音依稀寥落。一些伟大的思想家虽身为贵族，却憧憬正义和平等的社会，以悲悯的情怀为穷人立言，抨击不公的社会制度，例如孟德斯鸠、托尔斯泰和屠格涅夫，拜伦当然也位列其中。

拜伦是天生的浪漫诗人，情商极高，但他抒写的爱情不在古代，

---

①　见法朗士长篇小说《红百合》（*Le Lys Rouge*，1894）第一部第七章，原文为：La majestueuse égalité des lois interdit aux riches comme aux pauvres de coucher sous les ponts, de mendier dans la rue et de voler du pain.

②　见罗曼·罗兰著《约翰·克利斯朵夫》第八卷，傅雷译，人民文学出版社 1980 年版，第三册第 312 页。

不是幻想，而就在现实里，其早期诗作《爱之初吻》(*The First Kiss of Love*)即是如此，我的译文如下：

> 但是我那把任性的七弦琴
> 只会奏出爱与柔情的乐音。
> ——阿那克里翁

拿走你们缥缈浪漫的虚构之词，
也不要由愚蠢织就的谎言假语！
给我能使心灵畅然的温柔瞥视，
或给我寓于爱之初吻中的狂喜。

诗者，你们怀着田园的激情，
你们心中燃着炽热的幻想，
你们一旦品尝过爱之初吻，
便会写出来自幸福灵感的诗行！

倘若是阿波罗①不肯来帮助你们，
你们徘徊时也无九位诗神②相帮，
那就向缪斯道别，别再祈求她们，
去设法把爱之初吻的滋味品尝。

我恨你们这些冷漠的艺术作品！

---

① 阿波罗(Apollo)：古希腊神话中主管音乐、诗歌、医药和预言之神。
② 九位诗神(the Nine)：古希腊神话中的九位文艺女神，即下一行中的"缪斯"(muse)。

假正经女人和褊狭者会责备我，
但我仍要写出来自心灵的作品，
它们都因爱之初吻而悸动欢歌。

你们的牧人、羊群是空幻主题，
能使人愉快，却永远无法动人：
阿卡狄亚①不过是梦中之域；
任何幻想都不如爱之初吻。

啊！别再断言人类自出生时分，
从亚当至今，一直在悲惨苦挣；
地上还有天堂乐园的一部分，
伊甸园就在爱之初吻中苏醒。

当岁月寒冷了热血，快乐成休——
因为岁月生着鸽翼，一去不返——
那个最珍贵的记忆仍会留到最后，
它是爱之初吻，我们最甜蜜的纪念。

The First Kiss of Love

Ha barbitos de chordais

---

① 阿卡狄亚(Arcadia)：古希腊的一个山地牧区，民风淳朴，喻世外桃源。

Erota mounon aechei.—Anacreon

Away with your fictions of flimsy romance,

Those tissues of falsehood which folly has wove!

Give me the mild beam of the soul-breathing glance,

Or the rapture which dwells on the first kiss of love.

Ye rhymers, whose bosoms with phantasy glow,

Whose pastoral passions are made for the grove;

From what blest inspiration your sonnets would flow,

Could you ever tasted the first kiss love!

If Apollo should e' er his assistance refuse,

Or the Nine be disposed from your service to rove,

Invoke them no more, bid adieu to the Muse,

And try the effect of the first kiss of love.

I hate you, ye cold compositions of art!

Though prudes may condemn me, and bigots reprove,

I court the effusions that spring from the heart,

Which throbs with delight to the first kiss of love.

Your shepherds, your flocks, those fantastical themes,

Perhaps may amuse, yet they never can move:

Arcadia displays but a region of dreams;

What are visions like these to the first kiss of love.

Oh! cease to affirm that man, since his birth,

From Adam till now, has with wretchedness strove;

Some portion of paradise still is on earth,

And Eden revives in the first kiss of love.

When age chills the blood, when our pleasures are past—

For years fleet away with the wings of the dove—

The dearest remembrance will still be the last,

Our sweetest memorial the first kiss of love.

　　此诗作于 1806 年 12 月 23 日，是拜伦 18 岁时的作品（他的短促人生已过了一半），被收入了诗集《闲散时光》。它表达了两个思想：其一，古代田园诗里的牧羊人之爱是"空幻的主题"（fantastical themes），"永远无法动人"（they never can move），浪漫之乡阿卡狄亚只不过是"梦中之域"（a region of dreams），而"任何幻想都不如爱之初吻"（What are visions like these to the first kiss of love）。这些词句表达了拜伦厚今薄古、重视现世幸福的人生态度。诚如鲁迅所言，拜伦是"指归在动作"的行动者，而不是空想家。其二，诗人笃信"地上还有天堂乐园的一部分"（Some portion of paradise still is on earth），它就在爱的初吻之中，因此，爱之初吻是"我们最甜蜜的纪念"（Our sweetest memorial），必将"留到最后"（still be the last）。在年轻的拜伦心中，爱情不但能赋予诗人灵感，更是现实中的伊甸园。

　　此诗开头引用的希腊语诗行，出自公元前 6 世纪古希腊著名抒情诗人阿那克里翁（Anacreon）的《颂诗集》（Odes）第一首。拜伦曾翻译阿那克里翁的作品，此篇即是其一。《颂诗集》的主题是爱情，其第一首曾被英译者冠以《七弦琴》(*On His Lyre*)的标题,是诗集的引子。诗中写道,诗人本想写出荷马史诗般的宏伟诗篇,但他的七弦琴(barbito)只能奏响爱情,他更换了琴弦(chordais),甚至更换了七弦琴,仍不能遂愿。拜伦将这两行译为:My wayward lyre / Wakes silver notes of soft Desire。英国其他文人也翻译过这首颂诗,对这两行,17 世纪玄学派诗人考利(Abraham Cowley, 1618—1667)的英译是:

> the strings / To my great Song rebellious prove;
> The strings will sound of nought but Love.
> 琴弦不肯奏出我的雄伟诗章;除了爱情,琴弦一概不唱。

17 世纪英国作家、翻译家斯坦利(Sir Thomas Stanley, 1625—1678)的 1651 年英译是:

> But when I my Lute did prove, / Nothing it would sound but Love.
> 但事实表明,除了爱情,我的鲁特琴奏不出其他乐声。

此外还有一种英译:

> But my perverse, rebellious Lyre / Breathes nought but Love and soft desire.[①]

---

　　① 见约翰·罗奇(John B.BroderickRoche)译《阿那克里翁的颂诗,1—28 首》(*The First 28 Odes of Anacreon*),1927 年伦敦版。

　　但我那把执拗不驯的七弦琴,只能发出爱与柔情之音。

　　列举包括拜伦在内的四种英译,是想说明"诗无达诂"和"诗无达译"的道理。以上英译者对原文的理解各有侧重,但有一个共同点,即其译文都不是"硬译"或"死译",而是有所变通甚至阐发。他们的译文都抓住了要旨(即七弦琴只能歌唱爱情),但表达形式各有不同:将七弦琴拟人化(personate),说它"任性,不听话",拜伦用的是"wayward",考利等人则说"rebellious";七弦琴被译作"lyre"和"lute",前者是小竖琴,又称"抱琴"或"里拉琴",后者形如半个梨子,指板上有"品",又叫"古琵琶";barbito 一字已进入拉丁语,严格地说,它应当译为 lyre。19 世纪爱尔兰浪漫派诗人托马斯·摩尔(Thomas Moore,1779—1852)也译过阿那克里翁的《颂诗集》,共 51首,将原来的第一首放在了第 23 首,阐发更甚,其译文已是原诗意态的"大写意"了[①]。

　　西方的抒情诗(lyric)虽然也常用第二人称,但大都是作者的独白(monologue),带有强烈的主观色彩,不同于以第三人称为视点的叙事诗(epic)。这个特点,在浪漫派诗歌里尤为突出。浪漫主义也被叫作"主情主义",说明了感情在浪漫派诗歌中的核心地位。对以拜伦、雪莱、济慈为代表的 19 世纪英国浪漫诗派的诗艺,英国文艺批评家考德威尔(Christopher Caudwell,1907—1937)作了简明的概括。他把英国早期浪漫派诗歌称为"浪漫的复兴"(Romantic revival),说它把表达抽象意念的词语和描写具体感觉的词语结合了起来,使诗歌语汇脱离了日常语言的寒白,其韵律(rhythm)令人迷醉,如同"催

[①]　参见托马斯·摩尔译《阿那克里翁颂诗》(Odes of Anacreon)。

眠药"(hypnotic),其风格则兼具伊丽莎白时代诗歌之华丽铺张、詹姆斯一世时代（1603—1625）诗歌之沉思冥想,清教主义之高尚严肃,以及18世纪早期英诗之高雅脱俗。① 这的确是中肯之论。

　　拜伦这首《爱之初吻》讴歌了爱情,但并未作抽象的议论,而是像考德威尔所言,"把表达抽象意念的词语和描写具体感觉的词语结合了起来",将爱情化成了可感的"初吻",七节诗里都包含"爱之初吻"(the first kiss of love)的表意结构,主题十分集中,情感具体而浓烈。

　　情诗中的吻,颇值一说。有的词典对"吻"的定义是:"A salute made by touching with the lips pressed closely together and suddenly parting them(嘴唇紧紧相触、再突然分开的致意)";或更为宽泛:"The act of pressing one's lips against the lips or other body parts of another or of an object(将嘴唇压在另一人或对象的嘴唇或其他部位的行为)"。有人嘲讽说,这些词典的编纂者殊不知"吻"为何物。②《现代汉语词典》将"吻"释为"用嘴唇接触人或物,表示喜爱";而在古代汉语里,"吻"字只表示"嘴"。说到底,接吻只是两人食道端口的接触。科学家说:一个热吻会使29块面部肌肉紧张起来,其中包括12种唇部肌肉和17种舌部肌肉;接吻能增加荷尔蒙的分泌,加速血液循环,加快脉搏,升高血压;一分钟热吻能消耗人体26卡路里的热量。但这些字典定义和科学解释却与诗歌无关。

　　中国古人以文字表达"吻"的动作大多比较隐晦,诗词中更是极少直写。明代小说家冯梦龙把接吻写为"做了个吕字"(《醒世恒

---

　　① 见考德威尔著《幻想与现实》(*Illusion and Reality*,1937),英国 Lawrenc & Wishart 出版公司伦敦版,第119—120页。又:考德威尔原名克里斯托弗·圣约翰·斯普里格(Christopher St. John Sprigg)。

　　② 见休·莫理斯(Hugh Morris)著《接吻的艺术》(*The Art of Kissing*)第一章,Globusz 出版社。

言·赫大卿遗恨鸳鸯绦》)，颇似字谜；清代文学家李渔（1611—1680）的《玉楼春》词"多方欲闭口脂香，却被舌功唇已绽"（《肉蒲团》卷一），已很直接；《红楼梦》第九回里可见到"亲嘴"之说，指的是纨绔少年的胡闹。宋代女词人李清照《浣溪沙》词中的"斜偎宝鸭亲香腮"中的"亲"，有人解为亲吻，其实它写的是女子独在闺中怀春。现代的陕北民歌《拉手手，亲口口》则更直接，更热辣："拉着你的绵手手，亲了你的小口口；拉手手呀么亲口口，咱们两个圪崂崂里走。"

对于爱吻，西方诗人有很多美好的比喻：公元 1 世纪罗马诗人马提亚尔（Martial）说，亲吻是"芳香树脂萃取的香气，藏红花丛释放的芳馨，成熟于冬季花蕾中的果香，繁花盛开的夏日草场，经少女之手温暖的琥珀，吸引蜜蜂的花束"；莎士比亚将它比作"爱的保证"（seal of love）；英国湖畔派诗人柯勒律治（Samuel Taylor Coleridge，1772—1834）将它形容为"蜜露的微风"（nectar breathing）；18 世纪苏格兰农民诗人彭斯则用以下的词句赞美初吻：

缱绻恋情之浸蜜的印玺，

未来幸福的最温柔誓言，

最宝贵的纽带，连起少男少女，

初吻，是爱情的第一朵雪花莲。

Honeyed seal of soft affections,

Tenderest pledge of future bliss,

Dearest tie of young connections,

Love's first snowdrop, virgin kiss.

　　拜伦长诗《唐·璜》的第六章第 27 节说：唐·璜少年时曾希望"所有女性只有一张朱唇，从北到南一次吻遍她们"（That Womankind had but one rosy mouth, To kiss them all at once from North to South）。周作人不大喜欢这句话，说"这差不多是登徒子的态度"（《谈龙集》）。

　　广义的亲吻有很多表现，例如父母与子女之吻，臣民对国王之吻，友人相见和告别时的吻，社交场上的吻手礼，乃至宣誓时亲吻《圣经》等，不一而足。亲吻也与时俱进，衍生出了"飞吻"（kiss one's hand to），据说是为了防止传染疾病，除了因环境所限不能做直接的接触，更多是虚情假意的表演。"吻"的泛化，表明此字具有强大的衍生力，例如将"饮酒"说成"吻杯"（kiss the cup），将"屈服"说成"吻土"（kiss the dust），将"拍马屁"说成"吻臀"（kiss the ass），与庄子所说的"舐痔"①同工。意大利有一种被称为世界上最浪漫的巧克力，名叫 Bacio Perugina，其意是"来自佩鲁贾（意大利中部城市）之吻"，也说明"吻"与"浪漫"如影随形。

　　爱吻应是双向的，不能一厢情愿，否则便成了"槲寄生树下之吻"（kissing under the mistletoe）。它是英国独有的圣诞节风俗，起源于 17 世纪：站在槲寄生树下的女子不能拒绝任何男人的强吻，按照传统，男人吻女子时应摘下槲寄生的浆果，直至摘完。②

　　拜伦向往并讴歌美好的爱情，但在婚姻上智商不高。梁实秋说："古今文人的婚姻有几人是十分理想的呢？"（《雅舍菁华·莎翁夫人》）在婚姻上的不智，这是一些著名的文学艺术家乃至哲学家的

----

　　① 《庄子·列御寇》："秦王有病召医，破痈溃痤者，得车一乘；舐痔者，得车五乘；所治愈下，得车愈多。"
　　② 见《西方民俗传说词典》（黄山书社 1990 年版），第 524 页；又见《布留沃成语词典》（Brewer's Dictionary of Phrase and Fable, 1975），第 718 页。

常见命运:苏格拉底之妻赞蒂佩(Xantippe)是有名的泼妇;莎士比亚之妻安妮·哈塔威大他八岁,与他感情不和,他只得离家去闯伦敦;普希金之妻冈察洛娃轻佻放荡,与法国军官丹特士通奸;巴尔扎克迷恋波兰贵族韩斯卡伯爵夫人,给她写过 444 封信,1850 年 3 月终于和她结婚,同年 8 月 18 日去世,据说他死的当晚,其妻正在隔壁房间与一男人睡觉[①];柴科夫斯基与疯狂的女学生安托妮娜·米留科娃(Antonina Miliukoff)的婚姻是一场灾难,使他寒夜徘徊在大街上,甚至走入莫斯科河的冰冷河水中,几乎自杀[②]。

　　拜伦也是如此。他爱过许多女子,其中既有其表姐,也有英国驻雅典副领事的女儿,既有女仆,也有贵族。关于痴慕他的众多外国女子,他在信里说:"我把她们看作大孩子;而我却像个愚蠢的母亲,常常做了她们的奴隶。送给女人一面镜子或是烤杏仁,她就被征服了。"1813 年,拜伦忍受不了贵族夫人卡罗琳·兰姆(Lady Caroline Lamb)的感情纠缠,向安妮·米尔班克小姐(Anne Isabella Millbanke,1792—1860)求婚,先被拒绝,后来终于在 1815 年 1 月 2 日与她结婚,同年 12 月 10 日生下女儿阿妲(Augusta Ada Byron,1815—1852)。安妮是男爵之女,自幼受到良好教育,师从剑桥大学的导师,学习古典文学、哲学与科学,尤其喜爱数学,恪守传统道德。她不是坏女人,但事实证明,在性格和行为方式上,她与拜伦格格不入。美国学者林登·奥尔(Lyndon Orr,1856—1914)在其《昔日名传》(*Famous Affinities of History*,1912)一书里写道:

　　事实上,没有哪两个人像他们那样彼此完全误会——

---

① 见网上"IT 写作社区"转载的 2002 年 8 月 16 日文章《巴尔扎克与韩斯卡夫人》。
② 参见美国亨利托马斯 & 达纳·李·托马斯(Henry & Dana Lee Thomas)著《大作曲家生活传记》(*Living Biography of Great Composers*),1959 年伦敦版,第 241—243 页。

拜伦的性情如同火山,而他妻子却是个一本正经、心地狭隘、暴躁易怒的女人。从一开始,这种互不相容就已十分明显……他们的女儿出生后仅仅五个星期,这两人就分手了。拜伦夫人声言丈夫是个疯子;拜伦多次尝试赢得她略强于不冷不热的情感,终于怀着绝望的愤怒放弃了这个努力。

拜伦与妻子在 1816 年 3 月协议离婚,两人的婚姻仅仅持续了14 个月。他们的独生女阿妲后来成了伯爵夫人和著名的高等数学家,据说还是世界上第一个编写计算机程序的人,37 岁时死于子宫癌。她的母亲安妮 67 岁时死于乳腺癌。

拜伦的短诗《全为了爱情》(*All for Love*)是一曲青春与爱情的颂歌,内涵丰富,语言精致,诗艺上乘,很值得一读,我的译文如下:

啊,别对我谈论故事中的英名,
我们的青春才是我们的光荣;
二十二岁的桃金娘和常春藤蔓,
完全胜过了你头上的众多桂冠。

对起皱的额头,花环和冠冕是何物?
只不过是死花,洒上了五月的晨露:
从鬓发灰白的头上将这一切拿掉,
我何必看重花冠,它们只给人荣耀?

啊,荣名! 我曾为你的赞美而高兴,
那倒不是因为你的词句动听,

而是因为看见爱人明眸闪亮，

她发现她所爱的我非同寻常。

我着意将你寻觅，我见你就在那里；

她的目光是最美的光芒，环绕着你；

听到了我的光辉故事，她目光炯炯，

我知道它是爱情，我想它就是光荣。

All for Love

O Talk not to me of a name great in story;

The days of our youth are the days of our glory;

And the myrtle and ivy of sweet two-and-twenty

Are worth all your laurels, though ever so plenty.

What are garlands and crowns to the brow that is wrinkled?

'Tis but as a dead flower with May-dew besprinkled：

Then away with all such from the head that is hoary

What care I for the wreaths that can only give glory?

O Fame! if I e'er took delight in thy praises,

Twas less for the sake of thy high-sounding phrases

Than to see the bright eyes of the dear one discover

She thought that I was not unworthy to love her.

There chiefly I sought thee, there only I found thee;

Her glance was the best of the rays that surround thee；

When it sparkled o'er aught that was bright in my story，

I knew it was love, and I felt it was glory.

　　此诗被收入了《最佳英诗金库》(*Golden Treasury of the Best Songs and Lyrical Poems in the English Language*, 1875)，是拜伦情诗中的佳作。它包含四个四行诗节(quatrain)，每节有两个同韵的对句(couplet)，各行多为六音步(hexameter)，但其韵律(meter)比较自由。

　　拜伦诗选大都还收入他的另两首情诗，即《想当年我们两人分手》(*When We Two Parted*)和《她在美中行》(*She Walks in Beauty*)。它们更为有名，诗艺堪称一流，前者发表于1813年，写了对友人之妻弗朗西丝·韦伯斯特夫人(Lady Frances Wedderburn Webster, 1793—1837)的私情与怨恚；后者如叙事诗，发表于1815年，据说其灵感来自拜伦看见美丽的堂姐身穿丧服成婚，一说写的是他同父异母的姐姐奥古斯塔(Augusta Maria Leigh, 1783—1851)。这两首诗都带有较强的私人生活色彩，其立意也不像《全为了爱情》那么高广。

　　《全为了爱情》的第一节赞美了22岁的美好青春："我们的青春才是我们的光荣"。此节第一行暗示了英名(a name great)与光荣(glory)只是传说的故事(story)，而不是真实的历史(history)；最后两行说，英名和"桂冠"(laurels)毕竟不如青春可贵。常绿植物桃金娘(myrtle)和常春藤(ivy)都象征青春的永恒。当然，永恒的青春其实并不存在。唯有值得我们永远回忆，青春才堪称永恒。

　　此诗第二节用老年反衬青春的宝贵，似流露了对老年的恐惧。诗人说，老年人头上的"花环和冠冕"(garlands and crowns)只是"死花”(dead flower)。他以花环象征荣誉,以冠冕象征高贵地位,指出老年获得的荣誉和地位仅仅是装饰,已不再是光荣,就像枯萎的花。这些词句真实地反映了青年拜伦的价值观。为赞美青春,他有意无意地贬抑了老年。孔子说,老年人应当“耳顺”和“从心所欲,不逾矩”(《论语·为政》),又骂原壤“幼而不孙弟,长而无述焉,老而不死,是为贼”(《论语·宪问》)。他认为老年人应当恬淡自然,不可逾矩强求;他鄙视“长而无述”,即成年后毫无建树,无所作为。与孔子不同,拜伦认为美名和地位对老年人已毫无意义,不值得称颂,无论是盛名还是重望。

在此诗第三、四节,诗人将“荣名”(Fame)拟人化,对它坦言。休谟(David Hume)说:“荣誉是美德的一部分,是对高尚辛劳的最甜美奖赏,是胜者的冠冕,戴在无私的爱国者充满深思的头顶,或戴在得胜的勇士落满灰尘的额头。”①但拜伦说,他之所以喜欢美名的荣耀,不是因其“词句动听”(high-sounding phrases),而是想用自己的“光辉的故事”(bright in my story)向爱人证明他并非等闲。说到底,诗中的“我”热爱美名全是为了爱情;此诗标题《全为了爱情》,其用意就在于此。拜伦将业绩和美名看作赢得爱情的前提,所以在此诗第四节里说:爱人投向“荣名”的目光(glance)是最美的光芒(the best of the rays),她的明亮目光就是爱情,就是光荣。

此诗也让人想到“英雄与美女”的古老主题。第三节末行的 She thought that I was not unworthy to love her 隐含了一层意思:“她”本以为其恋人“毫无价值”(unworthy),但诗人已用他“光辉的故事”证明自己“非同寻常”(not unworthy)。莎剧中的奥赛罗(Othello)有一段自白,诉说元老之女苔丝狄蒙娜(Desdemona)爱上他的经过,其中说:

①　见《休谟散文集》,肖聿译,中国社会科学出版社 2006 年版,第 67 页。

　　她向我道谢,对我说,要是我有一个朋友爱上了她,我只要教他怎样讲述我的故事,就可以得到她的爱情。我听了这一个暗示,才向她吐露我的求婚的诚意。她为了我所经历的种种患难而爱我,我为了她对我所抱的同情而爱她:这就是我的唯一的妖术。(《奥赛罗》第一幕第三场,朱生豪译)

　　赢得苔丝狄蒙娜芳心的,不是财富和虚名,而主要是奥赛罗的战功,是他经历的"可怕的灾祸,海上陆上惊人的奇遇,间不容发的脱险,在傲慢敌人手中被俘为奴,和遇赎脱身的经过"。

　　除了美女,英雄也爱战马,而爱战马就是爱军功:项羽有乌骓,吕布、关羽有赤兔。亚历山大大帝心爱的战马名叫布赛法勒斯(Bucephalus),其意为"牛头"。公元前326年6月,此马在海达斯佩斯战役(battle of Hydaspes)中战死。为纪念它,亚历山大建立了布赛法拉城(Bucephala),据说就是今天巴基斯坦的杰赫勒市(Jhelum)。

　　爱美人是渴望浪漫,爱战马是追求功业。崇尚历险与建功立业,也是浪漫爱情的特点,因博取美女的爱情亦可谓一种历险,其中既有个人崇拜,更不乏对新奇体验的憧憬。这也是拜伦爱情的缩影。流芳的诗作只是拜伦的一部分业绩,而他为争取自由而献身的行动,则更使他英名不朽。在争取自由的斗争中,他终于遇到了真正的恋人。

　　1816年4月24日,拜伦去国离乡,再未回归。1819年4月,他在威尼斯爱上了特莱萨·圭乔里伯爵夫人(Countess Teresa Guiccioli, 1800—1873)。特莱萨当时19岁,她丈夫比她大四十多岁。特莱萨16岁时,为摆脱修道院的禁锢生活嫁给了年近花甲的圭乔里伯爵。"与典型的意大利女子不同,她皮肤白皙,梦幻般的碧眼,一头浓密的金发,举止优雅端庄。"①所谓"典型的意大利女子",指的是"黑眼睛,皮肤略呈橄榄色"的意大利女人②。特莱萨的父兄都是意大利秘密革命组织"烧炭党"(Carbonari)的成员。通过与他们的接触,拜伦向该组织提供武器,并成了烧炭党地方组织的领导人。中国读者知道"烧炭党",大多是通过伏尼契的长篇名著《牛虻》,或是通过司汤达的短篇小说《法尼娜·法尼尼》。法国小说家大仲马在《基督山伯爵》中提到的"G伯爵夫人"就是特莱萨·圭乔里伯爵夫人:她出现在罗马狂欢节的剧场包厢里(第36章),后来又打听基督山伯爵的身世(第53章)。她在那部小说里的年龄应是三十多岁。但这是作家的虚构。

烧炭党人失败以后,35岁的拜伦于1822年离开意大利,去希腊投身反抗土耳其占领者的战斗,两年后因病去世。在《昔日名俦》中,作者对特莱萨·圭乔里伯爵夫人和她与拜伦的爱情作出了很高的评价:

> 除了名义,特莱萨·圭乔里只做了他三年的妻子。这场恋情虽然引起了不少谴责之声,但在很多方面,它都不该像拜伦一生中几乎其他一切行为那样遭到非难。它是真正的爱情,净化了这个男人,使他摆脱了愤怒和犹豫的时刻,振作起来。……事实证明,这爱情是一种灵感,终于使拜伦为了全人类所拥护的事业献身。

①　见林登·奥尔著《昔日名俦》。
②　参见威廉·冈特著《维多利亚时代的奥林匹斯山》第三章,肖聿译,江苏教育出版社2006年版,第152页。

　　她认识拜伦时,尚未被这世界污染。她拒绝了丈夫提出的离婚要求。罗马天主教的一则简短声明宣布她正式离婚。为了诗人拜伦的爱情(它赢得了她的心),这位伯爵夫人离开了"她的豪华住宅、四轮马车、社交场与财富"。

　　与爱上拜伦的其他女子不同,她的爱情是无私的奉献。她拯救了拜伦,提高了拜伦。她把他拉出了泥沼,把纯洁的冠冕戴在了他的头上。后来,当她复活了这颗伟大的心,却并未据为己有,而是把它交给了人类。

　　拜伦去世后,她独自孀居了37年。到了老年,她嫁给了德·布瓦希侯爵,但这婚姻完全是为了便于生活。她的心永远属于拜伦,她为拜伦作过有力的辩护。1868年,她发表了关于拜伦的回忆录,其中充满有趣的、感人的回忆。她一直活到1873年才去世。

　　拜伦是诗人,更是斗士,其英名与影响使人想到我国魏晋名士嵇康(223—262)。《晋书》说嵇康"龙章凤姿,天质自然";《世说新语》谓"嵇康身长七尺八寸①,风姿特秀",其英俊相貌引得友人山涛之妻"夜穿墉②以视之,达旦忘返"。嵇康亦属贵族;其妻子是魏武帝曹操的孙女。他虽做过中散大夫,却"非汤武而薄周、孔","刚肠疾恶,轻肆直言"(《与山巨源绝交书》),自况"鸾翮有时铩,龙性谁能驯"(《五君咏》),终被篡帝司马昭所戮。嵇康留下了传世的诗文和琴曲《广陵散》,拜伦留下了彪炳的诗篇和英雄业绩。

　　拜伦本人就是典型的"拜伦式英雄"(Byronic hero),即理想化

---

①　大约1.9米,晋一尺为24.5厘米。

②　就是在墙上凿洞。

的、有瑕疵的人杰。拜伦式英雄大致有这样几个特点：受过良好教育，智商极高，蔑视权贵，反叛传统，清高孤傲，愤世嫉俗，不容于主流社会，因此受到当权者的迫害。不言而喻，此类英雄不但有很大的社会影响，而且常会使怀有"英雄崇拜"情结的女人为之倾倒。美国作家哈伯德(Elbert Hubbard，1856—1915)说：

> 拜伦生前被过分赞美，过分谴责；他去世后，其无与伦比的作品上也蒙上了厚尘。这两极之间是真实，真实的拜伦刚刚被发现。文学中的拜伦永远不会死去。他是莎士比亚时代之后飞入我们视野的最灿烂的彗星；彗星绝无轨道，而是太空的漂泊者，拜伦也是如此。[①]

"最灿烂的彗星"，这的确是对拜伦最恰如其分的赞誉。

---

① 见哈伯德著《英国作家故乡短旅》(*Little Journeys to the Homesof English Authors*，1916)。

第十三章　你能不能收下这颗心献给你的崇拜？

雪莱（1792—1822）《有个字频频遭到亵渎》等三首

雪莱

"冬天到了，春天还会远吗？"（If Winter comes, can Spring be far behind?）这不朽的诗行，是19世纪英国浪漫派诗人雪莱（Percy Bysshe Shelley）留给世界的精神财富，也是他人生的象征。马克思将雪莱称作"彻头彻尾的革命家"，恩格斯说他是"天才的预言家"，这是极高的评价，因雪莱的一生使人想到盗取天火的普罗米修斯，其光辉的诗作既是人民反压迫的战歌，亦为理想社会的先声。

雪莱认为，诗人"不仅是语言、音乐、舞蹈、建筑、雕像和绘画的作者，他们还是法律的制定者，是文明社会的奠基者"。因此，"诗人是未被承认的世界立法者"（poets are the unacknowledged legislators of the world）①。在这个意义上，伟大的诗人都是为自由和正义而战的无冕之王，也是先知和预言家。

2006年7月和2010年9月，丹麦学者勃兰兑斯的巨著《十九世

---

① 《诗辩》（A Defence of Poetry, 1821）。

纪文学主流》（*Main Currents in Nineteenth Century Literature*）的英译本两次在国外再版，我国也在 2009 年 10 月修订再版了它的中文版。作者在此书第四卷《英国的自然主义》卷首引用了雪莱诗歌的片断，并在第十六章《激进的自然主义》中说：

> 雪莱在前进的道路上超越他的时代太远。群众愿意追随一个比他们先进二十步的领袖，但是，如果这位领袖和他们相隔一千步，他们就会看不见，因而也不会跟在他后面，而任何一个文坛海盗只要愿意，就可以向他射击而不受惩罚。①

这段话意味深长，道出了至理。超越自己所处的时代，这是伟人的光荣；但从另一角度说，这又是他们的不幸。生活在后伟人时代的人们，对这个道理的感受会格外深刻：伟人远去了，他的忧虑成了现实，他播下的龙种成了跳蚤，害怕他的人"可以向他射击而不受惩罚"，似乎只有到了这个时候，人们才会认识到他的伟大。

女作家杨沫的小说《青春之歌》感动了中国几代知识分子，在其第一部第 15 章，北大学生纪念"三一八"的集会上，青年革命者卢嘉川对人们喊出了雪莱的诗句："冬天到了，春天还会远吗?"《青春之歌》带有女性的激情与细腻，亦不乏男性的伟岸和雄浑。雪莱的诗篇也是如此。在杨沫参与改编的《青春之歌》电影文学剧本里，余永泽也给林道静朗诵过雪莱的几句诗：

蓝蓝的海波安歇了，云彩都各自去游荡，天空的笑颜

---

① 见勃兰兑斯著《十九世纪文学主流》第四分册，人民文学出版社 1984 年版，第 307 页。

就印在海洋的蔚蓝的胸上，这一刻好像是从碧霄外飘来的
时光，迷漫在这里的落日余晖也仿佛来自天堂。

原诗为雪莱 1822 年的短诗《致简：回忆》(*To Jane：Recolletion*)，
共七节 88 行，此段节自第二节：

> The whispering waves were half asleep,
>
> The clouds were gone to play,
>
> And on the bosom of the deep
>
> The smile of Heaven lay；
>
> It seemed as if the hour were one
>
> Sent from beyond the skies,
>
> Which scattered from above the sun
>
> A light of Paradise.

这段中译基本上传达了原诗的意义，也具有自由体诗的节奏
美；但对照原文，其韵律便不免有几分失真，因原诗韵律大多为四音
步和三音步的抑扬格（iamb），隔行押韵。诗人回忆了风雨后二人在
海边林间的漫步。我将此段试译如下：

> 低吟的浪睡意渐浓，
>
> 云戏他方，
>
> 天堂的笑容正辉映
>
> 深海胸膛；
>
> 这一刻好像来自那
>
> 九重天上，

它从太阳上方洒下

伊甸之光。

我将诗中的 skies 译为"九重天",是因想到了但丁的《神曲》对九重天堂的描述。这九重天堂并非上帝所在之处,上帝居于第九重天(水晶天)之上的"天府"。"天府"又称"最高天",意大利语作 Empireo,英语为 Empyrean。因此,诗中的 Sent from beyond the skies 含有"来自最高天(上帝)"的意思。我做些文字游戏,将此段译为五言:

轻涛方欲睡,云散殆无霾。

碧落如含笑,天光映海怀。

此时多惬意,宛自九霄来。

光泄穹天顶,祥辉普降开。

五律的格律要求第二、三联(颔联和颈联)的对仗,但英文原诗并无对仗的依据;译文做到了律诗平仄的"粘对",虽属五言,但非严格的五律。再将此段迤译为旧体词,调寄《满宫花》:

浪低吟,挟睡意,云散纷飞嬉戏。长空带笑海波深,满眼尽多瑰丽。

晴空开,天雨霁,斯时犹来天际。伊甸祥光碧霄来,遍洒绚辉华熠。

此诗标题中的"简",指的是英国女子简·威廉斯(Jane Williams)。她 1798 年 9 月 1 日生于伦敦,闺名简·克里夫兰(Jane

简·威廉斯

Cleveland),家庭本来很富裕,但家产后来被其生母赌博败光。她在印度度过童年,自幼学习歌唱、竖琴、吉他和钢琴,一生酷爱演奏吉他。1814 年,她与商船船长约翰·爱德华·约翰逊(John Edward Johnson)结婚,但很快因受虐而离开了他。1817 年她结识了海军军官爱德华·威廉斯(Edward Ellerker Williams),两人虽未正式成婚,但开始了共同生活,

她自称"简·威廉斯夫人"。1820 年 9 月,他们在意大利结识了雪莱夫妇,1821 年 11 月又结识了大诗人拜伦。1822 年 6 月,雪莱之妻玛丽流产,情绪低落,雪莱对简·威廉斯萌生了爱意。他最欣赏这女子的音乐天赋和理家之才,购了吉他并附诗相赠,简终生带着那把吉他,经常弹奏。雪莱写了 11 首关于简·威廉斯的短诗,前文引用的即其中之一。但是,这两人的关系却是"发乎情,止乎礼"。简·威廉斯活了 85 岁,1884 年 8 月 11 日在伦敦去世。

雪莱的短诗《有个字频频遭到亵渎》(*One Word is Too Often Profaned*)发表于 1822 年,更为有名,也写给简·威廉斯。我将它翻译如下:

有个字频频遭到亵渎,
　我不能再把它污玷,
有种感情被无端轻辱,
　你不能再把它轻看。
有种希望太像是绝望,
　谨慎不能把它摧毁,

而你对我的怜悯热肠

比其他人的更可贵。

我给不了你所谓的爱，

可是你能不能收下

这颗心献给你的崇拜？

上天也不会拒绝它：

它像飞蛾把星星渴望，

像夜对晨曦的期待，

像仰慕某个遥远对象，

它在我们苦境之外。

One word is too often profaned

For me to profane it,

One feeling too falsely disdain'd

For thee to disdain it.

One hope is too like despair

For prudence to smother,

And pity from thee more dear

Than that from another.

I can give not what men call love;

But wilt thou accept not

The worship the heart lifts above

And the Heavens reject not：

The desire of the moth for the star,

Of the night for the morrow,

The devotion to something afar

From the sphere of our sorrow?

此诗表达了雪莱对简的崇拜和柏拉图式的倾慕。诗人不愿用
"爱"描述他们的关系,担心会引起简的反感,并说最看重简对他的
"怜悯"(pity)。他说这种感情是"崇拜",像飞蛾渴望星星,像黑夜
期待黎明;这崇拜之情"远在我们的苦境之外"(afar from the sphere
of our sorrow),"苦境"隐喻悲惨人世。诗人说"我给不了你所谓的
爱"(I can give not what men call love),是因"爱"字不但常被人们滥
用,而且往往指世俗的爱。像但丁一样,雪莱把崇拜的女子看作了
女神。此诗包括两节八行体(octastich),隔行押韵,每节包含四个对
句(couplet),上句为抑抑扬格(anapest),下句为抑扬格(iamb)。

1792 年 8 月 4 日,雪莱出生于英国苏塞克斯郡,其父提摩太
(Sir Timothy Shelley,1753—1844)为乡绅,其母也是乡绅之女。他
是长子,还有五个妹妹和一个弟弟。他的祖父比希(Bysshe
Shelley,1731—1815)生在美国,见多识广,结过两次婚,第一位妻
子是富家女,第二位妻子比第一位更富,这使他成了从男爵和社会
名流。他去世时,其遗产有相当于 100 多万美元的现金,他拥有的
土地每年还有相当于 10 万美元的地租收入。雪莱 1810 年 4 月就
读牛津大学,次年因发表反宗教小册子《无神论之必然性》(The
Necessity of Atheism),于 1811 年 3 月 25 日被校方除名。

挣脱了桎梏,雪莱成了批判现实的激进诗人、讴歌理想的公正
社会的歌者,其作品影响了维多利亚时代诗坛,也从无政府主义的
角度宣扬了空想社会主义。与生前遐迩闻名的拜伦不同,雪莱在
去世数十年后才被重新认识:他不再被看作维多利亚时代一位不

重要的抒情诗人，而是浪漫诗派三大诗人之一；他为人称道的作品也不再只是《奥希曼达斯》(*Ozymandias*，1818)、《西风颂》(*Ode to the West Wind*，1819)和《致云雀》(*To a Skylark*，1820)等抒情杰作，更有长诗《伊斯兰的起义》(*The Revolt of Islam*，1817)和诗剧《解放了的普罗米修斯》(*Prometheus Unbound*，1820)等名篇。2007年和2008年，一些研究者还指出：雪莱是其第二个妻子玛丽的著名小说《弗兰肯斯坦》(*Frankenstein*，1818)的合著者。

19岁的雪莱离开牛津大学时，他的几个妹妹正在寄宿学校上学。他认识了妹妹海伦的一位同学，名叫哈丽爱特(Harriet Westbrook，1795—1816)。哈丽爱特的父亲是殷实的咖啡店主。她自幼受到良好的教育，聪慧又活泼，认识雪莱时只有16岁，但"任何16岁的女孩，当然都比19岁的男孩大得多，成熟得多。16岁的哈丽爱特完全可被看作比雪莱大五岁"①。马克·吐温这样评论哈丽爱特："她非常美丽，她端庄，平静，诚恳，并且根据她丈夫(即雪莱)的证明，她绝无时髦女子的那种做派和气度。"②美国学者林登·奥尔(Lyndon Orr，1856—1914)却对她的"漂亮"(prettiness)有些微词：

> 她的相貌很迷人，浓密的秀发，身材丰满，面色粉白。这使她很像个洋娃娃式的姑娘；但洋娃娃式的姑娘只能吸引毫无经验的少年，他们还不懂得：美和魅力大大不同于漂亮，并比漂亮高出不知多少。

① 见林登·奥尔著《昔日名俦》卷四《雪莱与玛丽·葛德文》。
② 见马克·吐温著《为哈丽爱特·雪莱辩护》(*In Defense of Harriet Shelley*)。

哈丽爱特爱上了雪莱,这是她的初恋。她父亲和她30岁的姐姐伊莱扎(Eliza)更是怂恿她嫁给这位尚不出名的贵族子弟。哈丽爱特向雪莱示爱的办法既不高明,亦很老套:她谎称父亲虐待她,强迫她去上学。雪莱同情她,想保护这个可怜的女孩。少年的虚荣,使雪莱决心"一定要像真正的骑士那样,把可爱的少女从可怕的学校里解救出来",而"是否爱她其实并不重要"。1811年,雪莱与哈丽爱特一起逃往苏格兰,1814年3月在伦敦正式结婚。对这婚姻,马克·吐温不但没有嘲笑,反而赞美了雪莱的牺牲精神:

　　雪莱的容貌美如天使,他诚恳,善良,令人倾倒,毫不装腔作势,并且非常无私、慷慨,宽宏大度,这些伟大品格使所有的同代人相形见绌。

　　那时雪莱19岁。他不是青年,而是成年男子……在19岁上,他的一种能力已惊人地成熟,那就是独立地思考一些更深刻的人生问题,做出相应的明确决定,并坚持到底——坚持到底,不惜舍弃面包、友情、地位、尊重和嘉许。

　　为了这个信念,他情愿牺牲所有这些珍贵的东西,也确实这样做了,后来仍一如既往……我们看到,他对妻子的爱情起初相当肤浅,并无多少力量,但后来这爱情却变得深厚而强烈;应当承认,这爱情也使他的妻子成了名人。①

　　值得注意的是,马克·吐温认为雪莱对哈丽爱特怀着"深厚而

---

① 同前书。

强烈"的真爱。雪莱写于 1814 年 5 月的短诗《致哈丽爱特》(*To Harriet*) 就表明了这一点。我将此诗翻译如下：

你含爱的眼波能平复
我心中最狂暴的情绪，
你的细语是滴滴甜露
在人生这太苦的碗里；
我全然不知什么伤悲，
只知这赐福最为珍贵。

哈丽爱特！无论哪个人想要
活在你眼睛的温暖阳光里，
其代价必会超过一切苦恼，
那代价是死在你的嘲笑里，——
你选定之人的声音来得太晚，
他的心最应该被你深深埋怨。

可你，你虽是人类一员，
却心若铁石，无法言喻，
在充满仇恨的人世间，
唯有你贞洁，文雅，仁慈；
你一个稍稍长久的爱吻
是你给同类的永久鞭痕。

他脸色苍白，因为苦痛，
他呼吸急促，目光暗淡，

他挣扎着叫出你的芳名，

他的四肢在不停地打颤；

求你怜悯，快为他去除

那种致命疗法的痛苦。

啊，别再相信一切错误的指导！

求你吩咐冷漠的感情离去；

这是恶毒，这是报复，这是高傲，

任凭它是一切，唯独不是你；

考验我吧，用你更高贵的骄矜，

你若不能爱我，求你把我怜悯。

Thy look of love has power to calm

The stormiest passion of my soul;

Thy gentle words are drops of balm

In life's too bitter bowl;

No grief is mine, but that alone

These choicest blessings I have known.

Harriet! If all who long to live

In the warm sunshine of thine eye,

That price beyond all pain must give, —

Beneath thy scorn to die;

Then hear thy chosen own too late

His heart most worthy of thy hate.

Be thou, then, one among mankind

Whose heart is harder not for state,

Thou only virtuous, gentle, kind,

Amid a world of hate;

And by a slight endurance seal

A fellow-being's lasting weal.

For pale with anguish is his cheek,

His breath comes fast, his eyes are dim,

Thy name is struggling ere he speak,

Weak is each trembling limb;

In mercy let him not endure

The misery of a fatal cure.

Oh, trust for once no erring guide!

Bid the remorseless feeling flee;

'Tis malice, 'tis revenge, 'tis pride,

'Tis anything but thee;

Oh, deign a nobler pride to prove,

And pity if thou canst not love.

　　写作此诗时,22 岁的雪莱与 19 岁的哈丽爱特刚刚结婚两个月。此诗包括五节六行诗(sestet),各节均由一个四行体(quatrain)和一个对句(couplet)构成,其韵式为 abab-cc。在诗中,雪莱表达了对哈丽爱特的爱,坦言与她相见恨晚(hear thy chosen own too late),将她的眼波和细语称为"最为珍贵的"赐福(choicest blessings），说她的爱吻能给"同类"（a fellow-being，雪莱的自谓）造成永久的痛楚，俨然是个浪漫的年轻骑士。应当说，此诗含有不少"高于生活"的成分，因为并非所有恋爱的男人都甘愿自贬为乞求女人怜悯的可怜虫，雪莱更未必如此。

这对小夫妻四处漂泊，债务越来越多，彼此的感情越来越少。1813 年 6 月，他们生了一个女儿，取名艾安西（Ianthe），但哈丽爱特不肯哺育婴儿，使雪莱很恼火。雪莱后来有了钱，却被哈丽爱特和她那位老姐挥霍在了购置马车和女帽上。后来，哈丽爱特在老姐怂恿下离家出走，去了伦敦和海滨胜地巴思（Bath）。哈丽爱特行为不检，雪莱也怀着几分感伤，开始与女教师希钦纳小姐（Miss Hitchener）通信。

1814 年 5 月，雪莱在激进哲学家威廉·葛德文（William Godwin，1756—1836）家中见到了他 17 岁的女儿玛丽（Mary Godwin，1797—1851），二人一见钟情。玛丽 11 岁时死了母亲，由父亲抚养教育，容貌姣好，"一头美观的金发，面部洁净白皙，高高的前额，诚挚的淡褐色眼睛，她的表情细腻而坚定，嘴唇的曲线精致而美妙"。她后来成了小说家、戏剧家、散文家和传记作家，写有《弗兰肯斯坦》等名著。1814 年 6 月 28 日，怀孕的玛丽与雪莱私奔到法国，后回伦敦，于 1815 年 2 月 22 日生下女儿克拉拉（Clara）。他们的前三个孩子都夭折了，一个儿子活了下来，名叫比希·佛罗伦斯（Percy Florence）。

1814 年 6 月，雪莱写下了短诗《给玛丽·葛德文》（To Mary Wollstonecraft Godwin），表达了爱情，也道出了与玛丽共度逆境的心愿。我的译文如下：

1

我的双眼模糊,噙着泪滴;

对,我很坚定——可你并不如此——

——我困惑的目光实在畏惧

与你的目光相遇——我更不知

它们怎样急于使目光辉闪,

含着对我的怜悯,让我心安。

2

坐而扑灭心头无声怒火,

那团怒火只会殃及自身。

诅咒这牢笼一般的生活,

它为悲伤所缚,不敢呻吟,

躲开众人那冷漠的眼目,

那是被嘲笑的痛苦重负。

3

你独处时,没人把你见到,

你就应该如此生活,

如此度过年月,并得到回报,

甜蜜爱人,正如你报答过我,

近旁无人——啊! 我真的醒了过来,

在那一瞬,从折磨中醒了过来。

4

你在我心上说出甜蜜话音,

平静又仁慈,如甘露莹莹
落在半死的花上;你的嘴唇
与我颤抖相吻;你的黑眼睛
温柔地将我的心儿说服,
诱去了我所梦见的痛苦。

5

亲爱的,我们并不幸福!
身处逆境,又满怀疑惧;
更需话语来减轻愁苦——
但愿我们的神圣友谊
远离隔膜与责难,以免
我们得不到丝毫慰安。

6

你多文雅温柔,你多心地善良,
但你若孑然孤单,或把
你的心转向别人,或纤尊戴上
嘲笑的假面,虽是想把
你对我的爱情隐瞒,
我都不能存活世间。

1

Mine eyes were dim with tears unshed;
Yes, I was firm — thus wert not thou;—
My baffled looks did fear yet dread

To meet thy looks — I could not know

How anxiously they sought to shine

With soothing pity upon mine.

2

To sit and curb the soul's mute rage

Which preys upon itself alone;

To curse the life which is the cage

Of fettered grief that dares not groan,

Hiding from many a careless eye

The scorned load of agony.

3

Whilst thou alone, then not regarded,

The ... thou alone should be,

To spend years thus, and be rewarded,

As thou, sweet love, requited me

When none were near — Oh! I did wake

From torture for that moment's sake.

4

Upon my heart thy accents sweet

Of peace and pity fell like dew

On flowers half dead;— thy lips did meet

Mine tremblingly; thy dark eyes threw

Their soft persuasion on my brain,

Charming away its dream of pain.

5

We are not happy, sweet! our state

Is strange and full of doubt and fear;

More need of words that ills abate;—

Reserve or censure come not near

Our sacred friendship, lest there be

No solace left for thee and me.

6

Gentle and good and mild thou art,

Nor can I live if thou appear

Aught but thyself, or turn thine heart

Away from me, or stoop to wear

The mask of scorn, although it be

To hide the love thou feel'st for me.

1816 年 12 月 12 日,哈丽爱特被发现溺毙于伦敦海德公园的
湖水里,时年 21 岁。她的死引起了众多毁誉:主流舆论谴责雪莱
抛弃前妻,别恋新欢;但也有一些人贬低哈丽爱特,说她咎由自取。
这些贬抑之声来自玛丽·葛德文和她的父亲,也来自一些心怀偏
见的传记作者。雪莱的好友、诗人皮科克①认为:玛丽比哈丽爱特
更有智慧,更具文才,因此更适合做雪莱的妻子。但美国作家约
翰·劳里森(John Lauritsen,1939 年生)指出,哈丽爱特的出身并

———————

① 皮科克(Thomas Love Peacock,1785—1866),另见本书《充满激情和盲目的初恋》一章。

不低于玛丽,她的写作能力更远在后者之上:

> 哈丽爱特现存的信件很少,但文笔超过了玛丽·葛
> 德文·雪莱一生所写的任何东西。哈丽爱特的信表明:
> 对英语散文的掌握、善解收信者之意、想象力的活跃、对
> 韵律的感觉,以及敏锐的洞察力,哈丽爱特在这些方面都
> 胜过了玛丽。
>
> 我在我的《写出〈弗兰肯斯坦〉的男人》(*The Man
> Who Wrote Frankenstein*, 2007)一书里证明了一点:玛丽
> 完全独立写出的文字——不靠她丈夫、父亲或任何人的
> 帮助——拙劣得令人难堪。她完全没有能力写出《弗兰
> 肯斯坦》,那本书的每一页都带着雪莱的印记:他的思想、
> 他的激情,以及他对英语的掌握。①

同情哈丽爱特者不乏其人,包括英国诗人艾德蒙·布兰登
(Edmund Blunden, 1896—1974)等研究者,更有美国文坛名宿马
克·吐温。对于哈丽爱特之死,玛丽的父亲葛德文等人都说她是
自杀。林登·奥尔的《昔日名俦》中也说哈丽爱特"自溺身亡"
(ended her life by drowning)。但这种说法后来引起了质疑。约
翰·劳里森甚至提出了一个惊人的推测:威廉·葛德文谋杀了哈
丽爱特,还伪造了她的遗书,理由是葛德文贪图雪莱家族的钱财,
害怕雪莱与合法妻子哈丽爱特重归于好,马克·吐温也说葛德文
是个"贪婪的乞丐"(rapacious mendicant)。哈丽爱特死后,为尊重
她,雪莱本想一年后再与玛丽结婚,但遭到威廉·葛德文的强烈反

---

① 见约翰·劳里森撰《哈丽爱特·雪莱》的主页。

对,玛丽也以自杀相威胁,要雪莱尽快娶她。1816 年 12 月 30 日,雪莱和玛丽结婚,离哈丽爱特的遗体被打捞出水只短短两个星期。

从某些研究材料看,玛丽·雪莱的表现也有不当之处,只是她后来成了名作家,又是雪莱的第二个妻子,其过失才为后人选择性地"遗忘"。她不但曾和父亲一起诋毁哈丽爱特,还在雪莱和她父亲死后删除了雪莱在《麦布女王》(Queen Mab)和威廉·葛德文著作中的激进言辞。

1822 年 7 月 8 日,雪莱乘船遭遇风暴,在海上遇难。有些说法认为雪莱死于海盗抢劫,甚至死于政治谋杀。雪莱之死使善良、正义的人们痛惜,也使他的敌人们窃喜。英国诗人、文学评论家约翰·西蒙兹(John Addington Symonds, 1840—1893)在 1878 年写了一部《雪莱传》,共有八章,开篇便惋惜英才们的早逝,包括莫扎特、拉斐尔和意大利画家乔尔乔涅,也包括本书谈到的英国才子诗人马洛。西蒙兹比较了拜伦、雪莱和济慈,说雪莱之才比另外两人更全面,目标更远大,他的死完全是因为海难,所以更令人惋惜。西蒙兹是七卷本名著《意大利文艺复兴》的作者,写有不少文化名人评传,病逝后也葬在罗马,其墓与雪莱墓离得很近。

在意大利热那亚东南的利古里亚海岸上,雪莱的遗体被火化,骨灰被安放于罗马的新教公墓。他的墓碑上刻着拉丁语铭文:Cor Cordium(众心之心)。墓碑上还刻着三行诗句,是莎翁戏剧《暴风雨》(The Tempest)第一幕第二场里的歌词:

> 他的一切都未消失,
> 只是被海水改造,
> 化作了奇珍异宝。

Nothing of him that doth fade

But doth suffer a sea-change

Into something rich and strange.

　　雪莱的心脏留在了意大利。事实表明：那颗心并未像高尔基笔下丹柯那颗燃烧的心被愚氓踏碎，化作了"暴风雨来临之前"的"那些天蓝色的火星"，而是一直伴随着人间正义的进程燃烧。

　　　　他的人生和著作，是未来社会向我们当今的社会制
　　　　度举起的一面镜子；他像另一星球的使者，来到了地球，
　　　　谴责和揭露了这个世界上存在的不合理现象。
　　　　他的道德学说预示了下一阶段的社会和道德进化。
　　　　他向人类传达的福音是新时代的信条，新时代来得缓慢，
　　　　但确实已现曙光。
　　　　雪莱本人几乎可被看作未来更高尚社会的代表，被
　　　　看作智力更高阶段的先知与先驱，被看作乖戾反常的命
　　　　运（或不妨说，被仁慈的天意）过早地送给人类的灵魂。①

　　英国作家、社会改革家亨利·萨尔特对雪莱的这些评价，绝不过分。

---

　　①　见亨利·萨尔特（Henry Stephens Salt，1851—1939）著《雪莱传》（*Percy Bysshe Shelley：A Monograph*，1888）第十四章《结语》。

第十四章　你美过夜空中闪耀多情的晚星

约翰·济慈(1795—1821)的《赛姬颂》

赛姬颂

1

啊,女神! 请听这些不谐的诗歌,

它们榨自欣然的努力和珍贵记忆,

原谅我,因我竟向你纤柔的耳朵

唱出了你的奥秘。

我今天是否真做了梦,还是看见

带翼赛姬和她微睁的双眼?

我漫步林间,毫无思绪,

蓦然一惊,竟头晕目眩,

我看见两个美丽生灵,轻轻相依,

在最深的草丛里,在低语的花叶下面,

在微颤的鲜花下面,

还流着一条几乎看不见的小溪。

他们置身花丛,鲜花安谧,根部凉凉,入目生魅,

还有澄蓝、银白、紫红的蓓蕾，①

他们卧于草茵，静静呼吸；

他们相拥相依，翅膀也叠在一起；

嘴唇虽未相碰，却并未互相道别，

像被睡眠的纤手所分，

正待互馈无数个甜吻，

就在惺忪的黎明，就在爱的晨曦，

我认识那个带翼男孩；

但你是谁，啊，快乐的、快乐的鸽子？

你果真是他的赛姬！

2

啊，你这最晚出生的最可爱幻影，

远离渐去的奥林匹斯②仙班！

美过深蓝天幕上的福柏之星③，

美过夜空中闪耀多情的晚星④；

你比这些更美，尽管你没有神庙，

没有堆满鲜花的祭坛；

没有子夜的处女唱诗班

为你轻歌吟叹；

没有人声，没有管弦，没有袅袅香烟

飘出细链吊起的香炉；

---

① 紫红的：原文为 Tyrian，指地中海古国腓尼基首都泰尔城（Tyre），它以出产紫红色染料著称。

② 奥林匹斯：古希腊传说中众神居住的神山。句中说众神（仙班）"渐去"，系因古希腊异教信仰后来渐为基督教所取代。

③ 福柏之星：指月亮。福柏（Phoebe）是希腊神话中的月亮女神，又名阿耳忒弥斯（Artemis），相当于罗马神话中的狄安娜（Diana）。

④ 晚星（Vesper）：指金星，又名长庚星。

没有圣祠，没有果林，没有神谕之殿，

没有来自梦中先知苍白嘴唇的热度。

3

啊，你最灿烂！古往的誓言为时过晚，

拨响热情虔信的竖琴也过迟过迟，

当年众神遍布在密林之间，

空气和水火全都是神祇；

但如今离开古代虽已很远，

也远离陶醉的虔敬，你闪亮的双翼

却仍在依稀的奥林匹斯山神间扑动，

我满目灵感，为你歌唱，仰望着你。

就让我做你的唱诗班，

在子夜为你轻歌吟叹；

做你的声音和管弦，做你焚香的烟气，

飘出细链吊起的香炉，

做你的神殿，你的树林，你的神谕，

做你那梦中先知苍白嘴唇的热度。

4

对，我要做你的祭司，为你将神殿建筑，

就在我心中某个未踏的区域，

那里有初生的纷纷思绪，带着快乐的痛苦，

却没有松林在风中低语：

那里的幽暗森林遥遥环绕，

覆盖一层层峻峭的山峦；

那里的微风、溪流、蜜蜂和飞鸟

哄着躺在青苔上的森林女神入眠。

就在这片广袤的静谧当中，

我要布置起玫瑰色圣所，

用我心中幻想的花棚，

用花蕾、钟铃和无名繁星，

用我这园丁的幻想创造的一切，

我培育鲜花，花型从不相同：

圣所里有给你的全部温馨快乐，

它们能战胜忧思愁云，

还有明亮的火炬，更有敞开的夜窗，

好让那多情的爱神①飞进！

这篇深情、优美的《赛姬颂》，出自英国浪漫派诗人济慈(John Keats)的心扉。欲配乐朗诵，配之以波兰钢琴诗人肖邦那首如梦的《降E大调夜曲》(Nocturne, Op.9—2)，或配之以法国作曲家圣桑(Saint-Saëns)《第三小提琴协奏曲》恋歌般的第二乐章，一定很合适。

1877年，23岁的王尔德(Oscar Wilde)游历罗马期间，曾站在济慈墓前，见暗影落于墓上，想到墓中这位"以水写就姓名的人"，想到济慈"与斯宾塞、莎士比亚、拜伦、雪莱、勃朗宁夫人并驾齐驱，跻身英格兰优美歌者之列"，想到这位"美的祭司"(Priest of Beauty)英年早逝，不禁唏嘘不已②。王尔德为此写出了十四行诗《唉，悲惨少年》(Hue Miserande Puer)，其中说：

---

① 多情的爱神：指丘比特，即本诗第一节中的"带翼男孩"。

② 参见王尔德著《济慈墓》一文，载1877年6月号《爱尔兰月刊》。

啊,为苦而碎的至傲之心!

啊,世间这最悲惨的诗人!

啊,英国这最优美的歌手!

你的姓名以沙上之水写就,

我们的泪水永远将你铭记,

使这记忆如罗勒树般茂密。

O proudest heart that broke for misery!

O saddest poet that the world hath seen!

O sweetest singer of the English land!

Thy name was writ in water on the sand,

But our tears shall keep thy memory green,

And make it flourish like a Basil-tree.

济慈

济慈 1795 年 10 月 31 日生于伦敦一个半小康人家。他父亲托玛斯曾是马夫,后来做了马厩老板,1804 年 4 月坠马身亡,当时济慈只有 8 岁。济慈之母弗朗西丝(Frances Jennings Keats)据说是托玛斯雇主之女,与托玛斯私奔结婚,丈夫猝死两个月后再婚,嫁给了伦敦的银行职员威廉·罗林茨(William Rawlings),但很快因后悔而离异,身无分文,据说曾为谋生而做过妓女,1810 年因肺结核病去世,济慈那年 14 岁。肺结核病在 19 世纪尚属不治,1921 年后才找到了有效疗法。此病是济慈一家的克星:济慈胞弟托玛斯因肺结核而死,他自己也未幸免。济慈自幼健康不佳，身高不到 1.6 米。1816 年下半年，因照顾罹病胞弟感染了肺结核，这不但使他过早离世，而且彻底阻断了他的婚姻之路。

1818 年 9 月，济慈结识了脾气火暴的伦敦少女范妮·布劳恩（Fanny Brawne，1800—1865），两人很是投缘，曾一起阅读但丁的《神曲》。同年，济慈还结识了美丽的才女伊莎贝拉·琼斯

电影《明亮的星》

（Isabella Jones），也不免心生恋慕，据说他的"天鹅之歌"，即十四行诗《明亮的星》（Bright Star），其初稿就是写给伊莎贝拉的（发表时献给了范妮）。但济慈还是渐渐陷入了对范妮的热恋，给她写信说："没有你我活不下去……你已占据了我。我此刻有种感觉，仿佛自己正在融化……我可能为我的宗教而饱受折磨，爱情就是我的宗教，我能为爱而死，我能为你而死。"（1819 年 10 月 13 日书信）济慈虽与范妮订了婚，但因贫病交加，始终未能与她结婚。1820 年 9 月，济慈对《明亮的星》作了最后的修改，启程去罗马养病。他与范妮告别时，两人都知道那是永诀。1821 年 2 月 23 日，济慈在罗马病逝，葬于罗马新教公墓。遵照他的遗愿，他的墓碑上只刻了"Here lies one whose name was writ in water"（一个以水写就姓名的人在此安息）这句话（原句为五音步扬抑格，pentameter trochee）。2009 年英国电影《明亮的星》演绎了济慈与范妮的恋情，凄美伤感，更写到了济慈死后范妮连续三年身穿黑衣为他守寡。

济慈只活了 25 岁。他短短的一生中,从事诗歌创作的时间还不到六年,即从 1814 年到 1820 年夏天。1816 年,他发表了第一首诗作,为十四行诗《啊,孤独》(O Solitude)。他的长诗《恩底弥翁》(Endymion)遭到近乎漫骂的猛烈批评。据说,济慈生前的三部诗集仅售出了两百册。他认为自己一生毫无建树。他知道自己不久于人世,在 1820 年 2 月写给范妮的信中说:"我未留下不朽之作——未留下使我的朋友们为我骄傲的任何作品——但我热爱万物中美的原则,若还有时间,我本会使自己被人们铭记。"他在 1818 年写给弟弟乔治(George Keats,1797—1841)的信中预言说:"我想我死后会跻身英国诗人之列。"此言不虚,他的诗作终于使他流芳百世,产生了深远影响。他与拜伦、雪莱同被誉为 19 世纪英国浪漫派诗歌的杰出代表。他甚至被看作英国唯美主义思潮的先驱。

从 1819 年 4 月起,济慈开始创作其最成熟的诗歌作品。他的长篇叙事诗已很精彩,例如《圣阿格尼斯节前夜》(The Eve of St. Agnes)和《伊莎贝拉》(Isabella),但真正给他带来诗人美誉的作品却是他的六篇颂诗,它们被誉为"英国语言的最高体现"(works in which the English language find ultimate embodiment),尤其是《夜莺颂》(Ode to a Nightingale)和《秋颂》(To Autumn)两篇;而其中最先写就的,却正是这篇《赛姬颂》。关于此诗,济慈在 1819 年 4 月写道:

> 以下诗篇是我的新作,是我第一首、也是唯一使我颇费苦心之作。我曾匆匆写就很多诗篇,但这一篇却写得较慢。我认为:越是多读,它的含义就越是丰富。我希望它能激励我写出更多作品,只是精神更平和,更健康。你

赛姬

们必会想到：柏拉图主义者阿普琉斯时代（他生活在奥古斯都时代之后）以前，赛姬并非女神，故这位女神从未受到敬拜，从未受到古人任何推崇，古代宗教也许从未想到过她。我虽然遵守传统，却不愿使一位异教女神被如此忽略。

颂诗（Ode）是最高级或最强烈的抒情诗（lyric）。按西方诗论，诗歌可以分为主观与客观两类，抒情诗属于前者。颂诗源于古希腊，是由合唱队（Chorus）高声朗诵的韵文，并伴以音乐。传统的颂诗表现庄严崇高的主题，格律复杂，通常为押韵的抒情诗，常采用演讲（address，即对听者直言）的形式，风格庄重，多为赞颂之作。颂诗不重叙事，而重在抒发强烈感情，表达个人或集体的重大感受，格律多变，形式较为自由。济慈的颂诗，都是他抒发强烈感情的载体。

我国文学传统中也不乏颂诗。《诗经》有《周颂》《商颂》等公卿列士所献之诗，昭明《文选》中也包括"颂""赞"一类的骈文。中国古代词赋予西方的颂诗相似，铺张扬厉，情辞华美，前有屈原、宋玉，后有汉代大赋（如《上林赋》《两京赋》等）、唐人李白的《大鹏赋》、杜牧的《阿房宫赋》、宋人苏东坡的《赤壁赋》，直至清人袁枚的《秋兰赋》。最值得一提的是宋玉的《神女赋》和曹植的《洛神赋》，因为它们也都涉及梦中女神，与济慈这篇《赛姬颂》颇为相似：前者写了巫山神女，说楚襄王"见一妇人，状甚若异，寐而梦之,寤不自识……于是抚心定气,复见所梦";后者写宓羲氏之女化身洛神,曹植"精移神骇,忽焉思散""睹一丽人,于岩之畔""其形也,翩若惊鸿,婉若游龙"。《赛姬颂》中那位"双眼微睁的带翼赛姬"(winged Psyche with awaken'd eyes),实堪媲美巫山神女和洛神。

颂诗的风格有阳刚与阴柔之别:前者壮美高蹈,如雪莱的《西风颂》、席勒的《欢乐颂》,如亨德尔(Handel)的《哈利路亚合唱》(*Hallelujah chorus*);后者清丽深沉,如济慈的《秋颂》和《夜莺颂》,如古诺(Charles Gounod)根据巴赫前奏曲改编的《圣母颂》(*Ave Maria*)。这种区别见于西方古典音乐的大调和小调,也见于中国的诗与词①。《赛姬颂》的风格属于后者,词婉情幻,极具抒情色彩。

济慈说,赛姬(Psyche)被看作神是在罗马帝国文学黄金时代之后。这是事实,因她的故事最早见于公元 2 世纪罗马作家阿普琉斯(Lucius Apuleius,124? —175?)的小说《金驴记》(*The Golden Ass*,又名《变形记》)。因此,济慈将赛姬称为"最晚出生的最可爱幻影"(latest born and loveliest vision)。赛姬本为凡人,完全由于和爱神丘比特的婚姻才位列仙班,跻身神祇,就像 2011 年 4 月 29 日与英国威廉王子结婚的现代灰姑娘凯特·米德尔顿(Kate Middleton)。Psyche 又译作"普绪喀"或"普苏克"②;也有人认为此字中的 P 不发音,并根据英语 Psychology 的发音将它译为"赛姬"。我的译文采用了后者,因"普绪喀"颇不入耳,不像这位绝世美女之名,不如"赛姬"动听,且比后者多出一字。这两种译名的

---

① 中国诗论向有"诗之境阔,词之言长""诗庄词媚""诗言志,词抒情"等说。
② "普绪喀"译名见新华社译名室编《世界人名翻译大辞典》,中国对外翻译出版公司出版;"普苏克"译名见杨周翰等主编《欧洲文学史》,人民文学出版社出版。

"诗味"大不相同。

古希腊罗马神话说,赛姬是某国王最小的女儿,其容貌之美竟在维纳斯女神之上,使众人不再崇拜那位女神。维纳斯妒火中烧,令其子丘比特为母复仇,向赛姬射出一支蘸了维纳斯花园苦泉之水的箭,使她爱上最可怖的怪物。孰料隐身的丘比特一见睡醒的赛姬,便被她的美貌弄慌了手脚,误以神箭射伤了自己,陷入了对赛姬的热恋。丘比特建造了富丽堂皇的爱巢,让赛姬住在其中,每夜与她相会。赛姬祈求一睹这位隐形情人的真容,但丘比特拒绝了她,说道:"你可是对我的爱情有丝毫怀疑?你可有未满足的心愿?你见到我也许会害怕,也许会崇拜我,但我只要你爱我。我愿你将我当作和你一样的凡人来爱,而不将我当作神。"但赛姬克制不住疑虑(她担心情人是怪物)和好奇,便在一夜持刀举灯偷窥丘比特。灯油滴在丘比特肩上,惊醒了他,他立即展开双翼,飞走了。

赛姬四处寻找情人,毫无结果,只得乞求维纳斯帮助。维纳斯蓄意报复,吩咐赛姬完成三件艰巨工作:将一大堆麦粒、谷粒、野豌豆粒和扁豆粒分开,各从其类;到阴间取到金羊毛;将一只匣子交给冥后普洛塞耳皮那(Proserpine),请冥后装入美容药,带回给维纳斯用。在丘比特和其他天神的帮助下,赛姬顺利完成了前两项工作,只是带回神匣时,出于好奇打开了它。匣中并无美容药,只有"睡眠",遂使赛姬沉睡不醒。丘比特见状,立即合上了神匣,唤醒了赛姬,并去恳求主神朱庇特和维纳斯准许他与赛姬结婚,终于如愿。于是,信使之神墨丘利(Mercury)便将赛姬带到天上,给她喝了神露(ambrosia),使她脱离凡间,变为不死的女神,并与丘比特终成眷属。

关于这则美丽神话的寓意,可以说是见仁见智:一种认为赛姬象征人类心灵,必须经过种种痛苦历练方能觉醒,达及神的境界;

一种认为赛姬象征人类的艺术,能超越生死,超越阴阳两界,超越短暂与永恒,因赛姬最终从凡人变成了不朽的女神;还有一种认为赛姬是人神之恋的象征,因她爱上了维纳斯女神之子。有人由这神话想到连维纳斯都离不开美容药,还有人从中悟出了好奇心是女人的致命弱点,甚至有人从中看出了婆媳(即维纳斯与赛姬)的紧张关系。显然,济慈这篇颂诗将赛姬看作了人神之恋的象征:他让赛姬与丘比特"相拥相依"(couched side by side),"正待互馈无数个甜吻"(ready still past kisses to outnumber),在篇末还让他给赛姬建造的圣所"敞开夜窗"(a casement ope at night),"好让那多情的爱神飞进"(To let the warm Love in)。

济慈的诗作以描写丰富的感觉印象著称。他善于用视觉、听觉、触觉、嗅觉和味觉来说理,并以典故、意象、比喻和象征来抒情。对诗歌意象的丰富与自然,济慈有独到的认识,正如他在1818年2月27日所写:

> 我认为,诗歌的惊人之处应是丰沛而不是单一……意象的出现、运行和沉落,应像自然地照耀读者的太阳——当空闪耀,再静静西沉,却使他感到黄昏的庄严华美……诗歌如果不能像树叶那么自然地生出,那就最好不写。

《赛姬颂》的特色正是意象丰沛。首先,诗人提供了丰富的视觉意象:有树叶和草丛的绿色,有鲜花的澄蓝、银白和紫红,有"躺在青苔上的森林女神"(moss-lain Dryads),也有"玫瑰色圣所"(rosy sanctuary)和"苍白嘴唇"(pale-mouth);既写了"深蓝天幕"(sapphire-region'd),更有遥遥环绕的"幽暗森林"(dark-cluster'd trees），最后一节还提到了"明亮的火炬"（bright torch）。其次，诗人提供了听觉意象：叶在低语（whisp'ring roof of leaves），微风、溪流、蜜蜂和飞鸟"哄着躺在青苔上的森林女神入眠"（The moss-lain Dryads shall be lull'd to sleep）；诗人意欲担起唱诗之责（let me be thy choir），为赛姬"在子夜轻歌吟叹"（make a moan upon the midnight hours）。最后，诗中赛姬"纤柔的耳朵"（soft-conched ear）和睡眠的"纤手"（soft-handed slumber），则属于触觉意象。更重要的是：诗中的一切都如梦似幻，因诗人自问"今天是否真做了梦"（Surely I dreamt to-day），且有"幻影"（vision）、"晨曦"（aurorean）及"子夜"等意象，使诗意尽在朦胧奇幻之中，都处于诗人"心中某个未踏的区域"（In some untrodden region of my mind）。

　　如济慈所言，《赛姬颂》是他"颇费苦心之作"（with which I have taken even moderate pains）。此诗第二节使用了首语重复（anaphora）的修辞法，连用了十个"没有"，道出了诗人对赛姬的怜惜之情。诗人在第三节表达的心愿（"就让我做你的唱诗班"一行以后），恰好与前一节中的"没有"构成了对比。诗人"炼字"的功力极深（但很难翻译），例如开篇第一行中的 wrung：这个动词的原形为 wring，意为"绞扭、榨取、挤压"，在此诗语境中相当于"绞尽脑汁"或"呕心沥血"。这是济慈的自谦之辞，也是他创作状态的真实写照。此篇末节中的"快乐的痛苦"（pleasant pain），则是矛盾修辞法（oxymoron）。

　　济慈的六篇颂诗中，《赛姬颂》的格调最为明朗：它以古代神话象征永恒，以自然美象征艺术美，讴歌青春与爱情。但《赛姬颂》也是六篇中形式最为自由的：全诗共 67 行，各节行数、格律和韵脚的变化都很多，例如其第一节长达 23 行，包括三种音步（两音步、三音步及五音步）和 11 种韵脚。原诗更有不押韵的几行，即第

10、15、44、45 行。因此济慈将这篇颂诗称作"不谐的诗歌"
（tuneless numbers），这也不无道理。但这些并不表明诗艺不精，而
是诗人的激情对诗格的自然突破。①

　　《赛姬颂》是爱情颂歌，是至情心曲，是感官盛宴。西方的一
些评论将它视为诗歌和艺术的赞歌，或将它看作人类心灵发展的
象征，这些虽然可说很有想象力，却均为后人赋予这篇颂诗的意
义。我只愿把它看作爱情的颂歌和诗艺的精品。

Ode to Psyche

1

O Goddess! Hear these tuneless numbers, wrung

By sweet enforcement and remembrance dear,

And pardon that thy secrets should be sung

Even into thine own soft-conched ear：

Surely I dreamt today, or did I see

The winged Psyche with awaken'd eyes?

I wander'd in a forest thoughtlessly,

And, on the sudden, fainting with surprise,

Saw two fair creatures, couched side by side

In deepest grass, beneath the whisp'ring roof

Of leaves and trembled blossoms, where there ran

A brooklet, scarce espied：

---

① 对《赛姬颂》的诗节还有一种分法，即分为五节，1—12 行为第一节。我的译文采用了
较常见的四节分法。

'Mid hush'd, cool-rooted flowers, fragrant-eyed,

Blue, silver-white, and budded Tyrian,

They lay calm-breathing on the bedded grass;

Their arms embraced, and their pinions too;

Their lips touch'd not, but had not bade adieu,

As if disjoined by soft-handed slumber,

And ready still past kisses to outnumber

At tender eye-dawn of aurorean love:

The winged boy I knew;

But who wast thou, O happy, happy dove?

His Psyche true!

2

O latest born and loveliest vision far

Of all Olympus' faded hierarchy!

Fairer than Phoebe's sapphire-region'd star,

Or Vesper, amorous glow-worm of the sky;

Fairer than these, though temple thou hast none,

Nor altar heap'd with flowers;

Nor virgin-choir to make delicious moan

Upon the midnight hours;

No voice, no lute, no pipe, no incense sweet

From chain-swung censer teeming;

No shrine, no grove, no oracle, no heat

Of pale-mouth'd prophet dreaming.

3

O brightest! Though too late forantique vows,

Too, too late for the fond believing lyre,

When holy were the haunted forest boughs,

Holy the air, the water, and the fire;

Yet even in these days so far retir'd

From happy pieties, thy lucent fans,

Fluttering among the faint Olympians,

I see, and sing, by my own eyes inspired.

So let me be thy choir, and make a moan

Upon the midnight hours;

Thy voice, thy lute, thy pipe, thy incense sweet

From swinged censer teeming;

Thy shrine, thy grove, thy oracle, thy heat

Of pale-mouth'd prophet dreaming.

4

Yes, I will be thy priest, and build a fane

In some untrodden region of my mind,

Where branched thoughts, new grown with pleasant pain,

Instead of pines shall murmur in the wind:

Far, far around shall those dark-cluster'd trees

Fledge the wild-ridged mountains steep by steep;

And there by zephyrs, streams, and birds, and bees,

The moss-lain Dryads shall be lull'd to sleep;

And in the midst of this wide quietness

A rosy sanctuary will I dress

With the wreath'd trellis of a working brain,

With buds, and bells, and stars without a name,

With all the gardener Fancy e'er could feign,

Who breeding flowers, will never breed the same:

And there shall be for thee all soft delight

That shadowy thought can win,

A bright torch, and a casement ope at night,

To let the warm Love in!

第十五章　他的眼睛瞬间饮尽了她的美

约翰·济慈的《拉米亚》

济慈画像

西方诗论将诗分成主观与客观两类,主观诗指抒情诗,情歌与恋曲自然包括在内;客观诗则是叙事诗,其中当然包括爱情叙事诗。爱情叙事诗虽非情诗,却以爱情为题材,奏出动人的浪漫曲。济慈的爱情叙事诗《拉米亚》(Lamia)题材独特,情节极具张力,很像我国古代传说《白蛇传》,只是我们以前并不熟悉这部意象华美、寓意深刻的诗篇。

济慈一生写过四篇浪漫叙事诗,即《恩底弥翁》《圣阿格尼斯节前夜》《伊莎贝拉》和《拉米亚》。《拉米亚》是其中最后一篇,写于1819年夏末秋初(诗人当时24岁),1820年被收入他生前发表的第三本、也是最后一本诗集,为诗集的第一篇。《拉米亚》的格律为五音步抑扬格的英雄双行体(heroic couplets),共708行,分为两部分,第一部分397行,第二部分311行。济慈在1819年9月的一封信中说：

> 我一直在通读我最近写成的短诗《拉米亚》的一部
> 分。我断定这诗中一定有能抓住人心的激情，它给人们
> 的震撼或是愉快、或是不快——人们需要的正是震撼。

准确地说，此诗包含两个神话，一是女蛇妖拉米亚（Lamia）与信使之神赫耳墨斯（Hermes）之间的一次交易，可喻为"拉米亚前传"，二是拉米亚与希腊青年利修斯（Lycius）的爱情悲剧。在此诗的第一部分，拉米亚要求赫耳墨斯将她变回女人，其回报是她帮助赫耳墨斯见到他恋慕的山林水泽仙女（nymph）：

> 她仰起妖媚的头颅，面带狂喜，
> 　脸色红得如同赤缎，匆匆而语，
> "我曾经是个女人，那就让我再一回
> 　拥有女人的形体，像以前那样娇媚。
> 我爱上一位科林斯青年，啊，上天！
> 　给我女人的外形，把我放在他身边。
> 俯身，赫尔墨斯，让我对你额头吹气，
> 　你此刻便能看见你心爱的水仙女。"

> Ravish'd, she lifted her Circean head,
> Blush'd a live damask, and swift-lisping said,
> "I was a woman, let me have once more
> A woman's shape, and charming as before.
> I love a youth of Corinth—O the bliss!

Give me my woman's form, and place me where he is.

Stoop, Hermes, let me breathe upon thy brow,

And thou shalt see thy sweet nymph even now."

　　拉米亚说"我曾经是个女人",此话自有古希腊神话为据。公元前 1 世纪的希腊历史学家希库卢斯(Diodorus Siculus)说,拉米亚本是埃及国王贝鲁斯(Belus)的美丽女儿、海神波塞冬(Poseidon)的孙女,父王死后,她在埃及的北非领地利比亚(Libya)做了女王。拉米亚与主神宙斯有染,生了几个子女,宙斯之妻赫拉一怒之下杀死了他们的孩子(一说赫拉强迫拉米亚吞下了自己的孩子)。拉米亚大恸,开始吞食人间的小孩(一说是偷来小孩吸血),面貌变得十分丑陋可怖。赫拉还使拉米亚日夜不能合眼睡觉。宙斯去除了拉米亚的双眼,并赋予她预言等神力,以消除她的痛苦。

　　在希腊语中,Lamia 一词意为大鲨鱼,古希腊喜剧家阿里斯托芬(Aristophanes,公元前 446? —前 386?)说此字来自希腊语的"吞食"(laimos)。古希腊人认为吞食小孩的妖怪介于凡人与天神之间。拉米亚的形象通常是蛇身女妖,形同海怪(希腊语:Kêto),上半身为女人,下半身是蛇。济慈的《拉米亚》第一部分第 47—60 行如此描写拉米亚:

她体若蛇妖,其色彩斑斓,

布满了红、金、绿、蓝的斑点;

身纹如斑马,体斑如豹纹,

眼睛如孔雀,深红遍全身;

她一呼吸,那遍体的银星

便会消退、交错或是闪动，

光芒与那暗色的锦帛①交辉。

她身镶彩虹，却面色憔悴，

仿佛既是苦修的小女精灵，

又是魔鬼之妇或魔鬼本身。

她头上顶着一簇略略发白的火焰，

与繁星共闪，像阿里阿德涅②的头冠：

她的头部是蛇，可那是甜蜜的痛苦！

她有女人的嘴，满口牙齿宛如珍珠。

She was a gordian shape of dazzling hue,

Vermilion-spotted, golden, green, and blue;

Striped like a zebra, freckled like a pard,

Eyed like a peacock, and all crimson barr'd;

And full of silver moons, that, as she breathed,

Dissolv'd or brighter shone, or interwreathed

Their lustres with the gloomier tapestries.

So rainbow-sided, touch'd with miseries,

She seem'd, at once, some penanced lady elf,

Some demon's mistress, or the demon's self.

Upon her crest she wore a wannish fire

Sprinkled with stars, like Ariadne's tiar:

Her head was serpent, but ah, bitter-sweet!

---

① 暗色的锦帛：喻夜色。
② 阿里阿德涅：古希腊神话中米诺斯国王之女，曾帮助忒修斯走出迷宫。

She had a woman's mouth with all its pearls complete.

拉米亚经历了巨大的痛苦,脱却蛇身,变成了美少女,来到了希腊南部的科林斯古城,去圆爱情之梦。她梦见了利修斯,一见钟情:

> 一次,她在凡人当中做了一个梦,
> 看见了年轻的科林斯人利修斯
> 驾战车冲在最前,车速令人歆羡,
> 宛若年轻的朱庇特,神情泰然,
> 她立即陷入了对他的狂喜爱情。

> And once, while among mortals dreaming thus,
> She saw the young Corinthian Lycius
> Charioting foremost in the envious race,
> Like a young Jove with calm uneager face,
> And fell into a swooning love of him.

为了见到利修斯,她在利修斯的必经之路上等待。心上人走来了,她悄悄跟在他身后,"草鞋无声地掠过青翠的草地,离他那么近,却不为他所见;他走了过去,她站在那里,心中充满不解之谜":

> ……她的双眼
> 注视着他的脚步,转过洁白的颈项,
> "英俊的利修斯啊,"她缓缓呢喃,

"莫非你要让我独自留在山巅？

利修斯，回头望望！求你怜悯我。"

他回过头，但不是满怀惊奇与畏惑，

倒像是奥菲欧①望着妻子欧律狄克；

因为她的话甜美悦耳，动听无比，

他仿佛已爱了她整整一个夏季：

他的眼睛瞬间饮尽了她的美，

未留下一滴在那惑人的酒杯，

杯中依然盈满，他却在担心

她会突然消失，不等他的吻。

　　…while her eyes

Follow'd his steps, and her neck regal white

Turn'd-syllabling thus, "Ah, Lycius bright,

And will you leave me on the hills alone?

Lycius, look back! and be some pity shown."

He did; not with cold wonder fearingly,

But Orpheus-like at an Eurydice;

For so delicious were the words she sung,

It seem'd he had lov'd them a whole summer long:

And soon his eyes had drunk her beauty up,

Leaving no drop in the bewildering cup,

And still the cup was full, -while he afraid

Lest she should vanish ere his lip had paid

---

① 奥菲欧：又译俄耳甫斯，古希腊神话中的色雷斯歌手，曾赴冥府救出妻子欧律狄克。

　　这对爱侣住进了一个仙宫,独享二人世界,与"忙碌的世人"隔绝(第一部分第 397 行),全科林斯城的人都看不见他们。

　　但是,这片温馨里却出现了令人不安的音符:蒙面的利修斯与拉米亚走在街上,见一老翁,"胡须卷曲,目光锐利,头顶光滑无发",利修斯吓得紧紧抓住了拉米亚的手,连忙对着颤抖的拉尼亚问道:

"亲爱的,你为何如此可怜地战栗?

你的纤手为何融化成了露滴?"

"我累了,"美丽的拉米亚说,"告诉我,

可是因那老者? 我想不起他的面相,

——利修斯! 你在躲避他那锐利的目光,

这是为什么?"利修斯于是答道:

"他是智者阿波隆纽斯,我信赖的向导,

我好心的导师;但今晚他却如同

邪恶的幽灵,出没在我的甜梦中。"

"Ah," said he,

"Why do you shudder, love, so ruefully?

Why does your tender palm dissolve in dew?"—

"I'm wearied," said fair Lamia: "tell me who

Is that old man? I cannot bring to mind

His features-Lycius! wherefore did you blind

Yourself from his quick eyes?" Lycius replied,

'Tis Apollonius sage, my trusty guide

And good instructor; but to-night he seems
The ghost of folly haunting my sweet dreams.

　　本诗第二部分告诉我们，阿波隆纽斯是个法海式的人物，在利修斯与拉米亚的婚宴上，他道破了拉米亚并非真正的女人，而是蛇妖。他这个做法也许出于高尚目的，即为了拯救弟子利修斯，但也有评论说此举体现了他的控制欲。利修斯执意公开与拉米亚的爱情，举办婚礼，邀请科林斯人出席。为了爱情，拉米亚只好同意，将仙宫变为华美的凉棚，筹备丰盛奢华的婚宴，只是提出了一个要求：

　　　莫请老阿波隆纽斯出席
　　　　——他见不到我，我才会满意。

With any pleasure on me, do not bid
Old Apollonius—from him keep me hid.

　　拉米亚意在"隐婚"，至少是不想让阿波隆纽斯见到她，但这是为了避免幻灭的厄运，是为了使鸳盟永续、爱火永存。
　　"坏事该来必定会来"，这是墨菲定律(Murphy's Law)。《拉米亚》的结局就说明了此言不虚：阿波隆纽斯不请自来，现身婚宴。这篇爱情悲剧的最后17行写道：

　　　"傻瓜！傻瓜！"他又说道，目光严厉，
　　　　他一动不动；"我一直在保护你
　　　　免遭种种人生之难，直至如今，

　　　　竟看见你成了蛇妖的牺牲品?"

　　　　拉米亚呼出死亡之气;智者之眼

　　　　　如同锋利的矛尖,已将她洞穿,

　　　　那目光敏锐又残忍,无比犀利;

　　　　她无力的手只能打出一个手势,

　　　　　她要智者住口;此举毫无用途,

　　　他死死地盯着她,目不转睛——不!

　　　　"她是蛇!"他大声吼道;话音刚落,

　　　　她便发出可怕的尖叫,消失了:

　　　　利修斯伸着两臂,欢喜全空,

　　　　　当夜四肢便全然不能活动。

　　　　他躺在华美床榻,朋友们过来

　　　将他扶起——却见他已无脉无息,

　　　　结婚礼服裹着他沉重的身体。

　　"Fool! Fool!" repeated he, while his eyes still

　　Relented not, nor mov'd; "from every ill

　　Of life have I preserv'd thee to this day,

　　And shall I see thee made a serpent's prey?"

　Then Lamia breath'd death breath; the sophist's eye,

　　Like a sharp spear, went through her utterly,

　　Keen, cruel, perceant, stinging: she, as well

　　As her weak hand could any meaning tell,

　　Motion'd him to be silent; vainly so,

　　He look'd and look'd again a level—No!

　　"A Serpent!" echoed he; no sooner said,

Than with a frightful scream she vanished：

And Lycius' arms were empty of delight，

As were his limbs of life，from that same night．

On the high couch he lay！—his friends came round

Supported him-no pulse，or breath they found，

And，in its marriage robe，the heavy body wound．

拉米亚的传说源于古希腊诡辩派哲学家菲洛斯特拉特（Lucius Flavius Philostratus，170—247）的最早著作《阿波隆纽斯传》（*De vita apollonii*，作于 217—238 年）。阿波隆纽斯（Apollonius of Tyana，40？—120？）是古雅典毕达哥拉斯派哲学家。后来，英国牧师兼作家罗伯特·伯顿（Robert Burton，1577—1640）在其名作《忧郁之剖析》（*Anatomy of Melancholy*，1621）第三部分第二节讲了一个故事：科林斯有个 25 岁的青年哲学家，名叫梅尼普斯·利修斯（Menippus Lycius），爱上了一位美丽的贵妇，她发誓与他同生共死，两人便开始在那女子位于科林斯郊区的住宅同居。爱情使利修斯昏了头，娶了那女子为妻。在他们的婚礼上，哲人阿波隆纽斯揭露了那女子是蛇妖。那女子连同她的房屋立即消失了。济慈读了这个故事，难以忘怀，便在长诗《拉米亚》中生发了这个传说，赋予它更复杂的情节、更绚丽的文体和更丰富的意义。

一些研究者更重视《拉米亚》的象征意义，将它看作寓言（allegory）或隐喻（metaphor），说它揭示了梦想与现实、想象与理智、诗歌与哲学的对立。另一些观点则更重视其中描写的爱情，认为其前后两个故事的对比说明了一个道理：仙界的爱情（即赫耳墨斯对山林水泽仙女的爱）是真实而不朽的，人间的爱情（即拉米亚与利修斯的爱）却是虚幻而短暂的。

　　对《拉米亚》的三个主要人物,济慈怀着十分复杂的感情,既有同情,亦有批判,可谓爱恨交加:拉米亚本来值得同情,但她使爱梦成真的办法却是"骗"和"瞒",并不值得嘉许;利修斯本是拉米亚妖法的受害者,但出于虚荣心和自负,迫使拉米亚答应公开举办婚礼,以向科林斯人炫耀,因此,他从受害者变成了加害者,拉米亚则从加害者变成了值得同情的受害者;阿波隆纽斯或出于好心,或出于控制欲,揭露了拉米亚,却造成了弟子之死,这是好心办了坏事,但伯顿原著只说蛇妖消失了,并未说利修斯气绝身亡,因此《拉米亚》中利修斯毙命的情节表明:济慈对这位智者颇有微辞。

　　利修斯得到了拉米亚的爱情,却错将她当成了"战利品"(prize):

> 我可该说出我的想法?请你听真!
> 一个人俘获了战利品,其他的人
> 或许会感到既狼狈又羞惭,
> 我却希望战利能广传人间,
> 高奏凯旋,我也应因你欣喜满足,
> 听到科林斯人发出的嘶哑惊呼。
>
> (第二部分第56—61行)

> My thoughts! Shall I unveil them? Listen then!
> What mortal hath a prize, that other men
> May be confounded and abash'd withal,
> But lets it sometimes pace abroad majestical,
> And triumph, as in thee I should rejoice
> Amid the hoarse alarm of Corinth's voice.

　　这番话反映了人们普遍的虚荣心。人是群体动物,往往或因自恋、或为生存而竞争,大都不肯听从"不怀宝以贾害,不饰表以招累"①的告诫。珠宝珍玩、豪宅名车、显贵家世,往往被看作其所有者自身价值的符号和竞争的利器,大加炫耀。意大利谚语说:"你若浑身是蜜,苍蝇就会吞掉你。"(Fatti di miele, e ti mangieran le mosche.)但祸根却不在"浑身是蜜",而在于以此炫耀。同样,拉米亚与利修斯的爱情成于真诚,毁于利修斯的虚荣。

　　拉米亚的爱情之所以成了"见光死",则是因为"骗"和"瞒"终归不能长久,华丽的外表毕竟不能掩盖严酷的真相,正所谓"纸包不住火",或像法国人所说:"吃了国王的鹅,四十年后也会拉出鹅毛。"(Qui mange de l'oye du Roy chiera une plume quarante ans après.)拉米亚"隐婚",其实是想隐瞒她曾为女妖的历史,正像巴尔扎克成名后否认自己初登文坛时写过三流小说,又像当今某些名伶想隐瞒做过脱星,富豪想隐瞒丑恶的发迹史,耄耋的伪"国学大师"想隐瞒曾因流氓罪入狱。济慈的《赛姬颂》也写到了骗术败露造成的后果:丘比特一直对赛姬隐瞒真实身份,被识破后立即展开双翼飞走了(见本书前一章)。但在济慈的浪漫诗篇里,为爱情而施骗虽然受到了惩罚,却罪不当死,拉米亚和丘比特就是如此:前者只是消失了(vanished),后者更是与恋人终成眷属。

　　无独有偶,中世纪的法国也有一则关于人蛇之恋的传说:鲁希南(Lusignan)伯爵雷蒙德(Raymond)在普瓦图(Poitou,法国中西部一历史地区)的森林里打到一头野猪,把它绑在车上,夜间走过森林,忽然看见美露西娜(Melusine)和她的姐妹们在月光下的水泉旁

---

　　①　晋人张华:《鹪鹩赋》。

跳舞。他惊艳美露西娜的美貌,便向她求婚。美露西娜答应了,但提出了一个条件:允许她不为人知,并允许她每个星期天隐身。两人结了婚,美露西娜一直不为人知,直到有一天,伯爵的几个朋友暗示他说:美露西娜坚持不让人知是为了去和别人偷情。雷蒙德听罢,闯进了美露西娜的秘密住所,发现她身体的下半部分每个星期天都注定会变成蟒蛇。美露西娜暴露了自己的秘密,不得不永远离开丈夫,完全变成了蟒蛇。但她的魂灵却一直出没于鲁希南城堡,直到雷蒙德家族的最后一位贵族去世①。这个传说出现于1382—1394间,其中的美露西娜本为水妖,其他版本中也说她是美人鱼。济慈的《拉米亚》是否受到了这个传说的影响,亦未可知。

　　拉米亚这个艺术形象一定会使人联想起我国的白娘子。中国的蛇女传说历史悠久,女娲是"古神女而帝者,人面蛇身",《诗经·小雅·斯干》也说"维虺维蛇,女子之祥",意思是梦见蜥蜴和蛇象征生女。白蛇的传说初见于唐人的《白蛇记》,后见于明朝冯梦龙的《警世通言·白娘子永镇雷峰塔》,本为白蛇报恩的故事,经过数百年的演变,被赋予了多种意义。冯梦龙笔下的白蛇只称"白娘子",其故事止于被镇雷峰塔,到了后日的京剧中,白蛇才唤作"白素贞",并说她"原是峨嵋一蛇仙"。

　　像拉米亚一样,白娘子本来是个负面形象。即使"白素贞救贫病千百以上,江南人都歌颂白氏娘娘"(京剧唱词),杭州满城人患病也是因她散毒布灾,她的医馆"仙济堂"才生意兴隆,更何况她还有偷盗库银珠宝,使许宣蒙冤、被"杖一百,配三百六十里,押发镇江府牢城营做工"等劣迹(《白娘子永镇雷峰塔》)。但毕竟人心向善,无

----

① 见英国提赛尔顿—戴尔(T. F. Thiselton-Dyer)著《民谚中的女人》(*Folk-Lore of Women*,1906 年版)第 11 章。

论《拉米亚》还是《白蛇传》,都肯定了女妖与凡人的爱情。许宣也与利修斯大不相同:冯梦龙说许宣 22 岁,在表叔开的药铺里当伙计,"为人老实",京剧中说他"一表人才""貌似潘安"(《断桥》);利修斯应是 25 岁,能"驾战车冲在最前""宛若年轻的朱庇特",且是不折不扣的情种。许宣近于窝囊,利修斯雄健阳刚;前者轻信,可称为"受暗示狂",后者虚荣,可称为"自大狂";两者都有明显的人格缺陷,其爱情也都很被动,因此许宣做了金山寺的和尚,利修斯则命丧婚礼之夜。阿波隆纽斯和法海一个代表哲学,一个代表佛家,前者为青年导师,后者是佛寺禅僧,他们都以拯救凡人为己任,但都有强烈的支配欲,都喜欢多管闲事,最终也都事与愿违。

济慈的《拉米亚》写到拉米亚消失、利修斯气绝戛然而止,并未交代阿波隆纽斯的下场。这样的惜墨如金,与诗中对爱情的铺张渲染形成了鲜明对比。如同济慈的众多诗作,丰富华美的视听觉意象仍是《拉米亚》的突出特点,那些细写声光形色的诗行几近于我国古代词赋,而诗人在叙事诗中运用对话的高超技巧,则尤其值得称道。

像《白蛇传》一样,爱情悲剧《拉米亚》也唤起了人们对女蛇妖的同情,激发了人们对美好爱情的向往。法海虽制服了白娘子,自己却受到玉皇大帝的嗔怪,为避祸逃进了蟹壳。鲁迅先生说雷峰塔的倒掉反映了普天下的民意,并以"活该"二字结束了他那篇妙文。济慈的《拉米亚》并不如此爱憎分明,语气比较客观,但尽情讴歌了爱情与青春之美,因为诗中的爱情真挚强烈,泯却了人妖之别,超越了生死之境,跨过了人神两界。

第十六章　我多想把那颗心紧搂

丁尼生(1809—1892)《磨房主的女儿》

磨房主的女儿

她是磨房主的女儿，

她是那么使人爱恋，

我愿成为那块宝石，

轻轻颤动在她耳畔：

日夜藏在她的卷发中，

轻摩她那温暖的皓颈。

我愿成为她的胸衣，

裹在她秀丽的腰身，

她的心紧贴我跳荡，

无论平静还是伤心：

我会知道它正常与否，

我多想把那颗心紧搂。

我愿成为她的项链，

整日随着她的呼吸，

在她的芳胸上起伏，

伴她的笑声和叹息，

我要轻轻地躺在那里，

夜间也不肯离她而去。

The Miller's Daughter

It is the miller's daughter,

And she is grown so dear, so dear,

That I would be the jewel

That trembles at her ear：

For hid in ringlets day and night,

I'd touch her neck so warm and white.

And I would be the girdle

About her dainty, dainty waist,

And her heart would beat against me,

In sorrow and in rest：

And I should know if it beat right,

I'd clasp it round so close and tight.

And I would be the necklace,

And all day long to fall and rise

Upon her balmy bosom,

With her laughter or her sighs,

And I would lie so light, so light,

I scarce should be unclasp'd at night.

阿尔弗莱德·丁尼生

这是英国维多利亚时代诗人阿尔弗莱德·丁尼生（Alfred Tennyson）的诗作《磨房主的女儿》（*The Miller's Daughter*）中最有名的三节。丁尼生的诗以声韵和谐、技巧圆熟著称，反映了中产阶级的趣味，受到英国朝野的同声赞美。维多利亚时代的英诗是承先启后的桥梁，继承了浪漫诗派，预示了现代诗派。英国文学批评家爱德蒙·戈斯（Edmond Gosse, 1849—1928）说：

> 我们仍在寻找前代卓越大师们的特长：华兹华斯的崇高哲理，柯勒律治的玄幻魔力，拜伦的澎湃激情，雪莱的强烈抒情，济慈的丰富多彩。丁尼生的诗艺没有超过这些大师各自的特长，但他常能比任何人都更接近前代大师，何况他还有自己的卓越。这个卓越之处不易界定，它或许是丁尼生力求设置在作品中的那种气氛，体现为黎明的神秘蓝色和落日的乳白雾霭：这种气氛充满其作品，其技巧无以估量，其手法很少失败，创造出了几乎无穷的可爱幻觉和幻影。（《不列颠百科全书》第11版）

可以说，丁尼生的诗作兼具浪漫派诗人诸长，却未达及浪漫诗派的思想高度。在他所处的时代，诗人们不再像拜伦和雪莱那样将诗歌看作战斗利器，干预社会现实，而是纷纷退入自己的内心世界，专心精进诗艺，常使诗歌成为粉饰现实的假花或媚俗的摆件。丁尼生就是此类诗人中的佼佼者：其诗作的成功使他36岁时就获得了200英镑的政府年金（Civil List pension），并获得维多利亚女王的青

眜,1850 年受封桂冠诗人,1883 年受封男
爵。有评论说,丁尼生"有时把一只眼睛
眜着读者,在当了桂冠诗人之后又把双
眼眜着女王"①。这使他成了维多利亚时
代的诗坛骄子和文化精英。

爱米丽

　　丁尼生 1809 年 8 月 6 日生于英国林
肯 郡,其 父 乔 治 (George　Clayton
Tennyson,1778—1831)是教区长,多才多
艺,在建筑、绘画、音乐和诗歌方面很有造
诣,很重视对子女的教育;其母伊丽莎白(Elizabeth Fytche,1781—
1865)是乡村牧师之女。丁尼生家共有 12 个孩子,丁尼生排行第四。
他是个早熟的诗才,12 岁就写出一篇长达六千行的史诗,18 岁进入
剑桥大学圣三一学院,20 岁以诗作获得校长金奖,21 岁发表第一本
诗集。1831 年,因父亲去世,丁尼生从剑桥大学辍学。1836 年,他向
童年女友、律师之女爱米丽·塞尔伍德(Emily Sarah Sellwood,
1813—1896)求婚,但被拒绝,直到 14 年之后,功成名就的丁尼生才
得遂夙愿,于 1850 年 6 月 13 日与爱米丽结婚,那时他 41 岁,爱米丽
37 岁。

　　桂冠诗人丁尼生成了社会名流,"在他的作品里,在他这个人物
身上,他已成为其崇高地位的奴隶。他总是雍容华贵,拘谨刻板,衣
着得体,训练自己去适应任何体裁的诗作和任何时代的感情,就像
那些为所有的主人弹琴的乐师"②。丁尼生身体壮健,但极度近视,
据说他写字很困难,很多诗作都在头脑中吟就,一些诗篇需经数年

① 　参见埃文斯著《英国文学简史》,蔡文显译,人民文学出版社 1984 年版,第 99 页。
② 　见《大诗人生活传记》(Living Biography of Great Poets,1959)。

方可完成。他活了 83 岁,1892 年 10 月 6 日去世,葬于伦敦西敏寺。

英国艺术评论家威廉·冈特(William Gaunt)说:在维多利亚时代(即从 1837 年维多利亚女王继位到她去世),"精雅(refine)成了一条戒律,一条由中产阶级提出的戒律⋯⋯他们不愿看到丑"①。这种审美趣味来自维多利亚女王(Alexandrina Victoria,1819—1901),从她青睐的三位艺术家便可见一斑,他们是诗人丁尼生、新古典主义画家雷顿(Frederick Leighton,1830—1896),以及德国音乐家门德尔松(Felix Mendelssohn,1809—1847)。女王不但喜爱丁尼生和雷顿的作品,将他们封为男爵,也对门德尔松敬若贵宾,不但爱听他的甜美音乐,亲自领他参观皇家幼儿园,还主动哼唱了一首门德尔松谱写的歌,只是唱到 D 音时总是跑调。② 这三人从事的艺术不同,其作品却有一个共同点,那就是优雅精致,而优雅精致的东西只宜摆在沙龙,供闲人玩赏。

《磨房主的女儿》是丁尼生的早期诗作,发表于 1833 年,1842 年做过重大修改。在 1842 年版的《丁尼生诗集》里,此诗被列入"抒情诗"(Idylls)部分。全诗 260 行,分为 32 节,除了第 28 节为 12 行,其余各节均为八行,每节四韵,隔行押韵。诗人回忆了"我"与想象的女友艾丽斯早年的温馨恋情,但那是虚构。其中第 23、24、25 节,即本篇所译的三节,常被单独收入英诗选集。这三节其实是"诗中诗",是"我"少年时写给情人的,其中"磨房主的女儿"也是虚构的,诗人在第 22 节写道:

---

① 见威廉·冈特著《维多利亚时代的奥林匹斯山》(Victorian Olympus,1952),肖聿译,江苏教育出版社 2006 年版,第 234 页。

② 参见《大作曲家生活传记》(Living Biography of Great Composers,1940),Doubleday 出版公司 1959 年版,第 116 页。

哦，那就把那支蠢歌朗诵，

艾丽斯，我那天把它送给了你，

那天我们挽着手臂同行，

双双沉思，你是那么欢天喜地，

你戴着婚花，我看就好像

在那些浪漫的旧日夜间，

你躺卧在小溪的水车旁，

茂密的栗树林低语喃喃。

Ah, well—but sing the foolish song

I gave you, Alice, on the day

When, arm in arm, we went along,

A pensive pair, and you were gay,

With bridal flowers—that I may seem,

As in the nights of old, to lie

Beside the mill-wheel in the stream,

While those full chestnuts whisper by.

此节中的"蠢歌"（the foolish song），指的就是这三节。此外，诗人又在全诗第 26 节说：这三节虽然"微不足道"（A trifle），却是"以真爱写就，只能由真爱解释"（which true love spells / True love interprets—right alone），可见它们是一曲发自肺腑的恋歌。这三节诗各有六行，均为隔行押韵的四行诗节（quatrain）加一个对句（couplet）。它们的内容相对完整，的确可以独立成篇，其最大特点是三个"我愿"：愿成为磨房主女儿的"宝石"（耳坠）、"胸衣"和"项链"。从现代性心理学的角度说，这三节诗不但曲折地表达了对肌肤之亲的渴望，也带有"物恋"（fetishism）的影子。

有位神甫问丁尼生，《磨房主的女儿》中有关"胸衣"（girdle）的词句是否引用了 16 世纪英国诗人西尔威斯特（Joshua Sylvester，1563—1618）的诗句。丁尼生说自己从未读过西尔威斯特的那首诗。那首诗名叫《樵夫的熊》（*Woodman's Bear*，1641），其中有这样的句子：

> 但她的腰身苗条纯洁，
> 让我想到了她的胸衣，
> 它在夜里被解开褪下，
> 白天围抱着她的身体，
> 我不敢说，我愿意成为
> 那胸衣，与她日夜相随。

> But her slender virgin waste
> Made mee beare her girdle spight
> Which the same by day imbrac't
> Though it were cast off by night
> That I wisht, I dare not say,
> To be girdle night and day.

丁尼生这三节诗会使人想到陶渊明的《闲情赋》，其中著名的"十愿"有这样的词句：

> 愿在衣而为领，承华首之余芳；
> 愿在裳而为带，束窈窕之纤身；

> 愿在发而为泽,刷玄鬓于颓肩;
>
> 愿在眉而为黛,随瞻视以闲扬;
>
> 愿在莞而为席,安弱体于三秋;
>
> 愿在丝而为履,附素足以周旋;

　　诗人生怕与佳人分离,遂愿化作她的衣领、裙带、发膏、粉黛、草席和绣鞋。但陶潜接着写道:"竟寂寞而无见,独悁想以空寻。"可见此赋并非抒写"闲情",而是在渴念佳人,与曹植的《洛神赋》同工,因此鲁迅先生才说:

> 　　他却有时很摩登,"愿在丝而为履,附素足以周旋,悲行止之有节,空委弃于床前",竟想摇身一变,化为"啊呀呀,我的爱人呀"的鞋子,虽然后来自说因为"止于礼义",未能进攻到底,但那些胡思乱想的自白,究竟是大胆的。(《且介亭杂文二集·"题未定"草之六》)

　　这段话亦可用于丁尼生的这三节诗。诗人虽将它们唤作"蠢歌",即鲁迅说的"胡思乱想的自白",但"究竟是大胆的"。
　　关于这三节的中译文,自有些要说。曾见有人将 And she is grown so dear, so dear 一行译为"出落得多美丽,多美丽"或"漂亮又美丽",这非但不够准确,而且游离了这三节的语境。此行写的不是磨房主女儿之美,而是其可亲可爱(dear),带着"我"的主观色彩,如此下文的"三愿"方能与之相承并统一。诗人顾子欣将此行译为"她是多么惹人爱怜"[1],应说是"信""达"之译。

---

　　① 见顾子欣著《英诗300首》,国际文化出版公司1996年版,第359页。

又见有人将这三行中的 girdle 译为"裙带"或"束带"。其译者大概是看到了下一行中的 waist(腰),所以想到了腰带。顾子欣先生将此字译作"胸褡",将 waist 译为"胸",堪称妙笔。girdle 在词典中的第一义虽是"腰带",但原文词典中还有其他的解释,如《张氏20世纪辞典》(*Chambers Twentieth Century Dictionary*)说它亦指"女子轻型贴身内衣,一种胸衣"(a woman's lightweight, close-titting undergarment, a form of corset)。还有解释说,girdle 本义为腰带,但它在现代英语中最常见的意义是女子的"内衣"(foundation wear),并已取代了 corset(胸衣)一字。[①] 可见,将 girdle 译为"胸褡"或"胸衣",远比译作"裙带"或"束带"准确,何况次行还有"她的心紧贴我跳荡"(her heart would beat against me)的词句;不然,那姑娘的心便会位于她腰间而不是胸腔,遂被疑为异类。

《红楼梦》第六十五回里说"这尤三姐松松挽着头发,大红袄子半掩半开,露着葱绿抹胸",那"抹胸"便是 girdle。明代文人田艺蘅说:"今之袜胸,一名襕裙……即唐'诃子'之类……自后而围向前,故又名合欢襕裙。"(《留青日札》卷二十)《乱世佳人》(*Gone with the Wind*)第五章里,16岁的郝思嘉(Scarlet O'Hara)对镜自览,作者说:"她从不必像大多数16岁的姑娘们那样,在胸衣衬里缝上几层薄丝绵,使身材显得凹凸有致,成熟丰满。"(She had never had to sew tiny rows of silk ruffles in the lining of her basques, as most sixteen-year-old girls did, to give their figures the desired curves and fullness.)其中的"basque"指的是西班牙巴斯克妇女的胸衣。

"磨房女"是情诗里的常见形象,不知年轻的丁尼生写《磨房主的女儿》时是否想到了德国诗人威廉·缪勒(Wihelm Müller,1794—

---

① 参见 Wikipedia 对 girdle 一字的解释。

1827）的组诗《美丽的磨房女》（*Die schöne Müllerin*）。缪勒只活了不到 33 岁，却已成了有名的诗人、评论家、诗歌翻译家和文学编辑，其诗作以情调感伤、富于音乐美著称。《美丽的磨房女》包括《序曲》及 20 首抒情短诗，内容为一个磨房学徒动身去找活干，途中遇到一位磨房主的美丽女儿，做了爱情的俘虏。其第八首题为《清晨的致意》（*Morgengruß*），包括四个六行诗节，以第二人称写成，其对象便是"美丽的磨房女"（schöne Müllerin）。黎明时分，那徒工站在她窗前，呼唤心爱的姑娘：

> 啊，就让我站在远处，
> 凝望你可爱的窗户！
> 从远处，从远远的地方！
> 伸出你那金发的头颅！
> 快从你的圆门里走出！
> 你就是晨星，闪烁蓝光。（第二节）

　　1823 年，26 岁的奥地利作曲家舒伯特将这组诗歌谱写成了同名声乐套曲（作品 25 号）。清晨唤醒美人起床，也是传统的爱情题材，例如莎翁晚期戏剧《辛白林》（*Cymbeline*，1609）第二幕里的晨歌《听，听，云雀》（*Hark! hark! the lark*）。1826 年，舒伯特在一张菜单的背面为它配上了优美的旋律，传唱至今。

　　就技巧而言，丁尼生的作品的确是英诗中的上乘。它们妙在精致，美在声律，堪与我国宋人周邦彦和姜夔的词并论。但他最脍炙人口的短诗却不是情诗，而是《破碎，破碎，破碎》（*Break, Break, Break*）、《渡沙洲》（*Crossing the Bar*）等咏怀之作。英国唯美派诗人史文朋（Algernon Charles Swinburne，1837—1909）说，丁尼生"抓住了缪斯的晾衣绳,在上面挂了珠宝首饰"①。这不是对丁尼生的赞扬,而是嘲讽。其实,史文朋晚年的诗作一反他早年对宗教和虚伪道德的批判,也唱起了大英帝国的颂歌。他如此皈依主流、"终成正果",看似是人生的成功,却是他艺术的失败。说到底,他对桂冠诗人丁尼生的嘲笑,其实只是"五十步笑百步"罢了。

① 《大诗人生活传记》。

第十七章　我一直只是你短暂的花

夏洛特·勃朗蒂（1816—1855）的《短歌》和《选择》

短歌

你若是身处孤寂的地方，

你若是有一小时的宁和，

当晚神将她平和的脸庞

俯向这可爱的一天之末；

若是全部的天空与大地

此刻在你眼中一片祥和，

因夏日的宁静笼罩天地，

请你想想我——只想片刻！

我在归家的小路上稍停；

时已黄昏，万籁俱寂：

我站在榆树边，神圣暗影

注满榆树无风的树枝。

看傍晚的柔和金光

闪耀在无云的高天；

看最后一只小鸟迟翔，

那鸟儿静静掠过身边。

听！风儿送来声音：
脚步声,人声,叹息；
若万物宁静,就让你的心
无束无拘,进入回忆。
你的爱情若像我的一样,
这黄昏时分会多么神圣,
悔恨的往昔已不再去想,
且回到我们当初的梦中！

你的爱情若是也像我的,
你的渴望本该万分强烈,
甚至使我心痛,因落日柔和,
淡淡月色,让我想起那个时节！
每当我躺在你双臂中间,
常见你黑眼睛眼神闪烁,
就会感到你的目光易变,
在把对我以外的爱言说。

我的爱情如今几乎使我苦恼,
它激烈跳荡,真心实意；
我若能相信你也曾如此苦恼,
我一定会无比狂喜。
我一直只是你短暂的花,
你却一直都是我的神明；

只要未被死神的冰冷力量摧垮，

我的心都必定为你跳动。

当我生命气息将尽，

你用嘴唇轻轻压住

我濒死的冰凉脑门，

我便受了莫大祝福；

我将会安恬地沉睡，

睡在教堂墓地树底，

只要你心中有时悸动一回，

能表明你还对我真心实意。

Stanzas

If thou be in a lonely place,

If one hour's calm be thine,

As Evening bends her placid face

O'er this sweet day's decline;

If all the earth and all the heaven

Now look serene to thee,

As o'er them shuts the summer even,

One moment—think of me!

Pause, in the lane, returning home;

'Tis dusk, it will be still:

Pause near the elm, a sacred gloom

Its breezeless boughs will fill.

Look at that soft and golden light,

　　High in the unclouded sky;

Watch the last bird's belated flight,

　　As it flits silent by.

Hark! For a sound upon the wind,

　　A step, a voice, a sigh;

If all be still, then yield thy mind,

　　Unchecked, to memory.

If thy love were like mine, how blest

　　That twilight hour would seem,

When, back from the regretted Past,

　　Returned our early dream!

If thy love were like mine, how wild

　　Thy longings, even to pain,

For sunset soft, and moonlight mild,

　　To bring that hour again!

But oft, when in thine arms I lay,

　　I've seen thy dark eyes shine,

And deeply felt their changeful ray

　　Spoke other love than mine.

My love is almost anguish now,

　　It beats so strong and true;

'Twere rapture, could I deem that thou

Such anguish ever knew.

I have been but thy transient flower,

Thou wert my god divine;

Till checked by death's congealing power,

This heart must throb for thine.

And well my dying hour were blest,

If life's expiring breath

Should pass, as thy lips gently prest

My forehead cold in death;

And sound my sleep would be, and sweet,

Beneath the churchyard tree,

If sometimes in thy heart should beat

One pulse, still true to me.

翻译此诗时,我耳畔似回响着柴科夫斯基小提琴名曲《忧郁小夜曲》(*Serenade melancolique*,Op.26)的旋律。此诗是一位女子倾诉无望爱情的独白,真切、细腻、温婉、惆怅,其作者就是年轻的夏洛特·勃朗蒂(Charlotte Brontë)。她的名字与其杰作《简·爱》(*Jane Eyre*)连在了一起。她的多舛身世,她的独立人格,使小说中的简·爱几乎成了她的化身。也许正是由于这部批判现实主义小说,勃朗蒂才和狄更斯、萨克雷和盖斯凯尔夫人一起,被马克思誉为"英国出色的一派小说家"[①]。

---

① 马克思:《英国的中产阶级》,载 1854 年 8 月 1 日《纽约先驱论坛报》。

夏洛特·勃朗蒂

　　夏洛特·勃朗蒂本是个乡下姑娘，1816 年 4 月 21 日生于英国北部约克郡霍沃斯小村（Haworth），父亲是牧师，家境贫寒。用当今的话说，她是典型的"穷二代"。她 8 岁时在一所教会女子寄宿小学读过一年书，15 岁时在另一所学校上过一年学，此外全靠自学，无师自通。她的成长环境只能用"穷乡僻壤"来形容。勃朗蒂的好友、英国女作家伊丽莎白·盖斯凯尔（Elizabeth Gaskell, 1810—1865）在其《夏洛特·勃朗蒂生平》（The Life of Charlotte Brontë, 1857）里，详细地描写过那个小村。后来，美国作家、哲学家、出版家艾伯特·哈伯德（Elbert Hubbard, 1856—1915）在他的《名女故乡短旅》（Little Journeys To The Homes Of Famous Women, 1916 年发表）中也这样描写霍沃斯：

　　它仿佛攀附在岩石遍布的山脚上，就像是怕被风吹到天上去。此处还有一条湍急的小河，河水推动一个小毛纺厂。这里还有个"黑公牛"酒馆，一旁有个马厩，临街有数排房子……它到处都是灰色的石头，石上布满青苔。那些房子并不邀请你进去，园子也不欢迎你，只有大片沼泽的紫色荒地向你致意，把你当成朋友和兄弟。

　　这样的贫瘠环境竟造就了名噪 19 世纪英国文坛的夏洛特·勃朗蒂，这几乎令人难以置信。

　　除了写小说，这位才女还是诗人。虽然她本人和当时的英国评论界都对勃朗蒂姐妹的诗作评价不高,但她们的诗作毕竟揭示了其性格及才华的更多侧面。勃朗蒂姐妹以男子化名发表《柯勒、埃利斯、阿克顿·贝尔诗集》(*Poems by Currer, Ellis, and Acton Bell*)是在1846年,但即使在160多年后的今天读来,其中的精品与当时及后世的诗歌佳作相比也毫不逊色。透过时间的滤网,它们更显出了独特的艺术风致和魅力。其中,夏洛特·勃朗蒂的《短歌》和《选择》就是如此。

《短歌》中的"我"是那样纯洁而痴情,但并不懵懂。这真实地反映了年轻女子在爱情上走向成熟的心路历程。傍晚,诗中的女子走在回家的小路上,在榆树下思考自己的爱情。恋人一直是她心中的神(Thou wert my god divine),但想到他时常目光游移(deeply felt their changeful ray)、二三其德(Spoke other love than mine),她又感到"我一直只是你短暂的花"(I have been but thy transient flower),却依然决心对他矢志不渝。这实在是"落花有意,流水无情"的典型写照,以现代心理学的标准看,这女子颇有几分自虐倾向,成熟女人绝不会对花心男人如此执着。这是常识也是经验,但这恰恰反映了诗中女子从痴恋中清醒的开始,那是她人生中一个重要的节点。情诗的一大内容,就是展现面对无望恋情的"破碎的心"。没有疑虑、踌躇、反复、阻隔乃至障碍的爱情固然令人向往,值得倾情讴歌,值得大书特书,但现实中毕竟太罕见了。着眼现实的艺术佳作从不曾以这种只有天上才有的爱情为描写对象,《梁山伯与祝英台》《红楼梦》《罗密欧与朱丽叶》《奥赛罗》《少年维特之烦恼》《茶花女》等诸多传世名作,无不如此。

"文如看山不喜平",一帆风顺、白头偕老的爱情固然是一种美好的心愿,却不大可能是文人讴歌的对象。相反,一波三折的爱情,

"相见时难别亦难"的苦恋,才是文人墨客的最爱。我国元代词人白
朴(1226—?)说,"从来好事天生俭,自古瓜儿苦后甜……越间阻,越
情忺①"(《中吕喜春来·题情》),道出了爱的苦乐悖论。套用一句
时髦的说法:抒写爱情,就是要没有障碍也要创造出障碍。在《短
歌》的意象情境中,"我"对恋人的疑虑和不满就是障碍。它源自现
实,更反衬了"我"的痴情。1839 年,23 岁的夏洛特·勃朗蒂拒绝过
一次求婚;1842 年,她在布鲁塞尔做英语教师期间,爱上了校长埃热
先生(Constantin Heger,1809—1896),被这位有妇之夫拒绝。这段无
望之恋帮她写出了《简·爱》里的罗切斯特,写出了小说《维莱特》
(Villette,1853)里的保罗·伊曼纽尔,也为这首《短歌》提供了情感
线索。

　　关于"意象",通常的解释是客观物象通过作者感情在作品中的
反映,是半主观、半客观的综合体,在抒情作品中尤其如此。《短歌》
的意象体系是个整体,唯有通过这些意象,读者才能进入诗人的感
情世界。其中有两个意象值得一提:其一是"晚神"(Evening),其二
是"榆树"(elm)。

　　"晚神"来自古希腊神话,即赫斯帕里得斯女神(Hesperides),共
有三位(也有版本说共有四位或七位)。她们是司夜女神尼克斯
(Nyx)的女儿,有时被称作"西方三少女"(Western Maidens),有时
被唤为"日落女神"(Sunset Goddesses),其主要任务是看管天后赫拉
(Hera)的金苹果园,那是地母该亚(Gaia)送给赫拉的结婚礼物。晚
神赫斯帕里得斯被视为夕阳金光之源,以纪念赫拉与主神宙斯的
婚姻。

　　《短歌》中的榆树也有象征意义。在古希腊神话里,阿波罗之

---

① 此句中的"俭",意为少、歉;"忺"(音 xiān)意为适意、高兴。

子、色雷斯歌手俄耳甫斯(Orpheus,一译奥菲欧)从冥府救回妻子欧律狄克(Eurydice)后,在返回阳间的半路上为她弹琴,那里立即长出了一片榆树林。因此,榆树在神话中象征死亡和地府。英格兰本地的树木中,榆树通常长得最为高大,树冠广阔,英国风景画大师康斯太勃尔(John Constable, 1776—1837)的著名油画《干草车》(The Haywain,1821)描绘的就是榆树。英国乡民见到榆树,往往会想到自己终归是必死的凡胎,因为死去的榆树枝往往会突然砸到头上,遂有"榆树恨人,它在等你"(Elm hateth man, and waiteth)的民谚;此外,榆木还常被用作棺木。古日耳曼神话说,奥丁(Odin)等三位天神创造了岑树(ash)和榆树,赋予它们生命和求知欲;后来,从岑树中化生出人类,而从榆树化生出的女人名叫"艾布拉"(Embla);由此可说:榆树也象征女人。《短歌》中的榆树不但与"短暂的花"相通,而且呼应了最后一节中的"教堂墓地"(churchyard)。《短歌》使人由爱的短暂联想到人的必死,由人的必死联想到爱的无常,其意象前后呼应,丝扣相连,足见作者的功力。

此诗中的"我"即使"睡在教堂墓地树底"以后,也仍在祈望"只要你心中有时悸动一回,能表明你还对我真心实意"。这炽烈的痴情,使人不禁想起两句话,一句是元初词人元好问的永恒追问:"问世间,情是何物? 直教人生死相许。"另一句是莫里哀(Molière)的名言:L'ambition de la femme est d'inspirer l'amour。在译制片《尼罗河上的惨案》(Death on The Nile)里,此句译为"女人最大的心愿是叫人爱她",十分上口,但准确地说,ambition 并不是"心愿",而是"野心、奢望",inspirer 的意思是"唤起、煽动",看来此句也可译为"女人的奢望是招引爱情"。

选择

并非我在轻蔑地将你责怪，
并非我骄傲地发誓放弃你，
但请相信，我不能将你爱，
哪怕你是王子，我是奴隶。

难道这些就是你爱的誓言？
难道这就是你对我的柔情？
纵使按你自己的表白判断，
你的心中也都充满了不诚。

征服了我，你会弃我别恋！
我早就看清了你的心迹；
所以，我不敢将你欺骗，
尽管我还对你表示友谊。

所以，我才会心如止水，
以冷眼迎接你的目光；
尽管我常常无惧无畏，
尽管你举目向我凝望。

你笑什么？难道此刻你
以为我的冷漠是假作，
只是看似冰冷的面具，
用以掩盖心中的爱火？

你这自欺者,摸摸我的手;
不——别慌,因为我真是这样:
我的手可发烫? 我的唇可颤抖?
我眼中可有一丝张皇?

你可看见我额头显出红色,
传到了我的双颊上面来?
你可看见一丝讨好的狂热
染红我脸颊沉静的苍白?

我可是云石做成? 什么! 任何女人
在你面前都不会如此镇定?
拉起你的手,任何有知觉的活人
都不会如此冷漠无情?

对——姐妹和母亲才会如此镇定:
我的好心只是姐妹一般:
所以,别以为我在拼命
熄灭心中对你的爱焰。

别咆哮,莫发火,愤怒不结果实,
暴怒更不可能使我改变心愿;
我只知道你的感情毫无根基,
它在激情的狂风中不停旋转。

我能爱吗？啊，我爱得很深，很真，

热烈，温馨——但不是爱你；

我的爱情已得到回应，

我们两人的爱情充满同样活力。

你可看见了你的对手？快去，

拉开窗户的薄薄软帘；

你看那边，树影浓密，

黄昏暗影驱走了午间。

在那片空地上，树叶交织，

在头上架起绿色拱门，

你的对手坐着，屈身沉思，

面对铺满纸张的木墩——

他一动不动，手指握笔，

他不知疲倦，从不稍歇，

不知不觉，时间在流逝，

他坐在那里，他是人杰！

他有良知——他是理性之士；

也许有些严峻，但一贯正直不阿；

他是虚伪、谬误、背叛之敌，

他是荣誉的卫士，忠于美德！

他勤于劳作，他敏于思考，

坚定捍卫人的自由——天界的真理；

他意志坚强——诽谤伤他不了，

他是巨石，能将暴政打翻在地。

他不追求名望女神——但我断定

那女神一定会去他家，将他寻找，

我知道如此，于是静等

弥补我爱情的时刻来到。

我已向那人发过誓言，

所以，军人，不要再求婚；

只要上帝主宰地和天，

我就会对他一片真心！

　　以上是我对《选择》的翻译。这是一首很有特点的爱情诗，如果它还算得情诗的话。其主题虽是爱情，但并非一般的卿卿我我之作，而是"我"的爱情观的宣示，直抒胸臆，畅快淋漓。此诗中的"我"是位自强、自尊的女子，带着简·爱的影子。诗中那个"你"显然是个自负的军人和愚蠢的浪子，令人联想起莱蒙托夫、普希金笔下那些纨绔子弟：穿着漂亮的军装，不上战场，却颇谙情场争逐。诗中的"我"对此辈发出了谴责："纵使按你自己的表白判断，你的心中也都充满了不诚""征服了我，你会弃我别恋！我早就看清了你的心迹"。

　　面对"我"的严词拒绝，看来那个"你"很不以为然，更对自己的蠢行浑然不觉，无怪被这位女子斥为"自欺者"（self-deceiver）。"我"在此诗第一节就宣告："我不能将你爱，哪怕你是王子，我是奴隶"。"你"的失败，败在"你"的虚情假意已被看穿，败在"我"早已心有所属。从此诗第 11 节开始,"我"的表白使人感到:她拒绝那军人的追求并不是"多情反被无情恼";她更非不谙风情,因为她说:"我爱得很深,很真,热烈,温馨"。她赞美心中恋人的诸多优秀品质:心怀良知,嫉恶如仇,勇于战斗,捍卫自由,反抗暴政,忠于美德。她称恋人是"理性之士"(man of reason),将他誉为"人杰"(the first of men)。在"我"心中,正义之士虽一时籍籍无名,却是真正值得爱慕的硬汉。这几乎是一种柏拉图式的爱。

夏洛特·勃朗蒂发表《选择》时年届三十(也许是她更早的诗作),这首诗所反映的价值观,犹如妇女爱情的"独立宣言",预示了《简·爱》中妇女追求平等独立的思想。她在诗中塑造的"我",大大不同于当时英国的俗女,也大大高于当今众多肤浅女人。英国女作家简·奥斯汀(Jane Austen,1775—1817)小说《傲慢与偏见》(*Pride and Prejudice*,1813)中班奈特太太的几个女儿(二女儿伊丽莎白除外)一心想把自己嫁出去,大有饥不择食之态,不但可笑,而且可怜;唯有伊丽莎白头脑清醒,与放弃了傲慢的青年达西终成眷属。而《选择》一诗中的"我"也颇具伊丽莎白般的智慧:她清醒而坚定,不听花言巧语,不恋名望富贵,并善于和情场浪子巧妙周旋,待他如姐妹和母亲,既不失礼,又勇于说"不",实属难能可贵。

应当承认:世间像《选择》中的"我"那样有见识的女子,并不算多。但正因其稀少,她才值得尊敬,值得爱慕,值得成为自尊女子择偶的榜样。在她面前,那些迷恋钱财、享乐、虚荣、实利的女子,应当赧然。①

---

　①《选择》一诗的原文并未分节。为便于阅读和理解,我将原诗分作了 18 节,每节 4 行。

Preference

Not in scorn do I reprove thee,

Not in pride thy vows I waive,

But, believe, I could not love thee,

Wert thou prince, and I a slave.

These, then, are thine oaths of passion?

This, thy tenderness for me?

Judged, even, by thine own confession,

Thou art steeped in perfidy.

Having vanquished, thou wouldst leave me!

Thus I read thee long ago;

Therefore, dared I not deceive thee,

Even with friendship's gentle show.

Therefore, with impassive coldness

Have I ever met thy gaze;

Though, full oft, with daring boldness,

Thou thine eyes to mine didst raise.

Why that smile? Thou now art deeming

This my coldness all untrue,—

But a mask of frozen seeming,

Hiding secret fires from view.

Touch my hand, thou self-deceiver;
　Nay—be calm, for I am so:
Does it burn? Does my lip quiver?
　Has mine eye a troubled glow?

Canst thou call a moment's colour
　To my forehead—to my cheek?
Canst thou tinge their tranquil pallor
　With one flattering, feverish streak?

Am I marble? What! No woman
　Could so calm before thee stand?
Nothing living, sentient, human,
　Could so coldly take thy hand?

Yes—a sister might, a mother:
　My good-will is sisterly:
Dream not, then, I strive to smother
　Fires that inly burn for thee.

Rave not, rage not, wrath is fruitless,
　Fury cannot change my mind;
I but deem the feeling rootless
　Which so whirls in passion's wind.

Can I love? Oh, deeply—truly—
　　Warmly—fondly—but not thee;
And my love is answered duly,
　　With an equal energy.

Wouldst thou see thy rival? Hasten,
　　Draw that curtain soft aside,
Look where yon thick branches chasten
　　Noon, with shades of eventide.

In that glade, where foliage blending
　　Forms a green arch overhead,
Sits thy rival, thoughtful bending
　　O'er a stand with papers spread—

Motionless, his fingers plying
　　That untired, unresting pen;
Time and tide unnoticed flying,
　　There he sits—the first of men!

Man of conscience—man of reason;
　　Stern, perchance, but ever just;
Foe to falsehood, wrong, and treason,
　　Honour's shield, and virtue's trust!

Worker, thinker, firm defender

Of Heaven's truth—man's liberty;

Soul of iron—proof to slander,

Rock where founders tyranny.

Fame he seeks not—but full surely

She will seek him, in his home;

This I know, and wait securely

For the atoning hour to come.

To that man my faith is given,

Therefore, soldier, cease to sue;

While God reigns in earth and heaven,

I to him will still be true!

第十八章　在你秀发的暗影里，我曾见到你的双眼

但丁·迦百列·罗塞蒂（1828—1882）《三重影》等五首

但丁·迦百列·罗塞蒂（Dante Gabriel Rossetti，1828—1882）是英国维多利亚时代的诗画艺术奇才，用当今的话说，他是"跨界"的两栖明星。在画界，罗塞蒂于1848年发起了拉斐尔前派（Pre-Raphaelite）运动，与学院派绘画对立，自辟蹊径，硕果累累；在诗坛，罗塞蒂以两本广受佳评的诗集闻名，一本是十四行诗集《生命之屋》（*The House of Life*），包括

罗塞蒂

102首诗，另一本题为《谣曲与十四行诗》（*Ballads and Sonnets*）。

罗塞蒂的绘画和诗歌中，有相当一部分与他的爱情生活密切相关。他的妻子伊丽莎白·西达尔（Elizabeth Siddall，1829—1862）原是他的绘画模特，又在他的影响下写诗作画；他的情妇范妮·科恩福斯（Fanny Cornforth，1835—1906）先是他的绘画模特，后来做了他的管家。西达尔服毒身亡，罗塞蒂悲痛欲绝，将一部分诗稿与妻子葬在了一起，但七年之后又将诗稿掘出，于次年结集发表，赢得了诗名。从艺术技巧上看，罗塞蒂的绘画（尤其是早期画作）水平不算很高，不及其他几位拉斐尔前派画家，但他的确是这个画派的精神领袖。罗塞蒂的绘画不在本书谈论范围之内。本文漫谈的五首诗，有

两首出自罗塞蒂,另两首出自伊丽莎白·西达尔,还有一首出自罗塞蒂的妹妹克里斯蒂娜(Christina Georgina Rossetti,1830—1894)。这五首诗,大致地反映了罗塞蒂与伊丽莎白·西达尔的凄美爱情。

罗塞蒂1828年5月12日生于伦敦,父亲迦布里埃勒(Gabriele Rossetti,1783—1854)是意大利流亡学者和爱国诗人,母亲弗朗塞丝(Frances Polidori,1800—1886)则是半个意大利人、半个英国人。除了迦百列,罗塞蒂家还有三个孩子:大女儿玛丽亚·弗朗西斯卡,威廉·迈克尔比哥哥小一岁,还有最小的女儿克里斯蒂娜·乔吉娜。罗塞蒂自幼会说意大利语,像精通雪莱的作品一样精通但丁的作品。他的双语背景和文学素养使他成了诗歌翻译家,他将中世纪意大利诗歌译成英文,十几岁时就翻译了但丁27岁时的爱情诗集《新生》(Vita Nuova,1319)。

英国美术史论家威廉·冈特(William Gaunt,1900—1980)在其名作《拉斐尔前派的梦》(The Pre-Raphaelite Dream,1941)里详细评述了罗塞蒂的生平和创作,其中说道:

> 罗塞蒂的外表很像诗人,举止做派很像南方的富人,脸庞见棱见角,胡子刮得干干净净,目光泰然,双唇丰满,头发垂肩,形同波浪,双手不大,呈橄榄色,手指精巧,指尖纤细。罗塞蒂的声调与众不同,忽而深沉,忽而柔和,令人信服,并且具有一种有教养者所具备的魅力。他仿佛撒开了一张网,带着一种看似随意的深思熟虑,无论在这里、那里还是任何地方,那张网总是能够为他捕到熟人,捕到经验,捕到思想。①

---

① 见威廉·冈特著《拉斐尔前派的梦》,肖聿译,江苏教育出版社2005年版,第31页。

　　罗塞蒂从写诗到作画的"跨界"，始于他 1847 年师从英国画家福特·麦道克斯·布朗（Ford Madox Brown，1821—1893）习画。1850 年，罗塞蒂遇到了 18 岁的伊丽莎白·西达尔。这场邂逅改变了两人的命运。罗塞蒂的许多早期画作都以她为模特。

　　伊丽莎白·西达尔生于 1829 年 7 月 25 日，有三个妹妹和两个弟弟，父亲查尔斯（Charles Crooke Siddall）是餐具制造商，据说是贵族之后。她没上过学，但跟父母学会了读书写字。据说，她在一张用来包黄油的报纸上读到了英国桂冠诗人丁尼生的一首诗，获得了启发，从此便写起诗来。她在伦敦一家女帽商店做店员，是公认的美女。英国著名艺术评论家罗斯金（John Ruskin，1819—1900）说："她美得就像金色的山峦在水晶般的湖面上的倒影。"罗斯金的父亲见到西达尔后说："她本该生为公爵夫人。"[1]罗塞蒂的弟弟威廉·迈克尔也说：

　　　　她是最美的生灵，其仪态半是端庄高贵，半是可爱甜美，自尊稍显过分，矜持寡言；身材高挑，体型姣好，脖颈俊美，五官端正但有几分不凡，眼是蓝绿色，目光宁静，眼帘很大，十分完美，肤色光鲜，一头赤铜色的秀发，浓密异常。[2]

　　这位秀外慧中的美女，自然成了罗塞蒂爱慕和赞美的对象。

---

　　① 见法国作家普鲁斯特（Marcel Proust，1871—1922）文章《罗塞蒂与西达尔》，载《伯灵顿杂志》（Burlington Magazine）1903 年 11 月号。

　　② 转引自英国作家、出版家罗塞尔·阿什（Rusell Ash，1946—2010）著《罗塞蒂传》1995 年版。

《三重影》(*Three shadows*)是罗塞蒂的著名情诗,其中的"你"当然就是西达尔:

在你秀发的暗影里
我曾见到你的双眼,
如同旅人在林阴里
见到小溪流水潺潺;
我言道:"我柔心轻叹,
天啊!就在那里驻足,
畅饮溪水,沉入梦幻,
在美妙幽境中独处。"

在你双眼的暗影中
我曾见到你的芳心,
如同在幽幽河水中
觅宝者见到了黄金;
我说:"天啊!以何技能
会赢得这永恒奖赏,
没有了它,人生必冷,
天堂也是空梦一场?"

在你芳心的暗影中
我曾将你的爱目睹,
如同在海的暗影中
潜水人见到了珍珠。
我在低语,话音不响,

说出时却一字一顿——
"啊！你能爱，真心女郎，
我是不是你爱的人？"

I looked and saw your eyes
In the shadow of your hair,
As a traveller sees the stream
In the shadow of the wood;
And I said, "My faint heart sighs,
Ah me! to linger there,
To drink deep and to dream
In that sweet solitude."

I looked and saw your heart
In the shadow of your eyes,
As a seeker sees the gold
In the shadow of the stream;
And I said, "Ah me! what art
Should win the immortal prize,
Whose want must make life cold
And Heaven a hollow dream?"

I looked and saw your love
In the shadow of your heart,
As a diver sees the pearl
In the shadow of the sea;

And I murmured, not above

My breath, but all apart,—

"Ah! you can love, true girl,

And is your love for me?"

此诗包括三个八行诗节(octave),诗意逐节递进,各节韵式均为 abcd-abcd,这应是罗塞蒂的独创,因它改造了意大利体十四行诗:意大利体十四行诗前八行的韵式为 abba-abba,只有两种韵脚,而《三重影》的八行诗节有四种韵脚,数量加倍,使表达更为自由。由于四音步在此诗中居多,我将此诗译为每行八字,每节包括四种韵脚,但改为隔行押韵。此诗的风格很像歌词,用词极简(尤其是各节前四行),各节结构趋同。后来果然有人把它谱成了男中音独唱曲,作曲者是美国著名的非洲裔作曲家、歌唱家、"黑人灵歌之父"哈里·伯利(Harry Thacker Burleigh,1866—1949)。

此诗的意义十分显豁。诗人先从"你"头发的暗影里见到了"你"的眼睛,又从眼睛的暗影中见到了"你"的心灵(这当然是精神视觉),最后从心灵中见到了"你"的爱情。诗里的比喻较为常见,如旅人发现了清泉,觅宝者发现了黄金,以及潜水人见到了珍珠;但末节最后四行却独具匠心:诗人悄声发问"我是不是你爱的人",这个开放性的结尾耐人寻味,一则婉转地道出了爱意,二则也表明诗人尚不知道西达尔爱不爱他。这是全诗的"文眼",活画出了诗人想爱又不敢爱的心态,套用唐人朱庆余的诗句说,这实在是"含情欲说心中爱,美人前头不敢言"①。此诗末节第六行的"all apart"意为"一字一字地说",表示诗人发问时语速缓慢,带着几分迟疑。曾见这两个

---

① 原诗为"含情欲说宫中事,鹦鹉前头不敢言"(朱庆余《宫词》)。

字被译作"还远离着一程""还远远相隔"或"仿佛一切破碎",但有译者也将此句译为"音调却断断续续",我认为是正确的。[①]

从 1853 年起,西达尔成了罗塞蒂许多画作的核心形象。罗塞蒂将她描绘成但丁笔下的理想美女彼阿特丽丝(Beatrice)。同时,西达尔也为其他拉斐尔前派画家做模特。这位寡言少语的美女对罗塞蒂唯命是从,很少回应罗塞蒂的爱情,但无疑是心甘情愿地接受罗塞蒂的精神主宰,正如威廉·冈特所言:

> 她那流露着哀愁的美貌,她那天生的沉默,她那无动于衷的冷漠,全都使她犹如一座雕像,正待得到温暖而使生命复苏。罗塞蒂能够凭借他那种危险的力量,把思想、情感甚至天才注入这座雕像。[②]

罗塞蒂的妹妹克里斯蒂娜是位美女,又是出色的诗人,其十四行诗《在画室》(*In an Artist's Studio*)描述了伊丽莎白·西达尔在罗塞蒂画室中的美好仪态,我的译文如下:

> 一张脸,从他所有的画布举目向外,
> 同一个人物,或静坐,或斜倚,或行走:
> 我们发现她就藏在那些屏风之后,
> 那面镜子映照出了她全部的可爱。
> 一位女王,身穿乳白或深红的衣袍,
> 一位无名姑娘,穿着最明艳的夏绿,

---

① 第一种译文见《朝圣者的灵魂》,外语教学与研究出版社 1994 年版,另两种译文见网上的诗歌论坛。最后一种译文见 2007 年 12 月 11 日台湾 PC Home 网上电子报。

② 见威廉·冈特著《拉斐尔前派的梦》第二章。

一位圣女和安琪——所有的画幅一起

表达同一个意义,既不多又不少。

他日夜都依靠她的脸儿为生,

她的目光亲切无比,向他回望,

其美如同月亮,其乐如同光明:

不因等待黯淡,不因忧伤无光;

除此外,希望也在她心中辉映;

除此外,她还占据了他的梦乡。

One face looks out from all his canvases,

One selfsame figure sits or walks or leans:

We found her hidden just behind those screens,

That mirror gave back all her loveliness.

A queen in opal or in ruby dress,

A nameless girl in freshest summer-greens,

A saint, an angel—every canvas means

The same one meaning, neither more nor less.

He feeds upon her face by day and night,

And she with true kind eyes looks back on him,

Fair as the moon and joyful as the light:

Not wan with waiting, not with sorrow dim;

Not as she is, but was when hope shone bright;

Not as she is, but as she fills his dream.

此诗的格律近似意大利体十四行诗,全诗共有六种韵脚,前八行为 abba-cddc,后六行为 efefef。它具有鲜明的纪传性,道出了罗塞蒂与西达尔的微妙关系。克里斯蒂娜将西达尔比作女王、圣女和安琪,这不是夸张;诗中说西达尔身穿乳白、深红和夏绿的长袍,也可从罗塞蒂的油画得到证明,例如他在西达尔死后一年画的《赐福彼阿特丽丝》(*Beata Beatrix*)。诗中说"他日夜都依靠她的脸儿为生"(He feeds upon her face by day and night),也使人想到罗塞蒂当时只有二十多岁,因此当然会将西达尔视为女神,如同他的意大利同胞但丁将彼阿特丽丝奉为女神。值得注意的是,诗中说西达尔的"光明"(light)"不因等待黯淡,不因忧伤无光"(Not wan with waiting, not with sorrow dim),此言实有所指。

西达尔身体羸弱,又患有肺结核病,长期心情抑郁,与林黛玉十分相似。她1853年起与罗塞蒂相恋,而直到七年后的1860年5月23日才与他结婚,婚后19个月自杀。大评论家罗斯金不但资助西达尔到法国去疗养,还力劝两人尽早结婚,对罗塞蒂说:"结婚对你们两个都是最好的选择,这可以彻底地保护西达尔小姐,照顾西达尔小姐,结束你们这种格外忧伤、匮乏的处境。你几乎不知道婚姻是什么,但那是你们两人都需要的。"

其实,罗塞蒂对西达尔的爱情更多在精神层面。1854年前后,罗塞蒂遇到了19岁的英国美女范妮·科恩福斯,请她做了模特。这女子出身寒微,没有文化,金发碧眼,壮硕高大,也使罗塞蒂十分迷恋。西达尔代表精神的美,范妮代表肉体的美,使罗塞蒂难以取舍。与罗塞蒂同代的法国著名诗人波德莱尔(Charles Baudelaire, 1821—1867)的生活中也有两个女子,一个是美丽的萨巴蒂埃夫人(Madam Sabatier),代表精神之爱,被称为"白维纳斯";另一个是黑白混血的女伶让娜·杜瓦尔(Jeanne Duval),代表肉体之爱,被称为"黑维纳斯"。这两位浪子诗人的爱情生活可谓共患同疾,咎由自取。

罗塞蒂不但是拉斐尔前派的精神领袖,更是西达尔的人生导师

和艺术启蒙者,既像古希腊神话中的塞浦路斯国王皮格马利翁
(Pygmalion),又像萧伯纳戏剧《卖花女》(*Pygmalion*,1912)里的语
言学教授希金斯(Henry Higgins)。在他的强大影响下,西达尔不但
开始作画,而且再度写诗,而这正是她与罗塞蒂的拉斐尔前派式爱
情的一个重要组成部分。她的短诗《疲惫》(*Worn Out*)就是她爱情
马拉松的真实写照,我的译文如下:

你有力的胳膊抱着我,爱人,
我的头枕在你胸前;
你用温柔的低语安慰着我,
可是我的心灵不安。

因我只是个受了惊的东西,
我是只鸟,断了翅翼,
我应当飞走,应当离你而去,
此外我什么都不是。

如今我已不能给你爱情,
很久以前我给过你,
爱情改变了我,把我击落,
击落在炫目的雪地。

我只能给你失落了的心,
和痛苦疲惫的眼睛,
只能给你褪了色的嘴唇,
再无微笑,再无欢声。

但你不要放开双臂, 爱人,

等我入睡, 你再离去;

还求你不要对我说再见,

不然我会醒来, 涕泣。

Thy strong arms are around me, love

My head is on thy breast;

Low words of comfort come from thee

Yet my soul has no rest.

For I am but a startled thing

Nor can I ever be

Aught save a bird whose broken wing

Must fly away from thee.

I cannot give to thee the love

I gave so long ago,

The love that turned and struck me down

Amid the blinding snow.

I can but give a failing heart

And weary eyes of pain,

A faded mouth that cannot smile

And may not laugh again.

> Yet keep thine arms around me, love,
>
> Until I fall to sleep;
>
> Then leave me, saying no goodbye
>
> Lest I might wake, and weep.

　　此诗以四行诗节（quatrain）构成，其实每节只有两句话，可以说它隔行押韵，亦可说它是扩大的双行体（couplet）。诗里没有华丽词藻，没有艰涩典故，没有惊人之语，真挚感人。伊丽莎白·西达尔不是诗人，但这首诗当属佳作。这不但符合"人人皆可成为艺术家"这个拉斐尔前派理念，也像丰子恺先生所说，"别的事都可有专家，而诗不可有专家"，非专家的诗"直直落落，明明白白，天真自然，纯正朴茂，可爱得很"（《湖畔夜饮》）。此诗如同幽谷百合，表达了西达尔心中的幽怨，令人唏嘘。林黛玉也是诗艺超群的才女，吟出了"一朝春尽红颜老，花落人亡两不知"的哀婉诗句，但她毕竟是文学作品的虚构，而伊丽莎白·西达尔却是真实的女子。她完全有理由哀叹爱情的失落：罗塞蒂婚后对她三心二意，与范妮关系暧昧，至多只能说是"喜新不厌旧"。对失落的爱情，西达尔痛彻肺腑，仿佛在目睹随逝水漂去的落花，虽心有不舍，却无力回天。她的短诗《死去的爱》（*Dead Love*）就是一曲爱的哀歌，我的译文如下：

> 永远莫哭死去的爱情，
>
> 因爱情极少是真，
>
> 它的衣衫会由青变红，
>
> 由最艳之红变青，
>
> 爱情天生就早夭短命，
>
> 爱情也极少是真。

因此莫让微笑留在你的热脸，
　　博来一声最深的叹息。
最真诚的嘴上最动人的语言，
　　会倏然无踪，转瞬即去，
一旦那严冬的寒风吹到身边，
　　亲爱的，你会茕然孑立。

爱人，永远莫为不可能之事伤心，
　　因为上帝并未将它赐予你。
若是那最起码的爱梦也能成真，
　　爱人，你我便应是在天堂里，
但我亲爱的，这里只是凡尘，
　　真正的爱情从未赐予此地。

Never weep for love that's dead
Since love is seldom true
But changes his fashion from blue to red,
From brightest red to blue,
And love was born to an early death
And is so seldom true.

Then harbour no smile on your bonny face
To win the deepest sigh.
The fairest words on truest lips
Pass on and surely die,
And you will stand alone, my dear,

When wintry winds draw nigh.

Sweet, never weep for what cannot be,
For this God has not given.
If the merest dream of love were true
Then, sweet, we should be in heaven,
And this is only earth, my dear,
Where true love is not given.

这种对爱情的极度失望是毒杀婚姻的烈药,是西达尔的精神乃至肉体的杀手。1861 年,西达尔生了一个死胎女婴,这更加重了她的忧郁、凤病和厌食(anorexic)。她开始服用大量的鸦片酊,并用它在 1862 年 2 月 11 日结束了自己的生命,时年 33 岁。死因调查的结论是"猝死",但真正的死因引起了很多猜测。

一种传闻说:那天晚上 9 点,罗塞蒂与西达尔吵架后离家外出,11 点回来时见到妻子已死,因为西达尔怀疑丈夫去见了另一个女人(范妮),而这是对病妻的逃避甚至背叛。另一种传闻说,那天晚上罗塞蒂虽然外出过,却并未去见别的女人,而是去了劳工学院,西达尔怀疑丈夫不忠,愤而自杀。人们发现了西达尔的一张字条(有人将它视为遗书),上面写道:"我的生活太悲惨,我再也不想见它了。"正如威廉·冈特所说:"在浮华、病态的 19 世纪 60 年代初期,可怜的伊丽莎白·西达尔在 1862 年的去世是拉斐尔前派悲剧的顶点。"但是,无论罗塞蒂那晚是否去见了范妮或别的女人,他都对妻子之死难辞其咎,他都是"以爱杀人"的凶手。

也许罗塞蒂意识到了这一点,才会对妻子之死满怀悲痛。在伦敦海格特公墓(Highgate Cemetery),他把自己的诗稿放在了西达尔的红色秀发间,一同埋葬。七年后的 1869 年 10 月 5 日,罗塞蒂又请人从西达尔墓中将诗稿挖了出来,于 1870 年 4 月发表,"这诗集的来历充满传奇色彩,事先就吊起了读者的胃口,赢得了新闻界的宠爱。人们对它好评如潮"。但从亡妻墓中掘出诗稿发表,却不是君子之举。对此,威廉·冈特深刻地指出:

> 罗塞蒂的活跃想象使他在那本诗稿出土以前就感到了恐惧。面对被防腐药水侵蚀的诗稿,填补其中破损的空白词句的时候,罗塞蒂心中只有新的负罪感和愧悔,只有良心的剧痛。很容易想见,他一定会强烈地谴责自己。他背叛了自己对墓中亡妻的誓言——他是个窃贼,他从一个可怜无助的人儿手里攫取了自己的赃物,而那个人永远地躺在坟墓里——他胆子太小,不敢亲自去盗墓……罗塞蒂总是感到一个女人在哀声责备他,那女人徘徊在地狱边缘,若隐若现。

西达尔去世七年后,罗塞蒂发表了诗集《生命之屋》,获得好评,其中的十四行诗《没了她》(*Without Her*)表达了对亡妻的怀念:

> 没了她,镜子是什么? 空洞的暗灰,
> 　　就像池水已经映不出月亮的脸,
> 　没了她,衣衫是什么? 遭弃的空间
> 　　空飘着云团,因为月亮已经隐退。
> 　没了她,小径是什么? 像荒夜低垂,
> 　　把必来的白天侵占。她离了人间,
> 　枕是什么? 是泪池啊! 为爱的嘉欢,

为夜与昼的漠然健忘抛洒泪水。

没了她，心是什么？不，可怜的心，

口儿已经被缄，我对你还有何言？

就像荒径旁边的旅人，周身寒战。

没了她，你举步维艰又疲惫劳顿，

只见眼前是漫漫云团，无边密林，

把双重的暗影投在累人的山峦。

What of her glass without her? The blank grey

There where the pool is blind of the moon's face.

Her dress without her? The tossed empty space

Of cloud-rack whence the moon has passed away.

Her paths without her? Day's appointed sway

Usurped by desolate night. Her pillowed place

Without her? Tears, ah me! For love's good grace,

And cold forgetfulness of night or day.

What of the heart without her? Nay, poor heart,

Of thee what word remains ere speech be still?

A wayfarer by barren ways and chill,

Steep ways and weary, without her thou art,

Where the long cloud, the long wood's counterpart,

Sheds doubled up darkness up the labouring hill.

　　平心而论，此诗写得不错，甚至有几分感人。我译此诗时，尽量将它与其作者分开，宁可将它看作另外一位诗人在悼念亡妻，这就像对待古代奸相的书法佳作，尽量不"因人废言"或"因人废字"。此诗格律为 abba-abba-cdd-ccd, 有所创新, 其感情也很沉郁, 但不知是出于真心还是在做戏, 若是后者, 那便很像如今有些通俗歌手哭号莫须有的失恋, 嘴上呼天抢地, 痛不欲生, 心中却想着名利。

罗塞蒂是才子型的艺术家, 也是负心汉, 其行为颇具代表性。他善于发现和欣赏美, 却不懂得珍惜和保护美: 他发现了伊丽莎白·西达尔, 但又移情别恋; 他发现了美女范妮·科恩福斯, 却将她用作了成名、泄欲和管家的工具; 他发现了美女模特简·博顿(Jane Burden, 1839—1914), 却明知她已是好友威廉·莫里斯(William Morris, 1834—1896)之妻, 仍然与她偷情。他的诗写得很好, 但其人品却不足为训。文人和艺人应当先学做人, 否则只能是文痞、戏子, 甚至帮闲的乏走狗。

另一方面, 面对此类"大师"和"才子", 钟情文艺的年轻"佳人"们往往会智商陡降, 所以更应与此辈保持距离(keep distance), 既要听其言, 更须观其行, 正如白居易所说, "试玉要烧三日满, 辨材须待七年期", 以免重蹈伊丽莎白·西达尔的覆辙, 失身殒命, 追悔莫及。

第十九章　回来吧，心爱的鸽子！

奥斯卡·王尔德(1854—1900)的《从春到冬》等二首

从春到冬

欢乐的春天树叶绿染，

啊,画眉唱得多欢畅！

我寻爱人在树影中间,

我从没见过她的双眼,

啊,那快乐的鸽子是金翅膀！

在红红白白的鲜花间,

啊,画眉唱得多欢畅！

我爱人初次映入我眼帘,

啊,她的完美让我心欢,

啊,那快乐的鸽子是金翅膀！

黄黄的苹果闪亮如火,

啊,画眉唱得多欢畅！

啊,说不完唱不尽的是情歌,

爱情与希望的玫瑰盛开朵朵,

啊,那快乐的鸽子是金翅膀!

现在树上落了雪,一片灰暗,

唉,画眉唱得多悲凉!

我爱人死了:唉,一天到晚,

我都躺在她无声的脚边,

见到一只鸽子断了翅膀!

唉,爱人! 唉,爱人! 你已被杀死——

回来吧,心爱的鸽子,心爱的鸽子!

From Spring Days to Winter (For Music)

In the glad springtime when leaves were green,

O merrily the throstle sings!

I sought, amid the tangled sheen,

Love whom mine eyes had never seen,

O the glad dove has golden wings!

Between the blossoms red and white,

O merrily the throstle sings!

My love first came into my sight,

O perfect vision of delight,

O the glad dove has golden wings!

The yellow apples glowed like fire,

O merrily the throstle sings!

O Love too great for lip or lyre,

Blown rose of love and of desire,

O the glad dove has golden wings!

But now with snow the tree is grey,

Ah, sadly now the throstle sings!

My love is dead: ah! well-a-day,

See at her silent feet I lay

A dove with broken wings!

Ah, Love! ah, Love! that thou wert slain—

Fond Dove, fond Dove return again!

　　奥斯卡·王尔德(Oscar Wilde)是 19 世纪英法唯美主义思潮的集大成者,更是语言大师,其机智的名言(bon mot)、犀利的妙语(wit)和巧妙的反话(paradox),大大丰富了英语文学的宝库,使后人难以企及。与他自己的小说、戏剧、童话和散文相比,其诗歌的成就略显逊色,只除了 1891 年以法文写的诗剧《莎乐美》(Salome)和 1897 年出狱后的诗作《雷丁狱歌》(The Ballad of Reading Gaol)。不过,他的众多诗作仍属诗坛佳品,独具馨香,其诗艺绝非等闲。况且,王尔德那些著名的童话和散文诗也都饱含丰富绚美的诗意,充满了瑰丽多彩的幻想,若非诗人,绝不能有如此成就。我小学四年级初试英汉翻译是在 1965 年,而第一篇试译的原文,就是经苏联人简写的王尔德童话《快乐王子》(The Happy Prince),其中那只小燕子一腔悲悯,舍身济贫,令人感动。

　　王尔德的诗才部分来自遗传,部分来自他的成长环境。他 1854 年 10 月 16 日生于爱尔兰的都柏林,父亲威廉(Sir William Wilde,

1815—1876)是著名的眼科医师,也是出色的作家和文物收藏家,
1864 年受封为骑士。王尔德的母亲简·弗朗西斯卡(Jane Francesca
Wilde,1820—1896)是著名的诗人、翻译家和记者,笔名"斯佩兰萨"
(Sperenza),被爱尔兰人视为"爱尔兰的缪斯"(Irish Muse)。她热烈
拥护爱尔兰独立运动,也是最早的女权主义者之一。这位才女的住
宅是社会名流和文人经常聚会之地,很像 18 世纪的法国沙龙,王尔
德从中获益匪浅。王尔德回忆说:"我母亲通达世事,经常引用歌德
的诗句。"他的母亲 18 岁就发表诗作,不但是诗人,而且是诗歌译
者,其译作很多,包括译自法语、德语、西班牙语、丹麦语、葡萄牙语、
俄语及瑞典语的诗作,其中有歌德、普希金和马基雅维里的作品。
德国大哲学家叔本华在他的论文《素质与遗传》中认为,子女的智慧
大多来自母亲的遗传。他列举了大量实例。谈到人文天才,他说卢
梭、休谟、康德、歌德、席勒、司各特等名家都有聪明智慧的母亲①。
王尔德自然也应跻身其中。

　　《从春到冬》这首抒情诗(Lyric)常被收入各种版本的王尔德诗
集。此诗颇似歌词,可以谱曲,其词句的通俗,其音律的和谐,均具
歌谣之美,堪称妙品。爱尔兰科克大学学院(University College of
Cork,简称 UCC)辑录的《王尔德诗集》中,此诗被列在了《第四乐
章》(*The Fourth Movement*)的标题下,但《第四乐章》是王尔德 1881
年的诗集,仅有《倦怠》(*Taedium Vitae*)等八首,并未包括此诗。虽
然如此,此诗仍然值得细读,正所谓"英雄莫问出处"。

　　《从春到冬》全诗四节,是一阕抒写爱情的"四季歌",脉络清晰,
巧用象征,是最优美的诗行,也像最悦耳的歌词。前三节各为五行,
其韵律都是 ab-aab;最后一节有七行,其韵律为 ab-aab-cc,以最后两

① 见叔本华著《爱与生的苦恼》,陈晓南译,中国和平出版社 1986 年 12 月版。

行收束全诗,突破了歌谣四行诗(ballad stanza)的传统韵律格式(即abab)。此外,两行韵脚 b 在各节反复出现,将通篇连成整体,也体现了歌谣的特点。

诗中的主要意象有三:一是苹果树①,于春天萌叶,于夏日开花,于金秋结实,于寒冬凋敝,象征爱情的全程;二是画眉鸟(throstle),尤指欧洲的歌鸫,这鸣禽可视为爱的歌手;三是野鸽(dove,家鸽常称 pigeon),其寓意十分显豁,因 dove 也指斑鸠(turtledove)。在西方传统文化里,斑鸠代表情人,而在《旧约》中,斑鸠象征新的生命,如《雅歌》第 2 章第 12 节:"地上百花开放、百鸟鸣叫的时候已经来到,斑鸠的声音在我们境内也听见了。"《从春到冬》是一曲爱情挽歌。这是情歌的常见情绪主题,迄今仍频见于通俗歌曲的歌词,但如今的通俗情歌大多是无病呻吟,想象缺位,毫无诗意。第四节中说那只象征爱情的金翅鸽子被杀死了(thou wert slain),这很值得吟味。它表明爱情并非自生自灭,而是遭到了杀害。至于谁是凶手,可能是风刀霜剑,亦可能是俗世的积弊陋习,不得而知,留待读者去猜想。

说此诗近于歌词、可以谱曲(其标题上也附有 For Music 的说明),这并不等于说它就是一首歌词。诗重在意象,歌词重在音节,因歌词从属于音乐,正如英国当代著名诗人奥登(Wystan Hugh Auden,1907—1973)所说:

> 音乐就其本质而言是直接的,它清楚歌词不能成为诗歌……歌词的诗歌价值也许能激发作曲家的想象,但决定

---

① 本诗第二节所写"在红红白白的鲜花间"(Between the blossoms red and white)似指苹果树花,因苹果树花为白色,花苞呈粉红色;第三节更有"黄黄的苹果闪亮如火"(The yellow apples glowed like fire)之句,故诗中的树是苹果树。

他写哪个谱线的却是歌词的音值。在歌曲中,诗歌是可以弃之如履的,音节却不可以。(《关于音乐和歌剧的笔记》①)

叔本华也说:

> 字词对于音乐来说始终是一种陌生的附加物,只具次一级的价值,因为音乐所造成的效果比字词有力得多、有效得多和快捷得多……为音乐而作词似乎比为词谱曲更为妥当。②

我由此想到了第二次世界大战时德国著名反战歌曲《莉莉·玛莲》(*Lili Marleen*)的多种英文歌词。我认为,对德文原词的最忠实英译并非最好的歌词,而最动人的英文歌词出现在 1944 年,虽然最远离原文,却与音乐结合得最好,其译者是托米·康诺(Tommie Connor),其最佳演唱者是德国女影星玛莲娜·迪特里希(Marlene Dietrich,1901—1992),而英国女演员薇拉·林恩(Vera Lynn,1917 年生)的完美诠释更打动人心。

说《从春到冬》像歌词,是就其两个特点而言:其一是声韵的安排和感叹词(O 和 Ah)的频繁使用;其二是重复词句的手法。此诗的重复部分犹如歌曲的副歌,是既有材料的复现、并置和叠加,其作用是强调和巩固听觉印象。重复是诗歌语言重要的和基本的句法手段。一首诗必须借助重复的手法,才能给读者留下比较深刻持久

---

① 见《艺术圣经——巨匠眼中的缪斯》,经济日报出版社 2004 年 9 月版,第 248—249 页。
② 参见《叔本华美学随笔》,韦其昌译,上海人民出版社 2004 年 7 月版,第 188 页。

的印象。我国古代的《诗经》中,很多民歌都采用了词句复沓的手法,如《芣苢》《蒹葭》《摽有梅》《柏舟》《黍离》等篇,即是如此。

有人读诗时不出声(默读),便以为诗是书面文字的艺术。但实际上,印出来的诗歌,却是将以时间为顺序呈现的语音转换成以空间为顺序排列的文字。我们读诗,是逐行地循着线性排列的印刷符号看下去,这就使诗歌语言在时间中呈现出了线性的特征。

诗歌也是时间的艺术,以线性的方式呈现听觉语言材料。这种方式至少具备两个特点:其一,诗句的语音转瞬即逝,是时间链条上先后呈现的环节。时序中先出现的材料既是前面已出现材料的结果,又是其后出现材料的原因。因此,与其说诗歌语言是一种"呈现"(presentation),不如说是时序中一种即生即灭的"新陈代谢"过程(metabolism)。其二,语音材料在时序中只能短暂存在,因此,要维持作品的完整性,就必须以重复、强调、变化再现等手法保证结构的连贯性。

读诗的人往往要依靠记忆和联想,去体验听觉语言的流动感和呼应感。欣赏者必须在记忆语音材料的基础上,把握它们的各种运动形态,如材料的重复和强调、语句的长短、力度的增减、节奏的对比与协调等,才能将这些感受积累起来,形成对作品结构的完整印象。词是音与意的结合体,因此,品诗不能以目代耳,不可只看意义、不听声音。诗句失去了声音,便失去了一半的魅力。人们常说"读诗""念诗""诵诗"或"吟诗"而不说"看诗",其道理就在于此。

品读此诗,最好是缓缓吟诵,若为它谱曲,其速度也应是行板(Andante)。唯有如此,你才会懂得诗人用词的匠心,才能领略诗的音律之美。例如辅音[l]的使用,使人感到舌齿之间似有粘连,有效地强化了缠绵、惜别和哀婉等情绪,像"O Love too great for lip or lyre"这一句,其妙处在于 lip 和 lyre 两个字开头辅音的重叠(即头韵,alliteration),近于中国诗韵里的"双声"。

1884 年,30 岁的王尔德与康丝坦斯·劳埃德(Constance Mary Lloyd, 1859—1898)结婚。两人在一月份相识于伦敦,5 月 29 日成婚,用当今的话说,这是不算太快的"闪婚"。当时的王尔德在伦敦名声日隆,踌躇满志,正准备去"征服巴黎";康丝坦斯则兼有姿色与些许家财,还辑录过民间故事,而爱尔兰裔美国作家弗兰克·哈里斯(Frank Harris,1856—1931)却说"康丝坦斯才不出众,貌不惊人,虽有寥寥数百镑年金,但只能勉强度日"①,未免有失厚道。那时王尔德深爱着妻子,对她有"说不完唱不尽的情歌"。他在 1884 年 12月 16 日写给康丝坦斯的信中说:"没有你,我就不完整。"(I fell incomplete without you.)他还写过一首爱情小诗,清丽温馨:

给妻子——附上我的诗集

我不能将堂皇诗文
用作我诗行的序曲;
我敢表白一位诗人
对于一首诗的心迹。
若在这些飘落的花瓣里
你觉得有一片还算漂亮,
爱情便会将它吹起,
让它落在你秀发上。

---

① "Miss Constance Lloyd, a young lady without any particular qualities or beauty…had a few hundreds a year of her own, just enough to keep the wolf from the door." 见哈里斯著《王尔德的生平与忏悔》(*Oscar Wilde*, *His Life and Confessions*,1910)第五章。

当寒风与冬天

坚硬了无爱的全部土地,

这花瓣还会说起那花园,

你会听懂它的低语。

To My Wife—With A Copy of My Poems

I can write no stately proem

As a prelude to my lay;

From a poet to a poem

I would dare to say.

For if of these fallen petals

One to you seem fair,

Love will waft it till it settles

On your hair.

And when wind and winter harden

All the loveless land,

It will whisper of the garden,

You will understand.

　　但是,此诗发表于王尔德与康丝坦斯相识的三年前(1881 年),
更是在王尔德 1891 年陷入同性恋丑闻之前。1895 年王尔德受审入
狱后,康丝坦斯给自己和两个儿子改了姓,并坚持让王尔德放弃了

对儿子的监护权。这个时候，王尔德夫妇的爱情就到了"树上落雪，一片灰暗"的严冬，而金翼的爱情之鸽也断了翅膀。1900 年 11 月 30 日,46 岁的王尔德因脑膜炎客死巴黎,葬于拉雪兹神父公墓。他的妻子已在两年前告别了人世,年仅 39 岁。

　　关于诗歌的音律之美,还要说几句。诗歌的音律美不是看出来的,而是念出来的,更准确地说,是由朗诵高手诵出来的。王尔德曾盛赞英国著名女演员萨拉·伯恩哈特(Sarah Bernhardt, 1844—1923)的语言朗诵技巧,说她赋予台词的音律美"不是读给自己时所能感觉到的",换言之,语言的音律美并不产生于默读,而是来自朗诵。王尔德还说,直到他听到萨拉·伯恩哈特表演的法国古典主义悲剧大师拉辛(Jean Baptiste Racine, 1639—1699)名剧《费德尔》(*Phèdre* ,1677),才彻底领略了该剧的音乐美。[①]

　　因此,就音律美而言,王尔德这首《从春到冬》的最佳表达者,当是深谙 King's English(标准英语)语音的朗诵高手。记得我初读华兹华斯诗作《威斯敏斯特桥上》(*Upon Westminster Bridge* ,作于 1803 年 9 月 3 日)时,只觉其意境很美,因诗中伦敦初秋之晨的空气清澈澄明,毫无"雾都"之相(All bright and glittering in the smokeless air),后来听了《英语灵格风教程》中那首诗的朗诵,才体会到了它的音律之美,更了解了 King's English 之声的字正腔圆。

　　清代戏剧家李渔(1611—1680)论"正音"时说:"正音维何? 察其所生之地,禁为乡土之言,使归《中原音韵》之正者是已。……正音改字之论,不止为学歌而设,凡有生于一方,而不屑为一方之士者,皆当用此法以掉其舌。至于身在青云,有率吏临民之责者,更宜

---

① 　见王尔德文章《雷斯托里夫人》(*Madame Ristori*),原载英国 1888 年 1 月号《妇女世界》杂志,后收入《佩尔梅尔路评论家》(*A Critic in Pall Mall*)一书,见该书 1919 年英国版第 87 页。

洗涤方音,讲求韵学,务使开口出言,人人可晓。"①他不但谈到了使用标准语音对昆曲演员的重要性,更强调了为官者说话也要"洗涤方音",以辨民冤。美国人早就想"摆脱"(doing away with)标准英语,但我很难想象用美音朗诵本书谈及的英诗是什么味道。这就像让岳飞用其河南话朗诵其《满江红》,让乔羽用其山东话朗诵其《我的祖国》,很难不使人产生"走调"之感。

---

① 见李渔《闲情偶寄》之《声容部·习技第四》。

第二十章　我不后悔我曾爱你

奥斯卡·王尔德《爱之花》等三首

前一章中的王尔德短诗《给妻子》见于王尔德 1881 年发表的第一本诗集，那年他 27 岁。这本《诗集》(*Poems*) 装帧精美，使用荷兰的手工纸，还有烫金的羊皮封面，第一版售出了 750 本，这在当时是很大的成功。王尔德的文学遗嘱执行人 (literary executor)、《王尔德评传》的作者罗伯

王尔德

特·罗斯(Robert Ross)告诉我们，那本诗集前后印了九版，"读者自己就能看出王尔德文学活动的最初和最后阶段之间明显的、惊人的对比。"(《王尔德诗选》序,1911 年)

前一章提到的美国文人弗兰克·哈里斯也说，那本诗集发表于 1881 年夏初，封面华丽，纸张上乘，边白(margins)较宽，售价昂贵，颇显价值不菲，"这本书取得了非凡成功，完全可以说：它超过了英国出版的所有真正的第一本诗集，也很可能超过日后出版的任何第一本诗集：几星期内就售完了四版"。不过，一向出语尖刻的哈里斯对《诗集》的评价并不算高：

　　　　这本诗集中没有一个令人难忘的词和新韵律，没有一
　　声真诚的呼喊。诗人的第一本诗集通常都是模仿及尝试
　　之作，可能都不如莎士比亚的《维纳斯与阿多尼》，尽管如
　　此，这些诗集并非无趣。[①]

　　但我们至少可以这样说，弗兰克·哈里斯(1856—1931)虽然也
生于爱尔兰，与王尔德同代，与王尔德相熟，能写出"莎学"名作《莎
士比亚其人及其悲剧人生》(1909年)，也能写出那本惊世骇俗的自
传《我的生活和爱情》(*My Life and Loves*, 1921—1927)，却并不具备
王尔德的诗才，不是诗神缪斯之宠，并未写出王尔德那样的诗歌
佳作。

　　27岁的王尔德已是很有名气的牛津大学才子、伦敦社交界新星
和时尚领袖，也是自封的"美学教授"。他本想用第一本诗集赚大钱
并使名声更响，但《诗集》还是遭到了不少嘲讽和负面评论。我从这
部诗集中选译的两首情诗，反映了王尔德早期的诗艺和爱情观。它
们是诗人青年时代的作品，尚无后期作品中的颓废与玩世不恭，艺
术起点很高，也更清新感人。

爱之花 (1881 年)

　　　　亲爱的，我并不怪你，是我的错；
　　　　我若不是用普通泥土做成，
　　　　我本应登上未曾登临的高峰，
　　　　本应一览更高更广的天空。

---

　　① 见哈里斯著《王尔德的生平与忏悔》(*Oscar Wilde, His Life and Confessions*, 1910)第四章。

我本可唱出更美好、更清晰的歌，

出自我荒废激情的狂热，

我本可点燃更自由、更明亮的灯，

搏击九头怪蛇①般的邪恶。

亲吻若不曾使我的口唇流血，

而让它们唱出歌曲，

你本会与彼丝②和天使们同行，

漫步在葱翠的草地。

我本会踏上但丁走过的路，

目睹群星③照耀着七层的炼狱④，

唉！或许还能见到天堂，

它们曾向那佛罗伦萨人⑤开启。

众强国本会授我桂冠，

而今我却无名无冕，

东方曙光或许会照见

我跪在名贤堂门槛。

---

①　九头怪蛇(Hydra)：古希腊神话中的怪物，斩去一头生出两头，喻难以根除的祸害。

②　彼丝：原文为 Bice，意大利诗人但丁恋人彼阿特丽丝的昵称。但丁在《神曲》中将她尊为女神和精神向导。

③　群星：见但丁《神曲·地狱》第34篇及《净界》第33篇，其中皆有"群星"之说。但丁时代盛行托勒密的"地心说"，故将太阳也视为行星之一。

④　七层的炼狱：见《神曲·净界篇》，其中说"净界"（即炼狱）有七层。

⑤　佛罗伦萨人：指但丁，他生于佛罗伦萨。

我本会坐在那云石殿堂里,
其最年长的诗人亦如少年,
其中的短笛总是滴着蜜露,
其中的竖琴总是拨响琴弦。

济慈摆起了美丽的卷发,
饮罢了深红的罂粟籽酒,
用芳馨的嘴唇吻我额头,
以高贵的爱意紧握我手。

时值春季,苹果之花
将鸽子光亮的胸脯轻拂,
年轻情侣躺在果园,
将你我的爱情故事细读。

读罢我激情的传说,
他们便知道我心中苦涩的秘密,
并像从前那样接吻,
不会像我们现在这样命定分离。

我们生命的殷红花朵,
已被现实的尺蠖噬完,
再也没有一只手,拾起
青春玫瑰的凋萎花瓣。

啊! 我不后悔我曾爱你——

当年男孩岂能做其他事情？
时光的饥饿利齿吞噬一切，
岁月的无声脚步永远前行。

我们在暴风雨中漂泊，小船无舵，
一旦青春的风暴已经不再，
没了七弦琴和鲁特琴，没了歌队，
那无言的领航者①终于到来。

墓中全无快乐，因为蛆虫
正用情欲之根养肥自己；
欲望战栗地化作了灰烬，
激情树结不出任何果实。

啊！除了爱你，我还能做些什么？
对我，上帝之母不如你亲，
海中升起的维纳斯②像银百合，
对我，这位爱神不如你亲。

我已做出取舍，照我的诗那样生活，
青春虽在虚掷的岁月里一去不返，
我却发现，恋人的爱神木花冠更佳，
恋人之冠远胜过诗人的枣红冠冕。

---

① 无言的领航者：喻死神。
② 海中升起的维纳斯：据古罗马神话，爱神维纳斯诞生自海的泡沫。

此诗用词典丽,意象异常丰富,多次使用了与意大利诗人但丁相关的典故,令人目不暇接,但其主题十分鲜明:它不是失恋者的倾诉,而是对爱情与艺术的权衡取舍,阐发了"爱情重于诗名"的理念。它并不是王尔德发表的第一首诗作。早在 1878 年,王尔德就发表了长达 332 行的诗歌《拉文纳》(*Ravenna*),获得了牛津大学设立的诗歌奖——纽迪盖特奖(Newdigate Prize),它抒写了游历意大利古城拉文纳的感怀,颇具济慈名篇《希腊古瓮颂》(*Ode on a Grecian Urn*)的怀古色彩,表达了对古希腊罗马历史和文化的景仰。《爱之花》中的"你"当是虚拟的恋人,因王尔德写这首诗时尚不认识未来的妻子康丝坦斯·劳埃德,他结婚时已届而立,而他的传记中也极少提到他年轻时的恋人。

王尔德 1878 年以优异成绩从牛津大学毕业,回到都柏林,与童年的女友弗洛伦丝·巴尔科姆(Florence Balcombe)重逢。弗洛伦丝 1858 年 7 月 17 日出生于北爱尔兰下帕特里克郡(Downpatrick)的纽卡斯尔镇(Newcastle),比王尔德小将近四岁,是著名的美女,其父是陆军中校。1882 年 3 月 2 日的《爱尔兰时报》(*Irish Times*)说,王尔德当年曾向弗洛伦丝求婚。王尔德的这段爱情无果而终:弗洛伦丝在 1878 年嫁给了英国作家亚伯拉罕·斯托克(Abraham Stoker,1847—1912),他是著名哥特式恐怖小说《吸血鬼》(*Dracula*,1897)的作者,也是王尔德在牛津大学的学长,王尔德身败名裂后,他还到欧洲大陆看望过王尔德。

弗洛伦丝没有嫁给王尔德,大概出于她对王尔德浪子天性的直觉,或出于对王尔德人生蹭蹬的预感。对照王尔德妻子康丝坦斯的婚姻,可以说:没有嫁给王尔德,这是弗洛伦丝的幸运。可见,直觉和预感是女性把握世界的方式之一,既是其所长,也是其软肋。王尔德很失落,在弗洛伦丝结婚后不到一个月便离开了都柏林,但还是在给她的信中回忆了他们一起度过的"那甜蜜的两年,我青春时代最甜蜜的两年"。弗洛伦丝 1937 年 5 月 25 日在伦敦去世,终年 78 岁。

弗洛伦丝

从《爱之花》的内容看,其中的"你"至少带着弗洛伦丝少女时代的影子。当然,这只是一种推断。情诗里的女主人公完全可能来自诗人的想象和虚构,也可能是现实人物的升华乃至幻化,例如可以化作女神、玫瑰、月亮、星辰、金丝雀或小猫,往往都是诗人寄托(投射)激情的对象。但也不乏反例,例如德国哲学家叔本华就说,狠心的美女"像凹面镜一样闪光,燃起火焰和消耗能量,但自己却无动于衷,冰冷无情"①。

英国广播公司(BBC)1997 年的影片《王尔德》(又名《王尔德的情人》或《心太羁》)的画外音引用了王尔德的一句名言:"人生只有两种悲剧:一种是没得到想要的,另一种是得到了想要的。"(There are only two tragedies in life:one is not getting what one wants, and the other is getting it.)王尔德的《爱之花》告诉人们,诗人想要的是爱情,为此他不惜放弃成为但丁和济慈那样的伟大诗人的抱负。

在此诗第一节,诗人说自己是用普通泥土做的人(made of common clay),换言之,他是有血有肉的人,然后用六节描述诗歌王国的荣耀,说自己本来能写出但丁《神曲》那样的伟大诗篇,在名贤堂(House of Fame)里与自己心仪的浪漫派诗人济慈握手。与之构成对比的是前途难料的爱情之路:爱情经历了青春时期的风暴,一

① 见《叔本华美学随笔》,韦其昌译,上海人民出版社 2004 年版,第 161 页。

且"我们生命的殷红花朵,已被现实的尺蠖噬完"(the crimson flower of our life is eaten by the cankerworm of truth),激情便会死亡,化为灰烬。爱情与诗名,这是两难的抉择,也是诗人"心中苦涩的秘密"(the bitter secret of my heart)。但诗人说"我不后悔我曾爱你"(I am not sorry that I loved you)并做出了取舍:"照我的诗那样生活"(lived my poems),做个终生无悔的恋人,因为"恋人之冠远胜过诗人的枣红冠冕"。诗人表明了决心:为了爱情,情愿舍弃艺术带来的不朽荣耀。他明知爱途艰辛,情缘短暂,却义无反顾地选择了爱情。套用匈牙利诗人裴多菲的名诗,王尔德在《爱之花》中表达的思想是:"桂冠诚可贵,诗名价更高,若为爱情故,二者皆可抛。"

王尔德1881年的《诗集》中另一首著名情诗题为《玫瑰与痛悔》(Roses And Rue),其译文如下:

> 愿我们掘出这久埋的宝贝,
> 　只要值得为它心醉,
> 我们从不懂得情歌的意义,
> 　我们已太久地分离。
>
> 充满激情的昔日已逝去,
> 　但愿能从死中将它唤起,
> 　若昔日值得痛悔,
> 　愿我们重活一回!
>
> 记得我们的相识之地,
> 　常春藤爬满那里,
> 你颤声轻唱,字字动听,

就像小鸟在啼鸣。

你的声音微微颤抖，
像那红雀的歌喉，
歌声宛如画眉欢鸣，
唱出最后的长声。

你略带浅灰的碧眼
就好像四月的白天，
我弯下腰，吻你眼睛，
它们闪亮，像紫水晶。

你不微笑，嘴巴抿上，
时间过了好长好长，
五分钟后你笑起来，
笑声潺潺，四散开外。

你像一朵娇花，
下雨总让你怕：
记得雨一下来，
你就吓得跑开。

记得我从来追不上你，
因为没有人能跑过你，
你的双脚曼妙又光亮，
脚上生着小小的翅膀。

记得你的头发——我可曾将它扎起来?
因为它总是蓬乱散开——
像金色的阳光交缠在一起:
但如今这些事情已成过去。

我还能想起那间屋子,
还有那丁香,花色淡紫,
轻拍着滴水的窗棂,
在暖暖六月的雨中。

你的长袍是棕色,
那颜色如同琥珀,
两个黄缎蝴蝶结,
在你的肩头飘曳。

你的手帕有法国花边,
你把手帕举上你的脸——
那里可有一小滴眼泪?
要么它是雨水?

你挥动纤手告别,
那手上青脉隐约;
你对我说了声再见,
声音像在负气叫喊,

　　"你在把你生命虚掷。"

　　（啊，这句话就像刀子！）

　　　　我急忙冲出花园，

　　　　但一切为时太晚。

　　　　若昔日值得痛悔，

　　　　愿我们重活一回，

　　充满激情的往昔已逝去，

　　但愿能从死中将它唤起！

　　啊，我的心若必定破碎，

　　　亲爱的，为了你而破碎，

　　我知道，它会碎成音乐，

　　诗人的心，全如此碎裂。

　　但真奇怪：无人告诉我

　　　人脑居然能在它那个

　　小小的乳白色斗室里，

　　容下神的天堂和地狱。

　　此诗的主题是"若昔日值得痛悔，愿我们重活一回"（Could we live it all over again / Were it worth the pain）。它既有抒情，又含叙事，细节真实丰富，语气真挚感人。王尔德不愧为出色的诗人，只寥寥数笔，便讲出了一段小儿女热恋和分手的故事，倾诉了"我"的追悔。此诗原题为"给L.L."（*To L. L.*），其人已不可考，但诗中的"你"仍可泛指诗人当年的女友。

　　诗人对少年恋人的回忆有如一幅幅图画,看似"景语",实为"情语":那姑娘的碧眼"好像四月的白天",秀发"像金色的阳光交缠在一起";她歌声婉转("就像小鸟在啼鸣"),笑声潺潺(rippled all over with laughter);她不喜欢下雨;她跑得飞快,如同"脚上生着小小的翅膀"(Little wings to your feet)。诗中不但有人物,有情节,还有浪漫的环境:这对恋人的相会之地爬满了常春藤,屋外的紫丁香轻拍着(beat at)六月雨中的窗棂。诗中写到这对小儿女的分手,使情节达到了高潮。诗人说"你"告别时"声音像在负气叫喊"(a petulant cry),暗示了两人赌气分手,不欢而散,为表达"我"的懊悔作了铺垫。

　　全诗的核心在最后两节,诗人要把当年的恋情化作情歌。心已破碎才会痛定思痛,才会把重温昔日的恋情比作"掘出这久埋的宝贝"(dig up this long-buried treasure)。此诗最后一节略带嘲讽:诗人感到上帝很残忍,因上帝不但赐予人们爱的欢乐(在诗中比作天堂),也使人们在失去爱情后无比痛苦(在诗中喻为地狱)。《玫瑰与痛悔》共有 17 节,每节各含两个同韵的对句,具有很强的音乐感,而王尔德将抒情、叙事、说理融为一体的高超手法,则更使此诗在艺术上几近完美,很值得写诗的人细细揣摩。

　　王尔德是洞察人心的大师,是驾驭语言的大家,是描摹感情的高手。他的另一首诗《她的声音》(Her Voice)便是为恋爱的女子代言,但其主调不是"懊悔"(rue),而是"爱情永不失落"(love is never lost)。我将此诗翻译如下:

野蜂在林间飞来飞去,

毛茸茸的外衣,薄纱般的翅膀,

时而飞入百合花里,

时而停在摇荡的风信子上，
他四处游逛；
坐得离爱人更近：我想就在这里
我曾将誓言订立，

发誓将两人的生命合一，
只要海鸥还爱恋着大海，
只要葵花还把太阳寻觅；
我说，我们的爱情将会永在！
朋友，我的亲爱，
那些时节已永远逝去；
那时我们把爱网织起。

抬头望，那边是一片白杨，
夏风吹得它们晃动不已，
但这谷中没有一丝微风
吹散蓟花冠绒，而在那里
大风却在晴空上方吹袭，
它来自轰鸣的神秘海洋，
它来自海浪拍击的草场。

抬头望，白色的海鸥尖鸣，
它看到了什么我们未见的物事？
那是一颗星星？还是一盏明灯
照着海上航行的船只？
啊，那会不会是

我们在幻梦之乡度过的生命！
它显得愁雾重重。

心上人啊，我已经无话讲，
只有一句：爱情永不失落。
寒冬刺伤了五月的胸膛，
霜中却绽开红玫瑰朵朵，
航轮在暴风雨中颠簸，
却终有一日找到海港，
我们也会这样。

我们别无可为，
只有再次亲吻，然后分离，
不，我们不应有任何懊悔，
我有我的美，你有你的艺，
不，不要离去，
一个世界不够分给
两个人，如我和你。

此诗见于王尔德 1881 年诗集《第四乐章》(The Fourth Movement)，包含六个七行诗节(heptastitch，又称 rhyme royal)，各节都只有两个韵脚，为 abab-baa。Rhyme royal 通常为五音步抑扬格(iambic pentameter)，由 14 世纪英国诗人乔叟(Geoffrey Chaucer，1340—1400)引入英诗，其格律多为两种：其一是一个三行体(terza rima)加两个双行体(couplet)，其韵式为 aba-bb-cc；其二是一个四行体(quatrain)加一个三行体(tercet)，其韵式为 abab-bcc。此诗的格

律属于第二种。仅就诗节的行数而言,我国的宋词中也有七行构成的词牌,例如《御街行》和《苏幕遮》,前者如:

> 阑干倚尽犹慵去,几度黄昏雨。晚春盘马踏青苔,曾傍绿阴深驻。落花犹在,香屏空掩,人面知何处?(晏几道)

后者如:

> 碧云天,黄叶地。秋色连波,波上寒烟翠。山映斜阳天接水。芳草无情,更在斜阳外。(范仲淹)

元曲中也可见到类似曲牌,例如小令《四块玉》:

> 晓梦云,残妆粉。一点芳心怨王孙。十年不寄平安信。绿水滨,碧草春,红杏村。(张可久)

> 适意行,安心坐,渴时饮醉时歌,困来时就向莎茵卧。日月长,天地阔,闲快活。(关汉卿)

《她的声音》一诗中的"我"是个女子,虽知爱路坎坷,却仍对爱情不离不舍:"寒冬刺伤了五月的胸膛,霜中却绽开红玫瑰朵朵""航轮在暴风雨中颠簸,却终有一日找到海港"。她笃信爱情永存:"只要海鸥还爱恋着大海,只要葵花还把太阳寻觅;我说,我们的爱情将会永在!"这令人想起苏格兰农民诗人彭斯的《红红的玫瑰》。

此诗最后一节的诗句意味深长:"我有我的美"(I have my

beauty）表明这女子的美丽，"你有你的艺"（you your Art）是说"你"是位诗人（或艺术家）。这是天下最理想的俦侣，是男女间最浪漫的关系，远胜于相互利用和猜忌的同床异梦人，远胜于只为生存苦撑的饮食男女。此诗最后一句是"一个世界不够分给你我这样两人"（One world was not enough for two ／ Like me and you），其意是说一个世界不能容纳这两人的爱情，因为他们的爱情弥天铺地，无边无垠。

【三首英诗原文】

Flower of Love

Sweet, I blame you not, for mine the fault

was, had I not been made of common clay

I had climbed the higher heights unclimbed

yet, seen the fuller air, the larger day.

From the wildness of my wasted passion I had

struck a better, clearer song,

Lit some lighter light of freer freedom, battled

with some Hydra-headed wrong.

Had my lips been smitten into music by the

kisses that but made them bleed,

You had walked with Bice and the angels on

that verdant and enamelled mead.

I had trod the road which Dante treading saw
the suns of seven circles shine,
Ay! perchance had seen the heavens opening,
as they opened to the Florentine.

And the mighty nations would have crowned
me, who am crownless now and without name,
And some orient dawn had found me kneeling
on the threshold of the House of Fame.

I had sat within that marble circle where the
oldest bard is as the young,
And the pipe is ever dropping honey, and the
lyre's strings are ever strung.

Keats had lifted up his hymeneal curls from out
the poppy-seeded wine,
With ambrosial mouth had kissed my forehead,
clasped the hand of noble love in mine.

And at springtide, when the apple-blossoms
brush the burnished bosom of the dove,
Two young lovers lying in an orchard would
have read the story of our love;

Would have read the legend of my passion,

known the bitter secret of my heart,

Kissed as we have kissed, but never parted as

we two are fated now to part.

For the crimson flower of our life is eaten by

the cankerworm of truth,

And no hand can gather up the fallen withered

petals of the rose of youth.

Yet I am not sorry that I loved you—ah!

what else had I a boy to do, —

For the hungry teeth of time devour, and the

silent-footed years pursue.

Rudderless, we drift athwart a tempest, and

when once the storm of youth is past,

Without lyre, without lute or chorus, Death

the silent pilot comes at last.

And within the grave there is no pleasure,

for the blindworm battens on the root,

And Desire shudders into ashes, and the tree

of Passion bears no fruit.

Ah! what else had I to do but love you?

God's own mother was less dear to me,

And less dear the Cytheraean rising like an

argent lily from the sea.

I have made my choice, have lived my

poems, and, though youth is gone in wasted days,

I have found the lover's crown of myrtle better

than the poet's crown of bays.

Roses And Rue

Could we dig up this long-buried treasure,

Were it worth the pleasure,

We never could learn love's song,

We are parted too long.

Could the passionate past that is fled

Call back its dead,

Could we live it all over again,

Were it worth the pain!

I remember we used to meet

By an ivied seat,

And you warbled each pretty word

With the air of a bird;

And your voice had a quaver in it,

Just like a linnet,

And shook, as the blackbird's throat

With its last big note;

And your eyes, they were green and grey

Like an April day,

But lit into amethyst

When I stooped and kissed;

And your mouth, it would never smile

For a long, long while,

Then it rippled all over with laughter

Five minutes after.

You were always afraid of a shower,

Just like a flower:

I remember you started and ran

When the rain began.

I remember I never could catch you,

For no one could match you,

You had wonderful, luminous, fleet,

Little wings to your feet.

I remember your hair—did I tie it?

For it always ran riot—
Like a tangled sunbeam of gold:
These things are old.

I remember so well the room,
And the lilac bloom
That beat at the dripping pane
In the warm June rain;

And the colour of your gown,
It was amber-brown,
And two yellow satin bows
From your shoulders rose.

And the handkerchief of French lace
Which you held to your face—
Had a small tear left a stain?
Or was it the rain?

On your hand as it waved adieu
There were veins of blue;
In your voice as it said good-bye
Was a petulant cry,

"You have only wasted your life."
(Ah, that was the knife!)

When I rushed through the garden gate
It was all too late.

Could we live it over again,
Were it worth the pain,
Could the passionate past that is fled
Call back its dead!

Well, if my heart must break,
Dear love, for your sake,
It will break in music, I know,
Poets' hearts break so.

But strange that I was not told
That the brain can hold
In a tiny ivory cell
God's heaven and hell.

Her Voice

The wild bee reels from bough to bough
With his furry coat and his gauzy wing,
Now in a lily-cup, and now
Setting a jacinth bell a-swing,
In his wandering;
Sit closer love: it was here I trow

I made that vow,

Swore that two lives should be like one
As long as the sea-gull loved the sea,
As long as the sunflower sought the sun,—
It shall be, I said, for eternity
'Twixt you and me!
Dear friend, those times are over and done;
Love's web is spun.

Look upward where the poplar trees
Sway and sway in the summer air,
Here in the valley never a breeze
Scatters the thistle down, but there
Great winds blow fair
From the mighty murmuring mystical seas,
And the wave-lashed leas.

Look upward where the white gull screams,
What does it see that we do not see?
Is that a star? or the lamp that gleams
On some outward voyaging argosy,—
Ah! can it be
We have lived our lives in a land of dreams!
How sad it seems.

Sweet, there is nothing left to say

But this, that love is never lost,

Keen winter stabs the breasts of May

Whose crimson roses burst his frost,

Ships tempest-tossed

Will find a harbour in some bay,

And so we may.

And there is nothing left to do

But to kiss once again, and part,

Nay, there is nothing we should rue,

I have my beauty, —you your Art,

Nay, do not start,

One world was not enough for two

Like me and you.